Winter

Ali Smith

冬

アリ・スミス
木原善彦 訳

C R E S T
BOOKS
Shinchosha

冬

WINTER

by

Ali Smith

Illustration by Sora Mizusawa

Design by Shinchosha Book Design Division

虎の穴にいる
セーラ・ダニエルに
愛を込めて

そしてセーラ・ウッドに
どうしても《muß i denn》
愛を込めて

激しい冬の嵐をも。

ウィリアム・シェイクスピア

自分が世界市民だと信じる人は、
実はどこの市民でもありません。

テリーザ・メイ、二〇一六年十月五日

暗闇は安上がりだ。

チャールズ・ディケンズ

風景は自らの画像《イメージ》を指示する。

バーバラ・ヘップワース

私たちは神話の世界に入った。

ミュリエル・スパーク

1

神は死んだ《デッド》。まずはこれ。

そして恋愛物語《ロマンス》は死んだ。騎士道は死んだ。詩、小説、絵画はすべて死に、芸術《アート》も死んだ。芝居と映画も、ともに死んだ。文学も死んだ。本も死んだ。モダニズム、ポストモダニズム、リアリズム、シュルレアリスムはすべて死んだ。ジャズは死んだ。ポップミュージック、ディスコ、ラップ、クラシック音楽は死んだ。文化は死んだ。礼儀、社会、家族の価値観は死んだ。過去は死んだ。歴史は死んだ。福祉国家は死んだ。政治は死んだ。民主主義は死んだ。共産主義、全体主義、新自由主義、資本主義はすべて死に、マルクス主義が死に、フェミニズムも死んだ。政治的公正さ《ポリティカル・コレクトネス》は死んだ。人種差別は死んだ。宗教は死んだ。思想は死んだ。希望は死んだ。真実と虚構はともに死んだ。メディアは死んだ。インターネットは死んだ。ツイッター、インスタグラム、フェイスブック、グーグルは死んだ。

愛は死んだ。

死は死んだ。

多くのものが死んだ。

でも、死んでいないものもある。少なくとも、まだ死んでいないものが。

命はまだ死んでいなかった。革命は死んでいなかった。人種的平等は死んでいなかった。憎悪は死んでいなかった。

しかしコンピュータは？　死んだ。テレビは？　死んだ。ラジオは？　死んだ。携帯は死んだ。バッテリーは死んだ。結婚は死に、性生活は死に、会話は死んだ。葉は死んだ。花は死んだ。すっかり死んだ。

そんな死せるものたちの幽霊に取り憑かれることを考えてみよう。例えば、花の幽霊に取り憑かれることを。いや、花の幽霊（単なる妄想ではなく、幽霊というものが存在するなら）に取り憑かれたら（単なる神経症や精神病ではなく、本当に憑依というものが存在するなら）どうなるかを想像するということだ。

幽霊そのものは死んでいなかった。厳密には。その代わり、次の疑問が出て来た。

幽霊は死んでいるのか
幽霊は死んでいるのか、生きているのか
幽霊は死をもたらすのか

でも、取りあえず幽霊のことは忘れよう。幽霊のことは脇へ置いておくとしよう。というのも、今から始まるのは幽霊物語ではないから。とはいえ、この出来事が起こる時期は冬の最中《デッド》だ。地球規模で温暖化が進む二十一世紀の、明るく晴れたクリスマスイブの朝（ちなみに、クリスマスも死んだ）。ここからは本当の地球（そう、地球も死んだ）で本当の時間の中で本当の人間がいる本当の世界に起きている本当の出来事に関する物語——

おはよう、とソフィア・クリーヴズが言った。今日は楽しいクリスマスイブよ。

彼女が話しかけているのは、体のない頭だ。

それは子供の頭。体はなくて頭だけが宙に浮いていた。

頭はしつこい。家に現れてから、今日で四日目。今朝も目を開けるとまだそこにいた。今は洗面台の上で、鏡に映った自分の姿を見ている。彼女が話しかけるとくるりと振り返り、そこに彼女がいるのを見て——首や肩がないものが会釈なんてできるのだろうか？　明らかに少し頭を下げた。前に傾き、うやうやしく視線を下げて、また明るく上品に姿勢を起こした。会釈、それともお辞儀？　男、それとも女？　ともあれ、とても礼儀正しく、上品だ。行儀のよい子供の頭(とても寡黙なので、ひょっとするとまだ言葉がしゃべれないのかも)。サイズは今、マスクメロンくらい(子供と一緒にいるよりメロンと向き合っていた方がくつろげるというのは皮肉なのか、それとも人格的な欠陥なのか？　子供らしくない子供の方が母は好きなのだとアーサーが幼い頃から悟ってくれたのはありがたいことだった)。とはいえ、顔が付いているという点で決定的にメロンとは違う。それに濃い髪が顎より五センチほど下まで伸びている。豊かで黒い、直毛と癖毛が混じってほつれた髪。もしもそれが男なら、ちびっ子騎士のようでロマンティック、もしも女なら、二十世紀のフランス人写真家エドワール・ブーバが絵はがき用にパリの公園で後ろ姿を白黒で撮った、葉っぱだらけの子供のよう（一九四六年パリ、リュクサンブール公園、落ち葉の女の子）。ソフィアが今朝目を覚まして、こちらに後頭部を向けている頭を見つけたとき、頭はひょうきんな一人遊びをしていた。セントラルヒーティングの暖房器が起こす風を使って、片側の髪の毛だけを少しふわふわと浮き沈みさせていたのだ。宙を漂う頭の髪は今、横に揺れ、一瞬ふわりと浮き、シャンプーのコマーシャルでよく見るような、ソフトフォーカスで撮影したスローモーション動画みたいにバランスを保った。分かる？　シャンプーのコマーシャルに出てくるのは幽霊でもなければ、化け物でもない。ぞっとするような要素は少しもない。（ただし、シャンプーのコマーシャル、あるいはひょっとするとコマーシャル全般が実際には恐ろしいゾンビを映し出していて、私たちの方がただ、もはや驚かないくらいそれに慣らされているだけなのかもしれないけれども。）

とにかく、頭は怖いものではなかった。頭は愛らしく、礼儀正しくて、はにかみ屋だった。その特徴はどれも、死者とか、死んだ後にさまよっている亡霊みたいな概念とは相容れないものばかりだ。それに、頭はちっとも死んでいる感じがしなかった。ひょっとすると、かつて首がつながっていたかもしれない部分——もっと肉々しくて内臓っぽい断面がむき出しになっていれば——は少しグロテスクだったかもしれない。

しかし、それらしきところは髪と顎にすっかり隠れていて印象は薄く、逆に印象的なのは生き生きした動き、ぬくもりが感じられるしぐさだった。ソフィアが顔を洗い、歯を磨く間、その横で宙に浮き、まるで静かな海に浮かぶ緑色の小さな浮標《ブイ》のように陽気にひょこひょこと上下し、うなずき、ソフィアが階段を下りるときにはふわふわと先導し、微小宇宙の惑星のように回転し、踊り場に並ぶ枯れた蘭の埃だらけの枝の間を出入りするその姿は、ソフィアが今までに見たどんな仏像の頭部よりも、どんなクリスマスの智天使《ケルビム》やキューピッドの頭部よりも温和に感じられた。

ソフィアはキッチンで、水とコーヒーの粉をエスプレッソメーカーに入れた。そして蓋をして、火にかけた。すると頭は突然の熱から遠ざかった。その目は笑っていた。まるで頭はわざと炎に近づいたり離れたりして楽しんでいるようだった。

髪に火が点くよ、と彼女は言った。

頭は首を振った。彼女は笑った。心から。

この頭、クリスマスってものを知ってるのかしら。クリスマスイブって分かってるのかな。でも、クリスマスを知らない子供なんている？

今日の電車はどんな感じだろう。この頭、私がロンドンに連れて行ってやったら喜ぶかしら。おもちゃ屋《ハムリーズ》に行ってもいい。クリスマスのライトアップとか。

動物園に行くのも悪くない。この頭、動物園に行ったことはあるのかな。子供は動物園が好きなものだけど。クリスマスに近いこの時期でも動物園は開いてる？ それか、あれは何て言うんだっけ、衛兵を見に行ってもいい。あれなら、クリスマスだろうが何だろうが、黒毛皮製の高帽をかぶって赤いチュニックを着てやっているはず。きっと壮観。それか、科学博物館。あそこなら手の骨を透かして見ることもできる。

（あ。

この頭には手がないんだった。）

なら、インタラクティブ実験装置のボタンは私が代わりに押してやればいい。頭が自分でできないことは私がすればいい。それか、ヴィクトリア＆アルバート美術館。美しいものは、見る者の年齢に関係がないから。自然史博物館でもいい。頭は私のコートの中に隠してやろう。それか大きな鞄を持っていく。覗き穴を開ければいい。スカーフかジャンパー、何か柔らかいものを畳んで鞄の底に敷こう。

頭は窓の桟で、スーパーで買ってきたタイムの残り香を嗅ぎ回っていた。そして、幸せそうに目を閉じた。頭は額をタイムの葉にこすりつけた。タイムの匂いがキッチンに広がり、鉢が倒れて流し台に落ちた。

タイムが流しに落ちたついでに、ソフィアは蛇口をひねって鉢に水をやった。

彼女はその後、テーブルでコーヒーを飲んだ。頭はリンゴとレモンの入った果物ボウルの横に落ち着いた。するとテーブルの上が少しふざけたアート作品のようになった。インスタレーション。あるいは「これは頭ではない」と題されたマグリットの絵画。いや、マグリットというよりダリ。あるいはキリコ。でも笑える作品。『モナリザ』に口髭を描き加えたデュシャンみたい。セザンヌの静物画にも似ている。彼女はいつも、セザンヌの絵はどこか落ち着かないと同時に、新鮮だと感じていた。というのも、リンゴやオレンジが青色や紫色をしていてもいいのだ——とても信じがたいけれども——ということを彼の絵は明らかにしていたからだ。

ソフィアは最近、ルーブル美術館の、『モナリザ』が掛かっている壁の前にできた人垣の写真を新聞で目にしていた。彼女は実際、アーサーが生まれる前に——ということは三十年前に——本物を見たことがある。当時でも、前で写真を撮ろうとする人だかりのせいで、『モナリザ』を見るのは大変だった。しかも、その傑作は驚くほど小さかった。有名な傑作というので大きなものを想像していたが、思っていたよりはるかに小さかった。ひょっとすると、前にできた人だかりのせいで小さく見えたのかもしれない。

しかし昔との大きな違いは、今ではもう、人が絵の方を向いてさえいないということだ。ほとんどの人がフレーム内に自分の姿も入れるため、絵に背中を向けていたから。あの古い絵画の高飛車な笑みは、最近では、頭の上で携帯電話を構える人々の背中に向けられている。観覧者たちはまるで敬礼をしているように見えた。でも、何に向かって敬礼していたのだろう？

絵の前にある、人々が目を向けていない空間にか？

それとも自分たちに向かって？

テーブルの上にいる頭が彼女に向かって眉を上げた。まるで彼女の心が読めるかのような、モナリザに似た笑みだ。

とても面白い。とても頭がいい。

ナショナル・ギャラリーは？　頭はナショナル・ギャラリーを気に入るだろうか？　テート・モダンは？

でも、そういうところは全部、仮に今日、開いているとしても、多くの施設と同じように昼で閉まってしまうだろう。それにどっちみち、クリスマスイブなので電車が当てにできない。

というわけで、ロンドンはなし。

じゃあ、どうしよう？　崖の上まで散歩？

でも、風で頭が海に飛ばされたらどうしよう？

そう考えると、胸の奥が痛くなった。

私が今日何をするかは分からないけど、あなたも一緒に来ていいわ、と彼女は頭に言った。いい子にして、おとなしくしていればね。

でも、今の言葉は必要なかった、と彼女は思った。この頭ほど控えめな客はいないから。

あなたが家にいてくれるととても楽しい、と彼女は言った。ありがたいお客様ね。

それを聞いた頭は間違いなくうれしそうだった。


五日前のこと。

ソフィアはオフィス兼用の部屋に入り、仕事用のコンピュータの電源を入れ、赤い！マークが付いたたくさんのEメールを無視してグーグルに直行し、こう入力する。

目の中に青緑の点
その後、より正確に入力し直す。

視野の端にある青緑の点が大きくなる。

「瞳の中に斑点がある？　ずばり、その原因はこちら！――」

「染み、斑点、浮遊物――それは目の中にあるものが見えているのです」

「目を閉じると……カラフルな点々が見えます――科学質問箱」

「かすみ目、飛蚊《ひぶん》症、光過敏」

「カラフルな斑点が見える――視力と目の異常のフォーラム――eヘルスフォーラム」

「網膜性片頭痛　五つの兆候――頭痛・片頭痛ニュース」

「内視現象――ウィキペディア」

彼女は二、三、サイトを覗いてみる。白内障。光フィルターの問題。硝子体剝離。角膜剝離。黄斑変性。飛蚊症。片頭痛。網膜剝離の可能性。もしも斑点や浮遊物がいつまでも消えず、不安があるようならすぐに医師に相談を。

続いて彼女は検索する。

小さな青緑の球体が視野の端に見える。

すると出てくるのは、「見るということ――第三の目と神秘のまなざし」、超能力がらみのあれこれ、そして「天使が光で合図を送ってくるのはなぜか／ドリーン・バーチュー（公式ホームページ）」。

勘弁してよ、まったく。

彼女は町にあるフランチャイズ経営の眼科で二日後の予約を取る。

若いブロンドの眼科医が奥から現れ、まずモニターに目をやってから、ソフィアを見る。

こんにちは、ソフィア。私はサンディー、と彼女は言う。

こんにちは、サンディー。私のことはミセス・クリーヴズと呼んでください、とソフィアは言う。

分かりました。こちらへどうぞ、ソ、ああ、と眼科医が言う。

眼科医は奥の階段を上がる。二階の部屋には、歯科医のものとよく似た高い椅子とさまざまな機械がある。眼科医はしぐさで、そこに座るようソフィアに促す。そしてデスクの前に立って何かを走り書きする。眼科で最後に診てもらったのはいつですか、ソフ、あ、ミセス・クリーヴズ、と彼女は訊く。

眼科に来るのは今回が初めてです、とソフィアが言う。

視野にちょっと問題があるということで今日はいらしたんですね、と眼科医が言う。

問題なのかどうかが問題なんです、とソフィアが言う。

ハハハ！と若い眼科医が笑う。まるでソフィアが冗談を言ったかのように。でも、それは冗談ではない。

眼科医は遠距離と近距離の視力検査、目を隠す検査、目に風を当てる検査、ソフィアの目の中に光を当てて覗き込む——ソフィアはそれをされているとき、枝分かれする自分の血管を見て驚き、また意外にも感動する——検査、そしてスクリーン上で光の点が動いたときにボタンを押す検査を行う。

その後、眼科医はまたソフィアに生年月日を尋ねる。

あら。私が生年月日を記入し間違えたのかと思いました、と眼科医は言う。というのも、正直申し上げて、あなたの目は健康そのものです。老眼鏡も必要ありません。

なるほど、とソフィアが言う。

見えている、まさにおっしゃる通り《アイ・シー》です、と眼科医が言う。同じ年齢の方たちと比較すると飛び抜けています。本当に運がいい。

それって運なんですか?とソフィアが言う。

例えば、こう考えてみてください、と眼科医が言う。私は修理工で、誰かが車を修理に持ち込んできた。車は一九四〇年代のものですが、私がボンネットを開けてみたらエンジンは(ここで眼科医はカルテを確認する)一九四六年に工場から出荷されたときとほぼ同じ、ピカピカの状態だった。驚くべきことです。偉業《トライアンフ》ですよ。

要するに私は中古のトライアンフみたいだとおっしゃるんですね、とソフィアが言う。

新品同様です、と眼科医(明らかに、トライアンフという車が存在したことを知らない)が言う。まるで一度も使ったことがないみたい。どうしてこんなことができたのか、見当も付きません。

つまり私は生まれてからずっと目を閉じて生きてきたんじゃないか、あるいは、目を使うときにどうにかして力を抜いてきたんじゃないか、あなたはそうおっしゃりたいんですね?とソフィアは言う。

はい、ハハハ、その通りです。眼科医は書類に目を通しながらそう言って、何かを何かにホチキスで留める。犯罪的な眼球利用不足。急いで当局に通報しないといけませんね。

そう言った後で、彼女はソフィアの顔を見る。

あ、と彼女は言う。うん。

私の目に関して何か心配な点はありませんでしたか?とソフィアが言う。

ミセス・クリーヴズ、あなたこそ何か心配事があるんじゃありませんか?と眼科医が言う。まだおっしゃっていないことで、何か気になることがあるんじゃないですか? というのも——

ソフィアは(優良な)目で女を黙らせる。

はっきり言わないと分かってもらえないんでしょうか、私が知りたいのは、そして知る必要があるのは、とソフィアが言う。おたくの機械のどれかが、私の視力に関して心配すべき結果を示したかどうかということです。どうなんですか?

眼科医は口を開ける。そして再び閉じる。それからまた開く。

ありません、と眼科医が言う。

そうですか、とソフィアが言う。診察代はいくらです、そして誰に払えばいいんですか?

診察代は結構です、と眼科医が言う。六十歳を越えた患者様の場合は——

ああ、なるほど、とソフィアが言う。だから私の生年月日を確認したんですね。

何のことです?と眼科医が言う。

あなたは私が年をごまかしていると思ったんでしょう。系列の病院で無料眼科検診を受けるために、とソフィアが言う。

いえ——、と若い眼科医が言う。

彼女は顔をしかめる。そして下を向く。系列病院の下品なクリスマス飾りの中で突然、迷子になり、悲劇に襲われたような顔だ。彼女は他に何も言わず、プリントアウトした紙とカルテ、そして手書きのメモを小さなフォルダーにまとめて胸の前で抱えるように持つ。それからしぐさで、階段を先に下りるようソフィアに促す。

お先にどうぞ、サンディー、とソフィアが言う。

眼科医のブロンドのポニーテールが一歩進むごとに上下し、二人が一階に下りると、彼女はさよならも言わず、最初に出て来た扉の奥へと消える。

カウンターの向こう側にいる若い女は眼科医と同じように失礼な態度で、メインデスクのモニター画面から視線を上げることもせずに、ぜひ今日の診療についてツイッターでつぶやくか、フェイスブックに投稿するか、トリップアドバイザーにレビューを残してください、口コミの影響は本当に大きいですから、と言う。

ソフィアは自分で眼科の扉を開ける。

外は今、土砂降りだ。この眼科医は系列病院の名前を彫り込んだ傘——ゴルフ場にあるみたいな傘——を備えていそうで、実際、受付のデスクの奥にある傘立てには何本か傘が見える。しかし受付の女は決してソフィアに目を向けることなくモニター画面を見つめている。

ソフィアは車にたどり着くまでにびしょ濡れになる。彼女は駐車場で運転席に座り、車の天井にぶつかる雨の音を聞き、濡れたコートと座席の不快な匂いを嗅ぐ。髪から水滴がポタポタと落ちる。その様子にはどこか開放感がある。彼女は雨がフロントガラスを動く染みに変えるのを見る。街灯がともると、目の前に不定型でカラフルな光点がたくさん現れる。まるで絵の具を詰めた小さなミサイルを誰かがフロントガラスに投げつけたみたい。町が駐車場を囲うように、色の付いたクリスマス用の電球を吊していているせいだ。

夜が迫っている。

でもすごくきれいだと思わない?と彼女は言う――

彼女がそれ――角膜剥離、黄斑変性、硝子体剥離、飛蚊症――に話しかけたのはこのときが初めてだった。それはこの時点ではまだかなり小さくて、目の前を飛んでいる蠅《はえ》くらいの大きさ――小さなスプートニク――だったので、まだ頭だとは分からなかった。だから、そんなふうに直接話しかけたときも、まるでピンボールマシンの横にある鋼鉄のレバーに叩かれたボールが車の中で跳ね回っているかのようだった。

一年で最も昼が短い冬の日、夕方四時に近い時刻に暗がりで見るその動きには心浮き立つものがあった。

ソフィアは夕闇の中、車のエンジンをかけて家に向かう前に、ガラスから差し込むカラフルな光の下でそれを見た。ダッシュボードの上を自由に行き来するその姿を見ていると、まるでプラスチック製のダッシュボードが氷のリンクに変わったみたいだった。それは助手席のヘッドレストで跳ね返り、まずは自分の力量を試すようにハンドルのカーブを一度なぞってから、その後は腕前を見せびらかすように何度も同じことを繰り返した。

ソフィアは今、キッチンテーブルの前に座っている。正体不明のそれは今、本物の子供の頭くらいのサイズだ。緑色に汚れ、泥だらけになった子供。草の汁をたくさん付けて帰宅した子供。冬の光の中にいる、夏の子供。

この頭はいつまでも子供のままなのだろうか？　それとも大人になる？　宙を漂う頭のままで、いわば、ちゃんとした大人に成長するのか？　ひょっとしてそれよりさらに大きくなる？　折りたたみ自転車みたいに小さな自転車の車輪くらいとか？　その後は普通の自転車の車輪くらいに？　昔のビーチボールくらい？　昔の映画『独裁者』でヒトラーに扮するチャップリンがポンポンと叩いて宙に浮かせ、最後に爆発するあの風船みたいな地球儀くらい？　昨日の夜、頭はひとり、廊下のカーペットの上で、ゴドフリーが集めた十八世紀英国製の陶製の人形をいくつ倒せるか、ボウリングごっこをしていた。そのとき初めてその姿がまるで、ギロチンにかけられて体から切り離され、床に落ち、転がっている本物のようにみえた――

その段階で彼女は頭を家から閉め出した。難しいことではなかった。頭はとても素直だったから。彼女が真っ暗な庭に出ると、思っていた通り、それは祭りで買ったヘリウム風船のようにひょこひょこと後を付いてきた。そして、頭がたまたま（あたまあたま）灌木に興味を持ったみたいにレイランドヒノキの方までひとりで行ったタイミングに、彼女は家に戻り、扉を閉めた。ただそれだけで、頭を閉め出すことができた。彼女はあっという間に家に戻って居間の肘掛け椅子に腰を下ろした。頭を背もたれより低くしたので、仮に窓から中を覗いたとしても誰も（何も）そこに人がいるとは思わなかっただろう。

何もないまま三十秒。そして一分。

よし。

でもそのとき、何かが窓を優しくノックした。コン、コン、コン。

彼女は姿勢を低くしたまま手を伸ばし、サイドテーブルの上のリモコンを取ってテレビの電源を入れ、ボリュームを上げた。

ニュースがいつもと同じヒステリーで、心を落ち着かせてくれた。

しかし、その大きな音声にもかかわらず、コン、コン、コンというノックの音が再び聞こえた。

そこで彼女はキッチンへ移動してラジオの電源を入れた。ラジオドラマ『ジ・アーチャーズ』（農業を営む一家を描く人気番組）の中で、誰かが冷蔵庫に七面鳥を入れるスペースを作ろうとしていたが、その音声の背後で、庭の暗闇につながる引き戸の方から、コン、コン、コン。

そして、勝手口でも小さなガラスを叩く音がコン、コン、コン。

そこで彼女は真っ暗な二階に上がり、さらに三階に上がり、その上、はしごを使い、ハッチを通ってロフトに上がり、反対にある低い扉をくぐって屋根裏部屋の奥まで進んで、洗面台の下に身を潜めた。

何も起きない。

枝の間を抜ける冬の風の音。

そのとき、暗闇を怖がる子供のためのナイトライトのような光が、天窓の外に見えた。

コン、コン、コン。

光に照らされた街の大時計みたいに、それはそこにあった。クリスマスカードに描かれた冬の月。

彼女が洗面台の下から出て、天窓を開けると、それは中に入ってきた。

最初、それは彼女の頭と同じ高さで漂った。その後、本物の子供の頭が来そうな高さまで下りて、傷ついたような丸い目で彼女を見上げた。しかしまたすぐに、まるで同情を誘う態度が嫌われることを知っているかのように、彼女の頭と同じ高さまで上がってきた。

それは口に何かの小枝をくわえていた。ヒイラギ？　そして薔薇《ばら》を差し出すように、それを差し出した。彼女は枝を受け取った。そのとき、頭は空中で少し姿勢を変えて、とある表情を見せた。

その表情を見た彼女は、なぜか、ヒイラギの小枝を持ったまま古い屋敷の中を進み、玄関の扉を開けて、ノッカーにそれを絡めた。

今年のクリスマスリース。


一九六一年二月のとある火曜日。ソフィアは十四歳。朝食をとるために二階から下りてくると、アイリスが早起きをして自分でトーストを焼き、バターに灰を混ぜたと母親に叱られている。信じられない――休みの日にアイリスが早起きなんて。そして、八時十五分になるとまるで〝散歩気分〟になったみたいにソフィアと一緒に学校まで歩き、ソフィアが中に入る前に校門の前で言う。ねえ、フィロ（アイリスは妹を「フィロ」「ソフ」などと呼ぶ）、午前の休憩時間は何時？　十一時十分、とソフィアは言う。よし、とアイリスは言う。お友達に具合が悪いって言いなさい。潔癖症の友達を選んで、今日は気分が悪いって言うの。私は十一時二十分にあそこで待ってるから。アイリスは道の反対側を指差す。じゃあね！　ソフィアが何かを聞き返す間もなく、彼女は手を振る。四年生の男の子が二人ソフィアの横を通り、歩き去るアイリスの姿を見た。一人はぽかんと口を開け、もう一人がこう訊いた。クリーヴズ、あれ、まさかおまえのお姉さん？

ソフィアは数学の時間、バーバラの机の前でかがむ。

あのね、私、今日すごく具合が悪いの。

えっ、とバーバラは言って、必死に距離を取ろうとする。

天才アイリス。

問題児アイリス。ソフィアは問題児ではない。問題を起こしたことは一度もない。彼女は決して間違ったことはしない女の子だ。そう、素朴。明らかに首席《ヘッド》に向かって一直線《ヘッド》な子供（そして本社《ヘッド・オフィス》に勤め、女が何かのトップ《ヘッド》に立つことが許されない時代に、周囲に先んじて《アヘッド》、会社の社長《ヘッド》になる――そのとき人生で初めて間違ったことをしたのに気づいて、それ相応、いや、不相応なレベルの罪悪感を背負い込むことになる）。そんな子供はあからさまな嘘をついた結果、自分で言った通りの具合の悪さを感じる。それなら結局、彼女が言ったのは嘘ではないわけだ。今からしようとしていることは——何だか分からないけれど——間違いなくもっと許されない、もっと間違ったことだと思うと、対数を習っている間、心臓の鼓動があまりに激しくなったせいで傍目《はため》にも鼓動が見えているに違いないと感じられた。誰かがこう言いそうだ。**すみません、先生、ソフィア・クリーヴズの体がどきどきしてるんですけど**、と。しかし、休憩のベルが鳴り、誰も何も言わなかったので、彼女は女子更衣室に行って、フックに掛けてあったコートを取って羽織り、今日はとても暖かいにもかかわらず、まるで寒い外に出かけるみたいにボタンをきちんとかける。

何か考え事があったかのようにさりげなく女子用校門のそばで立ち止まると、メルヴ食料品店の前にアイリスがいるのが見える。ブリキ製の古い〝コールマン・マスタード〟の看板とアイリスの黄色いコートとがマッチして見えるのが、アイリスの想定通りなのか、計算通りなのかは分からない。

こちらを見ている人は誰もいない。ソフィアは道を渡る。

アイリスは店の前で、母に告げ口をしそうな主婦っぽい通行人の目から妹を隠すように立つ。ソフィアは姉に言われた通りネクタイを緩め、ポケットにしまう。その後、アイリスが鮮やかな黄色のコートを脱ぐと、その下からジゴロ風の革ジャンが現れた。彼女はそれを脱いで、妹に差し出す。

今日はこれを着てていいよ、とアイリスは言う。真夜中までには返してちょうだい、じゃないと、灰と土に変わっちゃうからね。バレンタインデーのプレゼント。てか、超早めのクリスマスプレゼントってことにしてもいいけど。さあ、着てみて。早く。ね。うわ、ソフ、すごく似合ってる。あなたのコートをちょうだい。

アイリスは学校のコートを持ってメルヴ食料品店に入り、手ぶらで出てくる。コートはメルヴさんが明日まで預かってくれるって、と彼女は言った。でも、コートを着ないで登校する姿を母さんに見られないように、明日は早めに家を出なさい。見つかったときの言い訳も用意しておくこと。

言い訳ってどんな?と彼女は言う。私は姉さんみたいに嘘はつけない。

私? 私が嘘つき?とアイリスは言う。コートは学校に置いてきたって言えばいい。帰りは暖かかったからって。ね! それは嘘じゃない。

それは嘘ではない――二月でまだ冬のはずだが、今日はとても暖かい。びっくりするほどの暖かさだ。春みたい、というより、むしろ夏みたい。しかしとにかく、革ジャンは脱がない。地下鉄に乗ったときも。アイリスはソフィアをカフェバーに連れて行き、その後、〝ストック・ポット〟という店でシチューとポテトを食べさせ、さらにそれから交差点を曲がって映画館の前まで来る。建物の外には『G・I・ブルース』のポスターが貼られている。**まさか、本気?**

アイリスは妹の表情を見て笑う。

あなたっていい顔するね、ソフ。

アイリスは核爆弾反対活動家だ。水爆反対。自殺的な核爆弾使用に反対。恐怖から正気へ。水爆を落とす気か。アイリスはデモに参加するだけのためにダッフルコートを買っていた。そしてそのダッフルコートをめぐって始まった言い争いが、それまでで最も激しい親子喧嘩になった。お茶を飲みに来た客に向かって女の子が長話をするだけでもおかしなことなのに、家に来た父の同僚に向かって、空気ばかりか食品の中にまで入り込んだ有毒な放射性物質について一席ぶち始め、**私たちの名の下に、二十万人が殺されたと**言ったときには、父は娘に激怒し、母はひどく困惑した。誰に対しても一度も暴力を振るったことのない父親だが、なんじ殺すなかれ、と居間で面と向かって大きな声で言われたときには、後でアイリスに平手打ちをした。アイリスは何か月も前からずっと、エルヴィスが兵士を演じている映画には絶対お金を払わないと言っていた。それなのに、めいっぱいスクリーンに近い、最上級のバルコニー席のチケットが買ってあった。

映画の中でエルヴィスはタルサという名のドイツ進駐軍兵士で、ダンサーとデートに出かける。ダンサーは本物のドイツ人だ。ドイツ人が人として描かれている映画を娘たちが観ていると知ったら、きっとあの父は、「花はどこへ行った」のドイツ語版が入っているスプリングフィールズのレコードを踏みつけて破片をゴミ箱に捨てたときと同じくらい怒ることだろう。エルヴィスとドイツ人ダンサーはライン川で渡し船に乗っている。ライン川って、とソフィアはアイリスにささやく。すごく変わった川で、独特な長さの単位を持ってるのよ。（アイリスはあきれ顔でため息をつく。アイリスは映画を観る間も始終ため息をつく。エルヴィスが赤ん坊に向かって、おまえは小さな兵士だと歌うときも。そして映画の冒頭、長い砲塔を持つ戦車に乗ったエルヴィスが砲弾で木造の小屋を吹き飛ばすとき、アイリスは声を上げて笑う――そんなことをするのは映画館の中で彼女だけだ――が、ソフィアにはその場面を笑う意味も理由も分からない。そして映画が終わって二人がロンドンの街頭に出たとき、アイリスは笑いながら首を横に振って体を揺すり、溶けかけたろうそくみたい、溶けかけたろうそくみたいな男、と言う。エルヴィスが溶けかけたろうそくみたいって、それ、どういう意味？　とソフィアは訊く。アイリスは再び笑って、妹の肩に腕を回す。いいからいいから。カフェバーに寄ってから家に帰ろうか？）

『G・I・ブルース』には歌がたくさん出てくるので、エルヴィスが何かを歌っていない時間はほとんどない。しかし、いちばんいい歌が出てくるのは、エルヴィスとドイツ人ダンサーが、「パンチとジュディー」みたいな人形劇をやっている公園に行くところだ。子供らの前で、父親の人形と兵士の人形と若い娘の人形によってある場面が演じられている。若い娘の人形と兵士の人形は互いに恋をしているのだが、父親の人形がドイツ語で〝とんでもない〟みたいなことを言う。すると兵士が父親を、ぼろぼろになるまで棒で殴り倒す。兵士の人形は若い娘の人形に向かってドイツ語で歌を歌いだす。しかし、人形劇のレコードを操作している老人が回転スピードを間違えたせいで――最初は早すぎ、次は遅すぎ――おかしなことになる。そこでエルヴィスが言う。**あのお爺さんの代わりに、俺が操作した方がよさそうだ。**

　次の瞬間、映画のスクリーン全体――その映画館のスクリーンは彼女が今までに見た中でいちばん大きく、ずるいとさえ感じられるほどの大きさだった――が人形劇の舞台そのものに変わっている。そこにエルヴィスの胸から上が大映しになる。別世界から訪れた巨人のようだ。その隣にある若い娘の人形は小さいので体全体がスクリーンに映るが、そのせいでエルヴィスが一種の神様のように見える。彼が人形に向かって歌いだすと、それはソフィアが今までに見た中で最も強力で、最も美しい歌になる。エルヴィスもなぜか、映画冒頭で他の兵士と一緒に上半身裸でシャワーを浴び、体を洗っている場面よりももっと美しく、もっと驚くべき姿を見せる。

中でも特に、ソフィアが後に何度も頭の中でリプレイしようとして、しかし同時に、自分が頭で作り上げただけではないという確信がどうしても持てない一瞬の場面がある。でも、ただの想像ということはありえない。彼女の心はそれに射止められたから。

それはエルヴィスが若い娘の人形——所詮は人形だが、それでもなお、なぜか滑稽で生意気でもある——を口説き落とし、彼の肩と胸に一瞬もたれかからせる場面だ。その瞬間、彼は観客の中にいる愛する女性——そして人形劇を見ている人々と、ソフィアを含め、映画を観ている人々——にほとんど誰も気づかないほどわずかな視線を送る。美しい頭を少し傾けるだけのそのしぐさは、まるで、そう、いろいろなことを語りかけているようだった。例えば、やあ、これを見て、とか。僕を見て。彼女を見て。びっくりしただろ？　すごいだろ？　今の見た？と。


クリスマスイブの午前十時。体のない頭は居眠りをしていた。もつれた小さなシダか葉に似た緑色のレースのようなものが伸びてきて鼻の穴の周囲で渦を巻いて茂り、上唇に鼻水が垂れて乾いたように見える。頭が呼吸をするとき、まるで生きているような音を立てるので、部屋の外にいる人がそれを耳にしたら、頭と体の両方を備えた本物の子供が——ひどい風邪を引いている様子だが——ここで眠っているのだと思っただろう。

例のカルポール（英国では定番の子供用解熱薬）とかいう薬は、薬屋でも買えるみたいだけど、この頭にも効くのかしら？

しかし同じものが耳からも生えかけているように見える。

それにしても、他にはこれという呼吸器官を備えていないみたいなのに、どうして頭だけで呼吸できるのか？

肺はどこ？

残りの体は？

ひょっとしてどこか別の場所で、別の誰かが小さな胴体、二本の腕、脚に付きまとわれているのだろうか？　小さな胴体がスーパーマーケットの通路を行ったり来たりしている？　あるいは公園のベンチか、誰かのキッチンの放熱暖房機《ラジエーター》の近くで椅子に座っているのか？　昔の歌みたいに。ソフィアはまるで頭を起こさないよう気遣っているみたいに小さな声でそれを歌う。私は誰《アイム・ノー》の子でもない《バディーズ・チャイルド》（カレン・ヤングによるカバーで有名な歌「ノーバディーズ・チャイルド」の一節）、私はどの体の子でもない《アイム・ノー・バディーズ・チャイルド》。まるで花みたいに。私は一人で大きくなる。

一体何があったんだろう？

何があったにせよ、すごく痛かったんじゃないか？

考えるだけで痛かった。痛み自体、彼女にとっては久しぶりで、驚きだった。ソフィアはしばらく前から何も感じなくなっていた。海を越える難民。救急車に乗せられる子供。血まみれの子供を担いで病院に駆け込む、あるいは燃える病院から出てくる、血まみれの男。道路脇で土埃をかぶっている遺体。残虐行為。牢屋で殴られ、拷問にかけられている人々。

何も感じない。

そしてまた、ごく日常的なひどさ。彼女が育ってきた国で、街を歩いている人々。すさんだ、ディケンズの小説の登場人物みたいな人。百五十年前の世界から現れた、貧しさを体現した亡霊のような人。

何も感じない。

でも今、クリスマスイブにテーブルに向かっていると、正確にチューニングを整えたたくさんの弦が奏でる曲のように彼女の中で痛みが響き渡り、自分がその楽器になったように感じられた。だって、身体の部分をこれだけたくさん失って、どうして痛みを覚えな**い**はずがあるだろうか？

私はこれのために何をしてやれるだろう？　この貧しい私が。

ああ。それで思い出した。

彼女はコンロの上の時計を見た。

銀行はクリスマス時期だから早めに閉まるはず。

銀行。

ああ。ここでもまた銀行。

（いつでもお金が問題だ。未来においても。）

そしてその代わりに、今朝起きていることの別バージョンの話を思いつく。その小説の中では、ソフィアは自分で選んだ登場人物、自分の好きなキャラクターになる。現実よりもっと古典的なタイプのその物語は、完璧に磨き上げられ、安心できる内容だ。大交響曲のような冬の光景は陰鬱だけれども明るい。すべてが分厚い霜に覆われる美しさ。それによって尖った草の葉が銀色に変わり、研ぎ澄まされる。道路のアスファルト、足下の舗装でさえ、冷え込んだ日には光を放つ。平和な時間——すべての人に備わる善意——に出会ったときには、冷え切った私たちの心、凍り付いた心の奥にある何ものかが溶ける。その物語の中に、切断された頭が登場する余地はない。ソフィアの完璧に磨き上げられた小交響曲的な慎ましさと語りの技巧が物語に、経験から得られる知恵と年配の女性らしい静かな落ち着きを添える。その結果、出来上がった物語は、伝統的な構造を持ち、思慮深く、威厳を備えたものとなる。すごい。それこそ上質な文芸小説だ。ゆっくりと一面を覆う雪は慈悲深く、それ自体に完璧な目隠し作用がある。降り積もる雪はあたりの風景を白く、柔らかく、曖昧で、美しいものに変える。その世界では、体から切り離された頭が空中やそれ以外の場所をぶらついてはいない。新たな残虐行為、殺人、テロ行為によって切り離された新たな頭も、昔の歴史的残虐行為、殺人、テロ行為によって切り離されて、後世に残された古い頭も存在しない。その小説世界では、フランス革命のときにギロチンで切られた首を収めた籐のかご——乾いた血で茶色に染まっている——が、〝この頭の世話をよろしくお願いします〟と告げるメモとともに、暖房の行き届いた快適な家の玄関先に届けられるなどということもない。

いいや、要りません、

ありがたいですけど、

うちは結構です。

その代わりに、今はクリスマスイブの朝だ。忙しい一日になるだろう。何人かがクリスマスをここで過ごす予定だ。アーサーが恋人／パートナーを連れてくる。準備もした。

ソフィアは朝食の後、車で街の銀行まで行った。ウェブサイトには、正午までの営業と書いてあった。

彼女は大きな損害を出していたが、それにもかかわらず、銀行ではコリント《プレミアム》口座保有者とされていた。それはつまり、キャッシュカードに何の絵も描かれていない普通の口座の保有者とは異なり、ツタの巻き付いたコリント式円柱が描かれているということ。そしてコリント《プレミアム》口座保有者であるというのは、個別相談アドバイザーによる説明と対応を受ける権利を有するということだ。そのために彼女は年間五百ポンド以上の額を支払っている。その見返りとして、万一疑問や必要があったときには、個別相談アドバイザーが窓口で応対し、しばらく待っていれば、代理でそこから銀行のコールセンターに電話をかけてくれる。それはつまり、自分で電話をかけなくても済むということ。ただし時には、個別相談アドバイザーがこう言いながら、銀行のメモ帳に電話番号を書いて渡してくれるだけということもある。ご自分でご自宅からこちらにお電話なさった方が早いかもしれません、と。実際、ソフィアはつい最近、そんな形で肘鉄砲を食らわされた――今では引退してこの町にいるが、かつて飛ぶ鳥を落とす勢いの国際的な有名実業家だった（少なくとも、銀行は名前を知っている）はずなのに。

最近まで、銀行で管理職を務めていた人たちは今どこにいるのか？　あの人たちのスーツ、客を安心させる言葉、訳知り顔の助言、約束、如才ない礼儀正しさ、一枚一枚手書きの署名を添えたエンボス加工の高級クリスマスカードは？　今朝の個別相談アドバイザーは若い男で、義務教育を終えたばかりの年齢くらいに見えた。彼はコンピュータの画面とソフィアに向き合ったまま――銀行のコールセンターが適当な人物に電話をつなぐのを三十五分間保留状態で待ち続けたまま――こう言った。クリーヴズ様のお問い合わせにお答えするのが正午の営業終了に間に合うかどうか分かりません。クリスマス休暇後の予約をお取りになる方がいいかもしれません、と。

個別相談アドバイザーは電話を切り、ソフィアのためにコンピュータで一月第一週の空き時間帯に個別相談予約を入れた。そして銀行から後ほど予約確認のメールと、予約の前日にはリマインダーの携帯メールが届けられることをソフィアに説明した。その後、明らかに画面に出た表示に促された様子で尋ねた。クリーヴズ様は保険に加入なさるご予定はございませんか？

いいえ、ありません、とソフィアは言った。

火災保険、建物保険、自動車保険、盗難保険、健康保険、旅行保険、どのような種類のものでも結構ですが？と個別相談アドバイザーが画面の言葉を読みながら言った。

しかしソフィアは、必要な保険にはすべて入っていた。

すると個別相談アドバイザーは画面を見たまま、銀行がコリント口座保有者に提供できる保険の組み合わせやお得な掛け金《プレミアム》についてさらに詳しく説明を始めた。そしてさらに口座の出入金を確認して、どれがコリント口座保有者としてカバーされることになっている保険で、どれがコリント口座保有者《プレミアム》ではカバーされないのかを説明した。

ソフィアは改めて彼に、今日はとにかく現金を引き出したくてここに来たのだということを思い出させた。

すると個別相談アドバイザーは現金について語り始めた。現在、現金というのは人間よりもむしろ機械のために作られています、と彼は言った。少し前に新しい五ポンド紙幣ができましたが、もうすぐ新しい十ポンド紙幣も登場します。材料は大体同じようなもので、機械が数えやすいことが第一に考えられているので、銀行で手を使って数える人間にとってはとても扱いにくい。もうすぐ、銀行で働く生身の人間はほとんどいなくなってしまうでしょう、と彼は言った。

男の首元の肌が赤く、それが耳まで広がっているのを彼女は見た。頬も赤らんでいた。おそらくこの銀行で働く人たちは、早い時間からクリスマスパーティーの酒を飲み始めていたのだろう。彼は合法的に酒を飲める年齢には見えなかった。その顔は一瞬、本当に今にも泣きだしそうに見えた。哀れを誘う姿。しかし、彼の頭に何があろうが、彼女には関係がない。どうしてそんなことを気に懸けなければならないのか？

しかしソフィアは銀行の人とは仲良くするに越したことはないと経験から知っていたので、いらいらしたり、厳しい物言いをしたりはしないことにした。その間、個別相談アドバイザーはスーパーマーケットで、今では古風になった生身の人間にお金を支払う列には並ばず、機械で支払いを済ませる列を選ぶようになったという、少し長すぎる話をしていた。

いつも昼食を買っているスーパーがレジの人員を減らして、セルフレジを導入したとき、私は最初、腹が立ちました。だから必ず、人間にお金を渡すレジを選ぶことにしていました。でも、人間がいるレジは一台しかないからいつも列が長いんです。セルフレジは数が多くて、列が進むのもずっと早いから、いつも空《す》いてる。だから、昼食を買うとき、セルフレジに行くようになりました。今では何を買うときでも必ず直接セルフレジに行きます。そうなると今度は、不思議なことに、そっちの方が楽だと思うようになりました。ただの挨拶でも、ほんの一言二言でも、人としゃべるのは面倒だと思うことがあるじゃないですか。だって、向こうはそれでこっちのことを判断するのだと思いますし、自分は口下手だと思い知らされますし、馬鹿なこと、間違ったことを言ってないかと不安になりますからね。

人間的コミュニケーションの陥穽《かんせい》、とソフィアは言った。

個別相談アドバイザーは画面でなく、ソフィアを見た。彼女は彼が自分に目を向けるのを見た。彼にとって彼女はよく知らないただの老人で、どうでもいい人物でしかない。

彼はまた画面に目を戻した。口座の数字を見ているのがソフィアには分かった。去年の数字はそこにはない。そんなものには意味がない。その前年の数字も、さらにその前の年の数字も同様だ。

去年の口座の数字はどこにあるのだろう?

とにかく、とソフィアは言った。人間同士のやりとりというのはこの上なく複雑なものだってことです。さて。話を戻しますけど。私が今日ここに来たのは、ただ現金を引き出すためです。

ええ。本日のお引き出しということであれば、受付の同僚がお手伝いさせていただきます、クリーヴズ様、と彼は言った。

それから画面に目をやって言った。あ、いえ。駄目ですね、申し訳ありませんが、それはできません。

どうしてです?とソフィアは言った。

申し訳ありませんが、閉店時間です、と彼は言った。

ソフィアは彼の背後の壁に掛かった時計を見た。十二時ちょうどを二十三秒過ぎていた。

けど、あなたにならまだ、私が今日引き出しに来た額をお願いできますよね。

申し訳ありませんが、閉店時間になると金庫は自動的にロックされてしまうのです、と個別相談アドバイザーが言った。

もしよろしければ、私の顧客ステータスを確認してもらえませんか、とソフィアは言った。

その確認ならできますが、何でもご希望に添うということは無理かと存じます、と彼は言った。

それってつまり、私が今日引き出したいと思っていたお金を引き出すのは無理ってことですね、と彼女は言った。

もちろん、限度額以下のお金であれば、本行の前にございますATMから引き出すことは可能です、と彼は言った。

彼は立ち上がった。ステータスの確認はしなかった。この部屋とこの相談に割り当てられた時間は終わったということで、彼は扉を開けた。

できれば、この件について支店長さんとお話しさせてもらえませんか?とソフィアは言った。

私が支店長です、クリーヴズ様、と個別相談アドバイザーが言った。

二人は互いに、〝メリー・クリスマス〟と言った。ソフィアが銀行を出るとき、背後でメイン扉に鍵がかかる音が聞こえた。

彼女は銀行の外にあるATMに向かった。画面には、〝故障中〟というメッセージが表示されていた。

ソフィアはその後、あらゆる方角に向かって混雑している道路で渋滞に巻き込まれた。彼女が運転する車が停まったのは、街の中心部にある芝地の横だった。公園とは呼べそうもないその場所には大昔、一本の木の根元を丸く取り囲む形で木製の白いベンチが作られていたが、今ではそれもなかった。彼女は一瞬、道の真ん中に車を放り出して、渋滞が収まるまでしばらく木の下に座っていたいと思った。車は道の真ん中に置きっぱなしで、他の車はよけて通ればいい。とにかく芝生の上で座っていたい。

彼女はその年老いた大木を見た。

そして公園の売却に関する掲示と、〝高級《ラグジャリー》アパート　オフィススペース　極上《プライム》店舗スペース〟。高級《ラグジャリー》。極上《プライム》。この芝地と向かい合っているホームセンター――閉店セールの横断幕が窓に掲げられていた――からは鐘の音が鳴り響いていた。ゴオォーン。オオオオオ。

クリスマス音楽に関連して特に興味深いのは、と彼女はクリスマス音楽に関する番組に出演しているかのように、知的だけれども偉そうではないラジオ4（総合番組を提供するBBCの全国放送）的な声で考えた。**同じ曲が一年の別の時期であれば完全に無力で、まったく人の心を動かさないということです。**

ところがこの冬のさなかの荒涼とした時期には、孤独と絆について繰り返すその歌が心の琴線に触れる、と彼女は数百万の存在しないリスナーに向かって言った。それは最大の魂に声を与え、最小の魂、最弱の魂を励まし、もっと豊かなものの中に浸らせます。それは本質的には再訪を意味していて、時間経過のリズムを表してもいるのですが、果てしないサイクルの中における時間が一年の中のある特別な点に回帰したことも意味しています。つまり、この暗く冷たい冬のさなかに、私たちが支え合い、気前よく人に歓待や善意——切り詰められた世界におけるささやかな贅沢——を示すということなのです。

荒涼たる〝静かな夜《サイレント・ナイト》、聖なる夜《ホーリー・ナイト》〟、〝夢を見ることもない汝の深い眠りの中《アバヴ・ザイ・ディープ・アンド・ドリームレス・スリープ》〟、〝何も心配する《レット・ナッシング・》ことはない《ユー・ディスメイ》〟。彼女はため息をついて座席に深く掛けた。どれもクリスマス・ソングで、よく知る歌だ。ただ知っているだけではない。歌詞も一言一言すべて頭に入っている。メロディーも。ひょっとするとカトリックの教義を教えるというのはまさにそういうことなのかもしれない。歌を教えてくれたあの年取ったウェールズ人の校長先生。あの人のことはよく覚えている。新しい校長が来て交代する前の、年取った校長。優しい人で、他の先生とは違っていた。歌と歌の間に休憩を入れて、昔の舞台俳優みたいに大きく両手、両腕を広げて、勉強そっちのけでお話を聞かせてくれた。いつも目がきらきらして、ツイードの服を着て、周りにはいつも薬みたいな、不快ではない匂いが漂っていた。校長先生には本当に昔の世界から来た人という雰囲気があったので、クラス全員はその話をまるで神から直接聞かされているみたいに真剣に聞いた。

校長先生は例えば、有名な画家に関してこんな話を聞かせてくれた。世界で最も完璧な絵を描いてみせろという皇帝からの伝言を携えてきた伝令の目の前で、木炭を使ってキャンバスに円を一つだけ描き、〝皇帝にはこれを見せなさい〟と言った画家の話。

他にあの老校長はどんな話を聞かせてくれたっけ？

こんなのもあった。

石の転がる野原で一人の男が別の男を殺した。二人は何かの問題で言い争いをして、一人が大きな丸い石——頭ほどもある大きな石——でもう一人の頭を殴った。そして一人が死んだ。すると殺した方の男は、誰かに事件を目撃されてはいなかったかと、地平線の果てまで周囲を見渡した。誰もいない。男は家に帰り、シャベルを持ち出した。そして野原に穴を掘り、死んだ男を転がすようにしてそこに落とし、凶器の大きな石を橋の脇から川に捨て、川の畔まで行って手を洗い、服の埃を払った。

しかし男は、死んだ男の割れた頭のイメージを忘れることができなかった。どこへ行っても、そのイメージに付きまとわれた。

そこで男は教会に行った。私をお赦しください、神父様、私は罪を犯しました。神は決して、私がやったことをお赦しにはならないでしょう。

司祭——彼もまだ若かった——は男に、ちゃんと告解をして真に悔い改めれば、神は当然お赦しになる、と言って男を慰めた。

私は人を殺しました。そして麦畑に埋めました、と男は言った。石で殴ったら、そのまま倒れて死んでしまったのです。私は凶器の石を川に捨てました。

司祭は小さな穴の開いた暗い格子窓の奥でうなずいた。そして男に告解の秘蹟を与え、赦罪の言葉を唱えた。男は告解室を出て、教会に座り、祈りを唱え、赦された。

十年単位で歳月が経った。そして死んだ男がどうなったのか、誰も心配したり、気に懸けたりすることがなくなった。気に懸けていた人は全員が死に、それ以外の人は皆、忘れた。

ある日、一人の老人が町へ行く途中偶然に、一人の老司祭に出会った。そしてそれが知人であることに気づき、こう言った。神父様、どうか握手をさせてください。きっと私のことは覚えていらっしゃらないでしょうが。

二人は一緒に町まで歩きながら、あれこれの話をした。家族のこと、人生のこと、変わったこと、変わっていないこと。

そして町に近づいたところで老人が言った。神父様が昔、私を助けてくださったことにお礼を申し上げます。私がやったことを誰にも言わずにいてくださったことに感謝申し上げたい。

あなたがやったこと？と老司祭が言った。

私が石で人を殺し、麦畑に遺体を埋めたときの話です、と老人は言った。

老人はポケットから酒の小瓶を出し、老司祭に勧めた。司祭は男と乾杯をした。二人は市場のある広場まで来ると、互いにうなずき、別れを告げた。

老人は家に帰った。老司祭は警察に行った。

警察は麦畑に行って骨を掘り出し、老人を逮捕した。

老人は裁判にかけられ、有罪を宣告され、死刑になった。

天使が天を裂き、店はシャッターを閉じた。日の光は消えかけていた。

ソフィアは車で家に戻った。家に着くと、玄関の鍵を開け、廊下からキッチンへと進んだ。

彼女はキッチンテーブルの前に腰を下ろした。

そして両手で自分の頭を抱えた。

一九八一年晩夏。二人の女性がイングランド南部の町の目抜き通りにある、いかにもという店構えの金物屋の前に立っている。扉の上には扉の鍵を模した看板が掲げられ、〝合鍵作ります〟という言葉が添えられている。クレオソート、油、パラフィン、芝生の手入れをする道具などの強烈な匂いが漂う。持ち手の付いたブラシの先、持ち手のないブラシの先、持ち手のみなどが売られているだろう。他には何がある？　熊手、鋤《すき》、農業用フォーク、庭園用ローラー、壁に沿って並べられた脚立、袋入りの肥料であふれそうなブリキのバスタブ。ブタンガスの携帯用ボンベ、シチュー鍋、フライパン、モップの先、木炭、木製の折りたたみ椅子、プラスチックのバケツに立てられた吸引用ゴムカップ、山のように積まれた紙やすり、手押し車に山のように積まれた袋入りの砂、金属製のドアマット、斧、ハンマー、キャンプ用のコンロが一つか二つ、ジュートマット、各種カーテン、各種カーテンレール、カーテンレールを壁に取り付ける各種道具やカーテン飾り、ペンチ、ドライバー、電球、ランプ、バケツ、釘、洗濯かご。あらゆるサイズののこぎり。〝ご家庭で必要なものはすべて揃います〟。

しかし、女たちが後で話をするとき、最も頭に残っているのは花——ロベリア、イワナズナ——と鮮やかな色の袋に入った種子が並べられていた棚だ。

二人はカウンターの奥にいる男に挨拶をする。そして、さまざまな太さの鎖が巻かれているところの脇に立ち、長さあたりの値段を比較し、計算する。一人が細めの鎖を一定の長さ引き出すと、鎖はチャリチャリと音を立てる。彼女は別のものを見るふりをしているもう一人の腰に鎖を回した後、自分の腰にもそれを当ててみる。

二人は顔を見合わせ、肩をすくめる。長さがそれで足りるのかどうか、見当が付かない。手持ちの金を確かめる。十ポンド以下だ。二人は南京錠をどうするか考える。買うなら四つ必要だ。南京錠を安物の小さなものにすれば、鎖は約三メートル買える。

店主が鎖を切り、二人は代金を払う。二人が店を出た後、扉の上のベルが鳴っただろう。外では影が長く伸び、夏のけだるさが漂っている。

誰も二人を見ない。眠気を誘う夏の通りを歩く人々は誰一人として、彼女たちを振り返って見ることはない。二人は縁石の上に立つ。この町の目抜き通りは今、今までになく広く感じられる。この道路は、店に入る前からこんなに広かっただろうか？　自分たちがただ気づかなかっただけ？

二人は町を出るまでは笑わない。何キロも歩いて他の仲間と合流してからようやく笑いだす。そのときにはたがが外れたように笑う。

暖かな空気の中、腕を組んで歩く二人を思い浮かべてみよう。一人は鎖の入ったバッグをジャラジャラと振り回し、〝ジングル・ベル、ジングル・ベル、ジングル・オール・ザ・ウェイ〟と歌っている。もう一人は、小さな鍵の挿さった南京錠をポケットに入れている。二人が歩く道の左右には雑草に混じって夏の野花が黄色く咲いている。

今日は冬至。アートはロンドンの図書館の、かつて参考調査《レファレンス》コーナーだった場所——今ではその扉に「アイデア・ストアへようこそ」と書かれている（ロンドンなどでは二〇〇二年から一部の図書館が「アイデア・ストア」と名前を変えて大きくイメージチェンジを図っている）——でくたびれた共用パソコンに向かっている。そして単語を無作為にグーグルに入力して、よくある検索ワードとして「死んだ《dead》」という続きが自動表示されるかどうかを試している。多くはそう表示される。すぐに「死んだ」と表示されない場合は、〈**単語**〉＋**は《is》**＋**し《d》**と入力すればほぼ必ずそうなる。

芸術《アート》、次いで**は**と入力して、検索候補のトップに

芸術《アート》は死んだ。

と表示されたとき、彼はなぜか——ひょっとするとマゾヒズム——少し興奮を覚える。

彼は次にマゾヒズムという単語で試す。

マゾヒズムは死んだと表示されない。

でも、愛は明らかに死んでいた。

彼が今いる場所は、死という状態の対極にある。そこはにぎやかだ。多くの人が何かをやっている。古い共用パソコンを使うのも大変で、たくさんの人が後ろに立って、わずか五台の壊れて

いないパソコンを使う順番を待っている。列に並んだ中には、本当に急いでしなければならないことがあるのだという切羽詰まった表情をしている人もいる。一人か二人は半狂乱で、パネルで仕切られたパソコンに向かう利用者の後ろを歩き回っている。アートは気にしない。今日はそれどころではない。穏やかなことで有名なアート、気前がよくて、思いやりがあって、詩情があって、繊細なアートだが、今日は他人の欲求に屈することはないし、間に合わせに作られたこのくそパソコンコーナーで好きなだけ、そして気が済むまで粘るつもりだ。

（**穏やかさ**、**気前**、**思いやり**、**詩情**、**繊細さ**の中では、詩情だけが死んでいた。）

彼にはやらなければならないことがたくさんある。

冬至が終わる前に、冬至に関するブログ記事も書いてアップロードしなければならない。

彼は**ブログ**、次には**は**《is》と入力する。

すると表示される。死んだ、と。

彼は**自然**《ネイチャー》**は**と入力する。

これは**し**《d》を付け加えないといけない単語の一つだ。それを付け足すと、次のような候補が表示される。

自然は心配《デンジャラス》
自然は死にかけ《ダイイング》
自然は神聖《ディヴァイン》
自然は死んだ

しかし、**ネイチャー・ライター**は死んだものとして表示されない。それを入力すると、サムネイル画像がずらりと現れる。健康そうな顔をした、過去から現在にいたる数々の偉人の小さな写真。彼は思慮深そうな小さな顔、ネットの中で小さな四角となって並ぶ世界の理解者たちを眺めて、心の奥底にあるひどい悲哀を感じる。

本質《ネイチャー》は変わるか？

というのも、彼は無価値な人間だから。

彼は自分本位のペテン師だ。

本物のネイチャー・ライターの人生においては、当人が解決できないほどの間違い、あるいは自然に関する文章を綴ることで緩和できないほどの間違いは起こらないはずだ。ところが今の彼ときたらどうだろう。

シャーロットが言う通りだ。彼は本物ではない。

シャーロット。

アートの母は、彼とシャーロットが三日後にコーンウォールに来ることを期待している。

彼はポケットから携帯を出して画面を見る。シャーロットは〝自然の中のアート《アート・イン・ネイチャー》〟(@rtinnature)というアカウントで偽のツイートを送り始めていた。彼女は昨日、彼になりすまして、三千四百五十一人のフォロワーに、早くも最初のヤマキチョウ《ブリムストーン》を目撃したと報告していた。**例年より総統早くヤマキチョウを目撃しました。**誤植はわざと馬鹿っぽく、不注意なツイートを装っていた。〝総統〟というのはナチス好きをこのアカウントに惹き付けるためなのかもしれない。彼女はネツイッターからダウンロードしたらしき、葉に止まった雌のヤマキチョウの写真を投稿していた。ツイッターはプチ炎上状態となり、興奮し、腹を立てた口の悪い自然愛好家千人が「越冬個体と新成体との区別も知らない」彼のことを一斉に批判したせいで、〝自然の中のアート《アート・イン・ネイチャー》〟は短い間、トレンド入りした。

三十分前にまた彼のユーザーネームを使って始まった今日のツイートは、またしてもあからさまな嘘をまき散らしている。今日のシャーロットは、暴風雪に襲われたユーストン通りの写真をどこかで見つけてきて、それをツイッターに投稿していた。

今日は雪など降っていない。気温は十一度。天気は晴れだ。

既にリプは、下手な人間が注いだラガービールみたいに泡であふれていた。怒りと皮肉、恨みと憎悪と嘲笑、それに加えて、**おまえが女なら、今頃は殺人予告を送っていただろう**というツイート。アートにはそれがポストモダン時代の冗談なのかどうかが判断できない。それだけではない。二つのメディア——オーストラリアとアメリカの——がネタを真に受けて、ツイッターのIDまで添えて報道してしまっていた。ロンドン中心部に積雪、写真あり。

手の中の携帯画面が明るくなる。**親愛なる甥《ネフ》。**

アイリスからだ。

アイリスからは昨日、もう一つのブリムストーンについて携帯でショートメッセージが届いていた。**親愛なる甥《ネフ》、いわゆるブリムストーン、つまり空対地ミサイルの〝打ちっ放し〟能力について調べたか、聞いたかしたことある？　蝶とは似ても似つかぬ能力！　もしもそのミサイルが**

羽ばたいたりしたら、普通の方のバタフライ効果なんて吹っ飛んじゃうね。×アイア（英文の手紙やメッセージで用いられる x はキスを表す）

今日の伯母からのメッセージは、意外にもアートの慰めになる。親愛なる甥《ネフ》、と彼女は言う。ツイッターのあなたはなぜかあなたらしくない……個人的知り合いとして訊きたいことが一つ。私たちはテクノロジーのなすがままなのか、それともテクノロジーは私たちのなすがままなのか？　×アイア

うん、素晴らしい。もう七十代後半という年齢で、ろくに彼のことを知らない伯母でもツイッターアカウントが乗っ取られていることに気づくのなら、心配無用だ。本当のフォロワーは絶対に気が付くはずだ。

アフォロワーの皆さん、ロンドンでは膝まで雪が積もってます！

その手には乗らない。

そこまで馬鹿ではない。

対決すればシャーロットを喜ばせるだけだ。

レベルの低い争いはしない。

放っておけば勝手に馬脚を現すだろう。

（シャーロットがこうして熱心に、何らかの形で僕との接触を保とうとしていることは興味深い。）

彼は図書館の中にいる人の姿を見回す。ていうか、ほら。周りを見ろ。ネット上で僕の名前を

騙《かた》り、僕のプロフィール画像を使って行われていることなどこの部屋にいる誰も知りはしないし、気に懸けてもいない。この状態を見れば、そんな出来事など起きていないのと変わらない。

でも、現実には起きている。

それなら、どっちが現実なのだろう？　この図書館の方が現実世界ではないのか？　モニター上に見えているあっちの方が実は現実世界で、たくさんの人に取り囲まれて座っているこっちの方が現実とは違うのか？　彼は古い箱形のモニターの先にある窓の外に目をやった。車が走り、人が四方八方に行き交っている。一人の若い女が道の向かい側にあるバス停に座って何かを読んでいる。あの子がネット上の騒ぎを知っているだろうか？

知るはずがない。

だから、僕が心配する必要はない。

しかし、それにしても

アフォロワーの皆さん

シャーロットは僕を馬鹿にすると同時に、僕のフォロワーをも馬鹿にしている。いろいろな意味で腹立たしい。彼女にもそれが分かっている。僕を怒らせるためにわざわざ雪に関するツイートをしているのだ。彼女は僕の計画を一から十まで知っている――〝自然の中のアート《アート・イン・ネイチャー》〟ではしばらく前から、本当にまた雪がたくさん降ったときのため備えがしてあった。アルファベットの文字を足跡に見立てる文章だ――その予定だった。**デジタルであれインクであれ、跡を記す文字はすべて動物の足跡であり、何ものかがそこを通ったしるしだ。**彼はこの一文を、一年半以上前からノートに用意していた。去年は暖冬だったので彼がこれを使うタイミングを長い間待っていたことを、彼女は充分に知っていた。彼の頭には今、そこで用いるべき印象的な単語がいくつもあった――〝痕跡〟〝スタンプ〟〝刻印〟。そして雪の状態を表現する、珍しい語彙も集めてあった。〝霧雪〟〝べた雪〟〝雪塔《ペニテント》〟（固い雪がタケノコ状に残ったもの）。実際、その際には少し政治的なことを発言するつもりだ――その予定だった。見かけ上の混乱の中にある自然界の統一性、風向きとの関係で雪が描き出す意外な統一性、木が四方八方に枝を伸ばしていても雪がそこに貼り付くときには一方向だけに積もっていくこと（しかし、シャーロットはこれを下らないアイデアだと馬鹿にして、あなたには要点が分かっていないと言っていた。政治的な意識を持った本物のネイチャー・ライターでない限り、皆がこの混沌とした時代に自分のアイデンティティーを見つけて満足し、自分をごまかすだけの目的で文章を書いているし、〝雪片〟という単語でさえ今ではまったく新しい意味を帯びていて、あなたが書くべきなのはまさにそういう問題だ、と）。彼は水分子のやりとりについてメモ書きをこしらえ、そこに〝気前のいい水〟という小見出しを添える予定だった。そして、ほとんど風のない寒い日に何かが凍る際、まるで何かが燃えているみたいに煙のようなものが発生する理由もメモしていた。さらに、雪《スノー》と氷《アイス》を混ぜて作られる雪氷《スナイス》という丈夫な素材が建物（冬の行楽地で見られる「氷のホテル」などのこと）を造るのに使われることも。ある種の物体の表面では鳥の羽毛かシダの葉みたいな形の氷の結晶ができ、別の物体の表面ではそれができないことも。また、同じ形の雪の結晶は二つとして存在しないというのは実際、本当なのだということ。雪片と結晶との違い、そして雪片が結晶から成る共同体であること――これも政治的な文章だ。それに加えて、空から降る雪片は自然が生んだアルファベットであって、毎回、独自の文法を形作ること。

シャーロットは雪のノートの中身を破り、アパートの窓から外に投げた。外を覗くと、梢《こずえ》や藪の中、下に停められた車のフロントガラスや屋根の上に落ちたり、路上で風に吹かれている紙片が見えた。

あなたがネイチャー・ライターですって?と彼女は言った。笑わせるわ。野原や運河沿いを歩いたなんて嘘をでっち上げて、それをネットに載せて、ネイチャー・ライターを名乗るなんてありえない。とにかく、あなたなんてただの雑草。どうしても自然に近いと言いたいのなら、雑草と呼んであげる。雑草が人をだましてお金を稼いでるだけ。ただのみじめなお笑いぐさ、誰もあなたをそれ以上の存在だと思ってないし、あなたも自分をそれ以上だと思わないでよ。

そもそも二人が喧嘩になった原因は、彼女の本のページの隅で彼が爪の掃除をしているのが見つかって、彼女が「やめて」と言い、その後、文句を言われたことに腹を立てた彼が、世界の現状をいつも延々と嘆いている彼女を批判し始めたことだった。

ＥＵ諸国からの入国審査で足止めを食らわされている人々がいることについて彼女がイギリス政府を批判したときには、それは彼らが自分で選んだ道だろ、と彼は言い返した。ＥＵ諸国出身者と結婚した人たち、子供はイギリスで生まれたけれども親には在留許可が下りないかもしれないケースについてもそう。彼らは自分の意志でイギリスに来ることを選択した。自ら進んでリスクを冒した。自己責任さ。

選択ね、と彼女は言った。

そうだ、と彼は言った。

戦争を逃れて海を渡ろうとして途中で溺れた人についても、前に同じような話をしたわよね。あなたはあのとき、私たちは何も責任を感じる必要はないって言った。燃やされたり、爆撃されたりした家から逃げてきたのは彼らの責任、転覆するような船に乗ったのも彼らの責任だって？と彼女は言った。

シャーロットの話はいつもそんな感じだ。

僕らには何の問題もない、と彼は言った。くよくよ考えるのはやめようよ。僕らにはお金も充分にある。君にも僕にも、安定した仕事がある。それでいいじゃないか。

何かにつけて自己中心的なその考え方は大問題だわ、と彼女は言った。

彼女はその後、四十年前から続く利己主義的な政治の影響について大声を上げ始めた——まるで、二十九年しか生きていない人間（シャーロットの場合には）が四十年にわたる政治の影響について語ることに正当性があるかのように。馬鹿らしい。いや、それはもっと正確には、自傷行為みたいなものだ。実際、シャーロットはいつもキッチン用ばさみ——スープ用に鶏を骨ごと四つに切るようなはさみ——で自分の胸骨のあたりをジグザグに切り裂く夢を見たと言っている。

夢の中の私は四つ裂きにされた王国。彼女は彼の注意を惹こうとするときにはいつもそう言った。夢の中の私は、ひどく分断されてしまったこの国を体現してるの。

その通りなのだろう。〝彼女の夢の中〟では。

この国の人々は前回の国民投票以来、互いに猛烈に腹を立ててる、と彼女は言った。なのに私たちの政府はそれをまったくなだめようとしない。逆に、国民の怒りを都合よく政治的に利用してる。それはファシストが使う常套手段だし、とても危険なゲームだわ。そしてアメリカで起きていることはこのことと直接関係してる。おそらくは経済的にも結び付いてる。

アートは声を上げて笑った。シャーロットは怒りの表情に変わった。

恐ろしいことよ、と彼女は言った。

いいや、恐ろしくなんかないよ、と彼は言った。

あなたは自分をごまかしてる、と彼女は言った。

世界の秩序は変わりつつある。この国でもよその国でも今、本当に新しく起きている事態は、とシャーロットは言った。自分の利益しか考えない人たちが権力を握っているということ、彼らは歴史について何も知らないし、何の責任も感じていないということよ。

それだって今に始まったことじゃない、と彼は言った。

彼らは新しいタイプの存在、と彼女は言った。本物の歴史的時間と人間から生まれた存在ではなくて、何て言うか――

ベッドの端に腰掛けた彼女が片方の手を鎖骨の上に置き、反対の手を空中で振り回しながら適切なたとえを探すのを彼は見ていた。

何て言うか、何?と彼は言った。

ポリエチレン製のレジ袋から生まれた存在、と彼女は言った。

え?

それくらい歴史と無縁な存在、と彼女は言った。それくらい非人間的な存在。それくらい脳みそがない。ポリ袋が発明される以前、何世紀もの間、人がどうやってものを持ち運んでいたか、何も知らない連中。役に立たなくなった後、何年間も環境に悪影響を及ぼし続ける点でもポリ袋と同じレベル。何世代にもわたる悪影響。

それは。昔から。変わってない、と彼は言った。

そして少し間を置いてからこう言い足した。ずっと。

どうしてあなたはそんなに能天気でいられるの?と彼女は言った。

自分だって超単純な反資本主義的比喩を使ってるくせに、僕のことを能天気だなんて言えるのかい?と彼は言った。

今では政治に代わって、お膳立てされた芝居が演じられてる、と彼女は言った。私たちはショックで茫然自失の状態に追いやられて、二十四時間途切れることのないニュースで次々にショックを与えられ、次のショックを待つように手懐けられている。おっぱい飲んでねんねして、おっぱい飲んでねんねしての繰り返しで生きている赤ん坊みたいに――

たまにおっぱい吸うのも悪くないね、と彼は言った。

(彼女はその言葉を無視した。)

――ショックからショックへ、混沌《カオス》から混沌《カオス》へ、まるでそれが栄養になるものであるかのように、と彼女は言った。そんなものは栄養じゃない。むしろ栄養の反対。偽のママ。偽のパパよ。

でも、どうして国が国民に次から次にショックを与えないといけないわけ?と彼は言った。そんなことをして何の意味がある?

皆の目を逸らすため、と彼女は言った。

目を逸らして何がしたいの?と彼は言った。

株式市場を乱高下させる、と彼女は言った。通貨を不安定にする。

陰謀論なんて時代遅れだよ、と彼は言った。二周遅れ、いや、三週遅れ。変われば変わるほど《プリュ・サ・》元のまま《シャーンジ》。

たしかに変化《シャーンジ》はあった、と彼女は言った(彼の言い方を借りて、〝変化〟の発音はフランス語風にした)。文字通りの気候変動は別として、四季そのものががらりと変わった。今だって、誇大な売り込みと騒音の向こう側で起きていることを確かめるために猛吹雪《ブリザード》の中を歩いている気分。

君と四季について一日中おしゃべりしてたいけど、僕には仕事がある、と彼は言った。

彼はノートパソコンを広げ、ある特定の制汗剤を買えるサイトを探し始めた。彼が長年使ってきた制汗剤は最近、製造中止になっていた。彼女が部屋の反対側から近づいてきて、パソコンの画面を手の甲で叩いた。彼女は彼のノートパソコンをねたんでいた。

冬至についてブログに書かないといけない、と彼は言った。

冬至、と彼女は言った。その通りだわ。一年で最も夜が長い日。こんな時代はかつてなかった。

いいや、あったさ、と彼は言った。冬至は毎年巡ってくる。

シャーロットはなぜか、この一言で切れた。元々彼のブログを嫌っていたのかもしれない。喧嘩の最中にも、〝反動的で下らない、ノンポリのブログ〟と呼んでいた。

そもそもあなた、世界の資源が脅《おびや》かされている問題を取り上げたことなんてないでしょ？と彼女は言った。水戦争は？　ウェールズと同じ面積を持つ氷棚《ひょうほう》が南極大陸から離れかけている話は？

ひょうほう？と彼は言った。

海洋プラスチックの問題は？と彼女は言った。海鳥の体内に取り込まれたプラスチックは？　ほとんどすべての魚や海洋生物の内臓から見つかるプラスチックのことは？　今の世界に、汚染されていない水なんて存在するの？

彼女はそう言いながら、両手を頭の上に掲げた。

ていうか、政治的なことは苦手なんだよね、と彼は言った。僕がやってることは本質的《ネイチャー》に、政治とは無縁。政治は一過性のものだけど、僕は一過性の対極にあることをやってる。一年の時間が経過するのを野原で眺めたり、生け垣の構造を観察したり。生け垣って、ほら、所詮は生け垣だろ。政治とは関係がないんだよ。

彼女は彼の顔を見つめたまま笑った。そして生け垣が実際にはどれだけ政治的かを大きな声で論じた。それから、猛烈な怒りが彼女の中からあふれ出し、自己愛者《ナルシシスト》という言葉が何度も飛び出した。

〝自然の中のアート《アート・イン・ネイチャー》〟が笑わせるわ、と彼女は言った。

その時点で彼は部屋を離れ、玄関から出た。

そして少しの間、ロビーに立っていた。

彼女が彼を呼び戻しに来ることはなかった。

だから彼は、外に散らかる雪のメモを救出するために階段を下りた。

彼がまた階段を上がり、部屋に戻ると、廊下の棚の扉が開いたままになり、中身がすべて床に散らかされていた。シャーロットはドリルキットを広げ、中から適当な穂先を選んでいた。彼のノートパソコンは上下を逆さまにして、二つの椅子をまたぐ橋のように置かれていた。彼女がドリルを上に向けて引き金を引くと、大きな音を立てて穂先が回転を始めた。

テレビの状況喜劇《シットコム》なら、録音された笑い声が入るタイミング。

何するんだ?と彼はドリルに負けない声を上げた。感電するぞ。

彼女は平らで大きな物体を手に取った。

死んでる、と彼女は言った。あなたの政治的な魂と同じように。

彼女はそれを、フリスビーのように回転させながら投げた。ノートパソコンのバッテリー?わお。新しいノートパソコンのバッテリーはすごい、と彼は身をかがめながら考えた。

それはテレビの画面にぶつかった。かわしてよかった。当たる角度によっては、首がちょん切れてもおかしくないように見えた。

(彼はこの瞬間、エミリー・ブレイ宛てに書きかけていたメール——水曜の四時から六時の間に会えないかというメッセージ——の下書きをシャーロットが見つけたのかもしれないと疑い始めた。彼はエミリーとのセックスを懐かしく思い、〝君も久しぶりに僕としたいと思わない?〟〝どうにかして会えないかな?〟というメールを書きかけていた。

送信はまだしていない。

本当に送るかどうかさえ、まだ考えていなかった。

エミリーにはまた別のメールを書こう。新しいノートパソコンを買ったら。)

政治的。

魂。

政治という単語についてはもう試してあった。政治は死んでいた。

魂はしd
出てきたのは〝死にかけ〟という単語だ。

ふむ。それなら希望が持てる。まだ死んでいないのだから。

ノートパソコンはしd
出てきたのは〝死んだ〟だ。

彼のノートパソコンは完全に死んだ。画面はおかしな舗装風のモザイク模様。シャーロットは部屋を出て行った。スーツケースとともに。だから彼は今、ここで共用パソコンに向かっている。そのキーボードを触っていると、彼は指先の不器用さを思い知らされるとともに、できれば思い出したくない過去のセックスの記憶を突きつけられた。しかもキーボードには@を入力するキーが見当たらなかった。

彼は少しの間、クリスマス休暇に母のところへ一緒に行ってもらうため、とりあえずエミリー・ブレイとコンタクトを取ることを考える。というのも、シャーロットを連れて帰るという問題で大騒ぎをした挙げ句に一人で帰るのはどうにも気まずく、情けないからだ。

しかし、エミリーとは三年近く口を利いていない。

シャーロットと出会って以来。

彼は携帯を取り出し、連絡先に登録されている名前をチェックする。この人は駄目。この人も。

この人も。

そして、そんなことをしている自分の異常さに——馬鹿さ加減に——思わず笑いだす。

彼はアイリスからのショートメッセージを読む。

私たちはなすがままなのか。

いいや。

こんなことではへこたれない。今度は——そうだ——いかにしてこの困難を乗り越えたかを書こう。彼は〝自然の中のアート《アート・イン・ネイチャー》〟に、このインチキな世界をいかにして生き延びるかについて素晴らしい記事を書くだろう。単に生き延びるだけでなく、それを通じていかに真実に至るかについて。タマネギみたいに刺激的で重層的なインチキを突き抜け（おお、なかなかいい言い回しだぞ、アート、書き留めておけ）、身近で親しい人によって語られたあなたについての嘘、気づかないうちにあなたが自分や他人について言っている嘘さえも乗り越えて。嘘にまみれた言説をカミソリのような言葉で断ち切る。それは痛烈で、正直だ。人から奪うことのできないものに関する文章になる。彼はそれを〝真実は必ず明らかになる《Truth will out》〟と名付ける。略してＴＷＯ《トゥー》。

しかしＴＷＯ《ふたり》という単語は彼に再びシャーロットを思い起こさせる。

気分が沈む。

手に持っていた携帯が低い音を立てて振動する。

シャーロットからかも!

しかしそれは知らない番号だ。

無視。

するとまた、知らない番号から電話がかかる。さらにもう一本。

彼はツイッターを確認する。

やっぱりそうだ。彼女がたった今、新しいツイートを投稿している。彼が最初に目にするのはリンクだ。その上にはこう書き添えられている。

お知らせです。僕のところではスノージョブは一回十ポンド、フォロワーの人はお友達価格で五ポンドとなっています。

リンクをクリックすると、去年二人でタイ旅行に行ったときに撮った写真のページが出てくる。彼がワインの入ったグラスを掲げている写真だ。下には数字が添えられている。

彼の携帯番号だ。

うわ。最悪。

彼は電源を切る。

そして誰かに見られていないかと周囲を見回す。パソコン利用の列に並んだ人が実際何人か、彼のことを見ているが、それは単に彼が画面から目を離し、席を立つように見えたからにすぎなかった。

それにしても、僕の世界はやばいことに《メルトダウン》なってるぞ！

彼は首筋に手を置く。肌が汗ばんでいる。

スノージョブって何かエッチなことなんだろうか？（ブロージョブならフェラチオの意味）

スノージョブって、具体的には相手と何をするのか？

彼はネットで調べてみる。すぐに定義が画面に表示されるので、それほど卑猥な意味ではなさそうだ。

G・I・ジョーと何か関係があるらしい（スノージョブは「弁舌巧みに人をだますこと」。米国制作のアニメ『地上最強のエキスパートチームG・I・ジョー』に同名の登場人物がいる）。

オーケー。

彼は電源を切った携帯をポケットにしまって席を立ち、男性用トイレに行く。

トイレでは、唯一鍵が掛かる個室に入って便座に腰を下ろし、床を見つめる。しかし、そこはみじめだ。においもひどいし、見るべきものも何もない。これがプライバシーなら、そんなものはあっても何の役にも立たない。

彼は立ち上がり、扉の鍵を外す。

個室の外に出ると、男性用トイレなのにそこに女がいる。二十代くらいのかなり若い女性で、髪は黒く、南アメリカ、あるいはスペインかイタリア系に見える。彼女はハンドドライヤーの吹き出し口を自分の方に向け、胸の前を開けて体を温めている。十二月にしては、ずいぶん首回りが寒そうなトップスだ。女は服とドライヤーを指差す。

寒い。暖かい。失礼、と彼女はドライヤーの騒音に負けない声で言う。女性用トイレのは役立たず。

許します、と彼は言う。

彼女は笑顔を浮かべ、また温風の方を向く。彼はトイレを出るとき、別の人と会った——ただ一言、二言言葉を交わした——というだけで少し気分がよくなっている。愛らしい格好でさりげなく体を温める人の姿を見ることで、こちらの心が温まったのだった。

〝許す〟という言葉を口にしたのもそうだ。彼はそれがこれほどの力を持った言葉だとは知らなかった。彼は微笑んでいる。階段ですれ違う人たちは、にやにやしている彼をいぶかしがるような目で見ている。微笑みを返す人はいない。彼はそれを気にしない。アイデア・ストアへ向かって踊り場を進みながら、クリスマス休暇の間、母の家に一緒に行ってもらえませんかとあの人——温かい胸を持った笑顔の女性——に頼めばよかったと彼は考えている。

ハハハ。面白いかも。

ところが、アートが少し前まで座っていた席に、顔中しわだらけの男が腰を下ろし、キーボードを叩いている。そして一人の女性——腕と足から三人の幼い子供がぶら下がっている——がブースの奥の床にアートのノートとブリーフケースを置いて、その上で彼のコートを畳んでいる。

やれやれ。アートは女にうなずく。女はアイデア・ストアのあからさまで暴露的な蛍光灯の明かりの中で、彼が今までに知る誰よりも疲れて見える。

ありがとうございます、と彼は言う。

コートを畳んだことに対するお礼のつもりだ。しかし彼女は視線を合わせない。一緒の男が彼の席を取ったせいで嫌みを言われていると思ったのかもしれない。実際、彼女は今にも口汚い言葉を発するか、文句を言いだしそうだったので、彼は荷物を手に取って扉に向かい、カウンターの前で立ち止まって、受付の女性から紐付きのボールペンを借り、手の甲に〝あからさま〟〝暴露的〟とメモをする。

何も失われることはない。何も無駄にはならない。そうだろ、アート？ いつだってグラスの水は〝半分もある《ハーフ・フル》〟んだ（グラスに半分入った水を「半分もある」と見る楽観主義者と、「半分しかない」と見る悲観主義者との対比を踏まえている）。半分馬鹿《ハーフ・フール》。（シャーロットの声が耳元でそう言う。）

彼は通用口を通って建物を出る。図書館の元の正面玄関は、建物上階にある高級アパートの住人専用出入り口となっている。しかし、彼はそれに対して腹が立たない。どうにもできない種類のこと――シャーロットが延々と文句を言っているような問題――に腹を立てるのは貴重なエネルギーの無駄。シャーロットのことを今考えるのも貴重なエネルギーの無駄だ。そんな思考や彼女から自由になるため、彼は今、街の通りに出て、何とかどこかで一握りの土《アース》を見つけたい。

（地球《アース》は死にかけ
地球《アース》は子午線に沿って二十四の標準時間帯に分かれている
地球《アース》は死滅する運命にある
地球《アース》は虐げられている
地球《アース》は死んだ）

そして儀式のようなしぐさで土を手に取りたい。怒りと腐敗に囲まれながら、自身のペースでゆっくりと瞑想するように完璧に呼吸を繰り返す一握の土は彼に思い起こさせる——気温が下がればそれは固く凍り、上がればまた融けて柔らかくなることを。それが冬だ。いったん体を硬くして、またしなやかに生き返る、その方法を学ぶための練習。冬によってもたらされる凍結状態、融解状態に体を順応させる訓練。だから優しいアートは文字通りの土を探す。都会の土を。彼は都会の樹木が舗道と交わるあたりを探す。時に、弾力のある樹脂のようなもので覆われていなければ、そこに少し土が見える。自然には順応性がある。自然は常に変化をしている。

目抜き通りに出ると、若い女の姿が目に入る。三時間ほど前に、窓の外に見えたのと同じ女だ。彼女はまだバス停にいる。まったく同じ場所に座ったまま、いまだに何かを読んでいる。何を読んでいるにせよ、大変な熱の入れようだ。

彼はバスが近づいてきて停車し、何人かを乗せ、また方向指示器を出して動きだすのを見る。そして次のバスが方向指示器を出しながら近づいて停車し、また発車するのを見る。その間、女は座ったまま、いまだに何かを読んでいる。

女は十九歳くらいに見える。かなりの美人。色白だ。少しがさつな感じ。でも、そんなことよりも集中力がすごい。

バス停で座っているときに、これほどの集中力を見せる人は他にいない。

彼は土のことを忘れる。

そして道路を渡り、バス停の屋根を外れたあたりに立つ。そこからだと女が読んでいるものが見える。それはテイクアウト用のメニューだ。ごみ同然の、ファストフード店の郵送用リーフレット。彼はさらに近づいて文字を読む。無料。配達。バラエティー。バケット。

女が読んでいるのは、〝チキン・コテージ〟のメニューだ。

女はリーフレットの表紙を読む。次にリーフレットを広げ、片側ずつ読む。それからまたリーフレットを畳んで、興味深い本を読むような集中力で裏面を読む。

裏を読み終わると、リーフレットを裏返し、また表紙を読む。


その三日後。クリスマスイブの朝。

約束した時刻を二十分過ぎた。

女は来ていない。

彼女に似た若い女も女の子も、案内板の前にある座席付近——待ち合わせを約束した場所——にいない。

つまり、あの娘《こ》は来ていない。

それはつまり、来るつもりはないということ。

よかった。ちょっと安心。

あれは本当に、本当に馬鹿げた思い付きで、ずっと後悔していた。

それに千ポンドの節約にもなる。こんな実験に無駄遣いしなくて済んだ。

実家に着いたら母には正直に言おう。それか、適当な嘘をつこう。シャーロットはかわいそうに、こんなタイミングで体調を崩してしまってね。病気なんてしたことないのに。〔それならどうして看病せずに放って来たの?〕ああ、違うんだ、彼女は母親のところにいる。クリスマスは実家に帰ったんだ。それか、もっといい嘘。彼女のお母さんがわざわざロンドンに出て来たんだ。僕がクリスマスを実家で過ごせるように。

彼はコーヒーを買って、座席周辺で列車を待つ人々の顔を眺める。念には念を入れて、あたりを二周する。

とはいえ、はっきりと顔を覚えているわけではない。サンドイッチを食べるだけの時間を共有した知り合いでしかない。

電話するのも無理だ。携帯は持っていないと言っていたから。

そもそも携帯も持っていないような人と約束をしようと考えること自体、間違いだったのだろう。

彼は落ち着きを取り戻す。

誰かに見られていると考えて普段と違う振る舞いをするのをやめる。

ところがそのとき遠くの方に、紛れもないその娘の姿が見える。彼はあまりにもはっきりとその姿が見極められたことに、ショックに近い驚きを覚える。

彼女の姿は人混みの中で見え隠れする。大きな荷物、筒のようにラッピングされたプレゼント、買い物袋などを抱えた人がヒースロー空港行き特急列車の乗り場にひしめいている。駅の天井近くを見上げて立っている彼女の周りを人々が行き来している。

アートは急いで彼女の分のチケットを買うために券売機の列に並ぶ――失礼のないように、そしてその姿を見届けてもらえるように。チケットを買い終わると、もう時間はあまり残されていない。彼は会う約束をした場所――座席が並んでいるところ――に行く。しかし彼女の姿はない。

彼はまたコンコースに目をやる。すると彼女はまだ傾斜路に立っている。

彼が声を掛けようと（列車が出るまで十五分もないので）近づいてみると、彼女がそれほど熱心に見ているのはどうやら、駅の窓のデザインに組み込まれている金属製の古い装飾的渦巻きらしい。

彼は傾斜路の低い側に立ち、もじもじとコーヒーカップを反対の手に持ち替える。それでも彼女は彼の方を見ない。

彼は傾斜路を下りてくる人の波を掻き分けて近づく。

あ、こんにちは、と彼女は言う。


今日って、何て言うか、〝身軽に旅をしよう〟の日なのかな？と彼は言う。もしそうだとしても、駅に来てる他の人はみんなそれを知らないみたいだけど。てか、荷物はどうしたの？

僕はその、君の分もコーヒーを買うかどうするか迷ったんだけど、と彼は言う。好みがあるし。座席は買っておいたよ、と彼は列車に乗ってから言う。僕は立つから。床に座ってもいいし、気にしないで。僕は床に座る。

　ああ、僕はSA4Aエンタで働いてる、と彼は言う。SA4Aのエンターテインメント部門。SA4A。ほらあの、SA4A。嘘だろ、聞いたことないの？　大企業だよ。そこら中で名前を見かける。僕はそこで著作権強化担当。それはつまり、ネットの中や外、映画、写真、印刷物、BGM、とにかくあらゆるメディアをチェックして、著作権の侵害がないかどうかを確認するんだ。違法な引用や権利明示《クレジット》されていない盗用を見つけたらSA4Aエンタに通報して、正当な支払いを求めたり、訴訟を起こしたりする。権利明示《クレジット》されている場合には、不備《シップシェイプ》の有無を確かめる。え？　いいや、仕事は家でするよ。ああ。ハハハ。違うんだ、シップシェイプというのはつまり、ええっと、ちゃんと整っているかどうか、法律的に問題がないかということ。仕事は退屈はしないし、上司に監視されているわけでもない。自分の都合のいい時間に働ける。何なら真夜中でも。全部自分で決められる。この仕事をしてるのは基本的にはそれが理由。それに、この仕事をしてるとたくさんのものを見ることができる。そうでなきゃ百万年経っても見ないようなあらゆるものを目にするんだ。

　ピーナツ?と彼は言う。てことは、何か特別な、衛生的な服装をしないといけないってわけ？　それか列車に乗るときは、周囲にピーナツアレルギーの人がいるといけないから、申告しないといけないってこと？　ああ、それね。それは地球に優しくない。僕はあまり好きじゃない、基本的に。ていうか、僕は地球に優しい人間だから。うん。ああ、君がそこまで言うならそうなのかも。

一つ尋ねてもいいかな、と彼は言う。今何歳？　それと、もう一つ尋ねてもいいかな、と彼は言う。君から見たら僕なんて古い人間だろうし、まあ、その通りなんだけど、そのピアス？　ていうか、ピアスはいいんだけど、数がすごくない？

ていうか、うちの母は少し頑固なタイプだってことを説明しておかなくちゃならない、と彼は言う。母はとても――いわば肛門期的に――細かすぎるくらい細かい（精神分析で肛門性格は几帳面、けちなどとされる）。君が思っているより少し歳が行っているかも。僕は母がかなり年取ってから生まれたから。〝土足は玄関で脱ぎなさい〟っていうタイプ。本人がきれい好きなだけじゃなくて、周囲にもそれを押し付ける。いや、僕だってきれい好きには違いないけど、母はそれが徹底してるんだ。

荷物が要るの？と彼女は言う。

コーヒーは買ってくれてたらありがたかったかも。てか、好みって？　ああ、なるほど！　ハハハ！　私はハダカが好き。あ、顔が赤くなった。オーケー、今後のために言っておくけど、コーヒーは何も入れないのが好き。とりあえず、今は要らないかな、ありがとう。

でも、お金を払っているのはあなたでしょ、と彼女は言う。いいえ、私は雇われている側だから、私が床に座る。いいえ、大丈夫。私は大丈夫！　ほんとに。じゃあ、ほら、二人で座るのはどう？　通路に置いてあるバッグの横。ね。どう？

何それ?と彼女は言う。え? 船《シップ》で働いてるってこと? ああ、シップシェイプ。ハハハ。

私は通販会社のDTYで働いてる、と彼女は言う。一日の半分は、発送する荷物にピーナツを詰めて、残りの半分は、床に落ちたピーナツを拾って入れ物に戻す。一日十二時間ショッピングセンターの店先に立って、売れもしない石鹸を売るのよりはまし。違う、そうじゃなくて、本物のピーナツじゃなくて——梱包材、梱包材のことをピーナツって言うの、少なくとも私たちの職場では。緑色とか、白いのとか、発泡スチロール。それは違う、あれはリサイクルできるから。悪いものはちっとも含まれてないらしい。あなたが思っているほど悪いものじゃない。私は結構好き。ほんとに! いえ、だって面白いの。だって、だってびっくりするくらい軽いの。手に持つたびにびっくりする。持つ前は毎回、もっと重いんだろうなあって思っちゃう。軽いって自分に言い聞かせても、軽いって分かってても、分かってるつもりでも、手に持った途端に、うわ、めっちゃ軽い、軽さっていうものを手にしているみたいって思う。何て言うか、自分の手が不思議と軽くなったみたいな感じ。鳥の骨みたいな軽さ。梱包材を何個か、手いっぱいに持つと、そこにたくさん物が載ってるという光景を目が理解できない。だって、手にはいっぱいに何かが載ってるのに、その感触はほとんどないんだから。

へえ、あなた、本当に古いタイプかも。私は二十一。ピアスは特別なことがあるたびに一つずつ増やしてる。ピアスしてる友達いないの? オーケー、心配しないで。向こうに着いたら全部外すから。

さてと、と彼女は言う。そろそろ教えてもらってもいいかな、私は誰の役を演じたらいいのか。

まず名前は？


アートは気が付いてみるとこの一時間半、彼女のことを一度も考えていなかった。

シャーロット。

名前はシャーロット、と彼は言う。

そして何かを面白がる。

何が面白いの？と娘が訊く。

こんなことをしてるのがおかしくて、と彼は言う。だって、僕は君の名前さえ知らないんだよ。

君だって僕の名前を知らない。

名前なんて必要ないんじゃない、と彼女は言う。とにかく私は今、シャーロット。

オーケー、と彼は言う。とりあえず真面目な話。僕はアート。

え、ほんとに？と彼女は言う。アート？

うん、アーサーの略さ、と彼は言う。王様にちなんだ名前。

それってどの王様のこと？と彼女は言う。

本気で訊いてるの？と彼は言う。

本気だとおかしい？と彼女は言う。

アーサー王って知ってるだろ？と彼は言う。

知ってなきゃおかしい?と彼女は言う。まあいいや。真面目な話、私はラックス。

え?と彼は言う。
L、U、Xでラックス、と彼女は言う。
ラックス、と彼は言う。ほんとに?

ヴィーラックスの略、と彼女は言う。由来はほら。天窓《ヴィーラックス》にちなんだ名前。

作り話だろ?と彼は言う。

作り話に聞こえる?と彼女は言う。まあいいや。シャーロットっていう人物像作りに話を戻しましょう。シャーロットのことをいろいろ教えてもらわなきゃ。

母はシャーロットに会ったことがない、と彼は言う。だから基本的に、誰がシャーロットでもおかしくない。

ひょっとしたら私がシャーロットなのかも、と彼女は言う。

そういう意味じゃないけど、と彼は言う。

彼が顔を赤くするのを彼女は見る。

あなたのシャーロットは繊細な人?と彼女は言う。ちょっとデリケート?

厄介な女、と彼は言う。

じゃあ、そもそもどうして実家に連れて行こうと思ったの?と彼女は言う。家族には本当のことを言えばいいのに? 妖怪みたいだって——

妖怪じゃなくて厄介、と彼は言う。

――だから実家に連れて帰るのはやめにしたって、そう言えば？と彼女は言う。

この仕事をしたくないのなら、ええと、ラックス、と彼は言う（その名前を口にするとき少しためらったのは、まだ頭の中でそれが本名なのか、適当にでっち上げた名前なのか判断しかねていたせいだ）。ていうか、気が変わったっていうのなら僕の方は別に構わないよ。十五分くらいしたら駅に止まるから、ロンドンまで戻る交通費くらいは喜んで払う。もしもこの仕事がどこか気に入らないのならね。

彼女は一瞬、慌てた表情を見せる。

いいえ、いいえ、と彼女は言う。ちゃんと約束したんだから。丸三日間で千ポンド。ちなみにそれは――計算したんだけど――時給で言うとちょっとだけ十四ポンドに足りない。だからもしも今度の火曜、二十七日（十二月二十七日が火曜になるのは近年では二〇一六年）にあと八ポンドだけプラスして、最終的に千八ポンド払ってくれたら、時給がぴったり十四ポンドになる。そうしたら時給が半端じゃなくて、すっきりするかも。

彼は何も言わない。

別に、千ポンドっていう元の金額に不満があるわけじゃないけど。

僕としては少し申し訳ない気持ちもある、と彼は言う。だって僕のせいで、こうして僕に付き合わされたせいで、君は自分の家族と一緒にクリスマスを過ごせないんだから。

彼女は彼の発言が本当に滑稽だと思っているかのように笑う。

私の家族はこの国にはいない、と彼女は言う。だから申し訳ないなんて思わなくていい。私のことは、そうね、例えば、ホテルの従業員みたいなものだと思ってちょうだい。つまり、私はこの三日間、素敵なクリスマスを過ごす。そしておたくのクリスマスが終わっても、今度は自分のクリスマスがある。そしてクリスマスに働いて稼いだお金でのんびり過ごせるってわけ。

お金の部分は変な感じ、と彼は言う。

彼女は魅力的な笑顔を浮かべる。

これは取引、と彼女は言う。まっとうな取引。私も得して、あなたも得する。あなたのシャーロットにお母さんが会ったことがないのなら、仕事は簡単。でも、少しは雰囲気が分からないと。あなたのシャーロットは賢い人、それともお馬鹿さん？　優しい人？　動物は好き？　そんな感じのイメージを知りたい。

あなたのシャーロット。

賢いシャーロット。

お馬鹿なシャーロット。

優しいシャーロット。

彼は隣の女を見る。シャーロットの名前を口にしている赤の他人。

美人のシャーロット。誰よりもきれいなシャーロット。誰よりも感情が豊かで、人の気持ちが分かるシャーロット。シャーロットの背中。ベッドできれいな裸の背中を見せているシャーロット。こちらに背骨の線を見せているシャーロット。人を唖然とさせるシャーロット。シャーロットを形容するには、他にどんな言葉があるだろう？　音楽的。思慮深い。人のすることをいつも横から見ている女。こちらの言葉を正面から受け止めるのでなく、横で聞いて、こちらが無意識に言っていること、言おうとしているのに言えずにいることに反応する女。完璧なまでの自覚の欠如。大学でギルバート・オサリヴァン（英国のシンガー・ソングライター（一九四六―）。代表曲の一つが「ウー・ワカ・ドゥ・ワカ・デイ」）の歌について笑いたくなるほど大真面目に卒業論文を書いた女。そのタイトルは「ウー・ワカ・ドゥ・ワカ・デイ――一九七〇年代主流エンターテインメントにおける言語、意味論、そして現前」。彼女が手書きした文字。彼女の香水。ガラクタみたいな彼女のネックレスとバングル。ベッドサイドキャビネットに詰め込まれた化粧道具袋。彼女の化粧の匂い。彼女の情熱、何にでも一生懸命になる彼女の性格。世界を身近にとらえる彼女の見方。世界の悲惨を目にしてどこまでも傷ついたり、腹を立てたりする彼女――まるでそれが自分の身に起きたこと、自分に向けられたこと、自分に突きつけられたことのように。果てしない彼女の共感。あらゆるものに対する果てしない共感。彼以外のすべてのものに対する共感。厄介なシャーロット。腹の立つシャーロット。例のことをやって人をいらつかせるシャーロット――休暇のギリシアであれ、どこであれ道ばたでネコを見かけたらいつも立ち止まって話しかけるシャーロット。くだらないネコを見たら必ずしゃがみ込んで手を差し出す――まるでアートなんてそこにいないかのように、たとえいたとしてもネコが彼に話しかけることはありえないかのように、まるで世界に存在するのが彼女とその見ず知らずのネコだけになったかのように、そして動物と交流する力を持つ人間は彼女しかいないかのように。

　出て行くときに特殊なドライバーをわざと持ち去ったシャーロット――ノートパソコンを再び組み立てて、救える部品があるかどうかを確かめるためにはそのドライバーが必要だから、新たにもう一本買いに行かなければならなかった。

彼は後ろに置かれている、誰のものか分からないリュックサックにもたれかかる。

シャーロットのことはどう説明したらいいかなあ、と彼は言う。

しかし結局、説明は不要だ。というのもその女、ラックスは誰かのスーツケースの上に置いた腕を枕にして眠っているから。

彼はその信頼に感動する。知らない人間の前で眠るには信頼が必要なはずだ。

そして彼は、自分が感動を覚えたことに感動する。

ナルシシストね。その子はあなたに関心がないから寝てるだけ。(シャーロットが耳元でそうささやく。)

彼は最後はこの子と寝ることになるのだろうかと思う。

ナルシシ——

彼女はかなりやせぎすだ。体を見る限りでは、本人が言っている年齢よりも若く見える。頭は大きめ。手首は細く、つい最近まで子供だったのだと思わせる。ブーツから覗く足には何も履いておらず、見る人を不安にさせるほど足首が細い。顔は光るピアスでたくましさを感じさせ、体から受ける印象よりずっと年上に見える。服はきれいだが、着古している。髪は清潔だが、つやはない。眠っていると疲れて見える。長い間、ろくに食事を取っていなかったかのよう。彼女は眠りによってみぞおちにパンチを食らわされて高いところから落下し、列車の通路に倒れているみたいに見える。

どうして道の反対側にある暖かい図書館の中ではなく、寒空の下に座っているのか、とあの日、アートは彼女に尋ねていた。彼女は彼に、アイデア・ストアの受付にいる女性と意見の相違があったのだと説明した。何について？と彼は訊いた。それは彼女と私の間の問題、と彼女は答えた。彼はそのときバス停で、チキン・コテージのメニューから何かをごちそうしようかと申し出た。そんなことをしたら、せっかく膨れ上がっている完璧な空想が現実で台無しになっちゃう、と彼女は言った。

彼はタートルネックが自分に似合っているだろうかと考える。

携帯で写真を撮って自分で確かめてみようかと思うが、それには携帯の電源を入れなければならない。

ナルシシスト。

彼は首を横に振る。自分が今何をしているのかさっぱり分からない。けがを負った鳥のような若い女性。

セントアース！　二時間後、列車が駅に近づくと、彼女が駅名表示を見てそう言うだろう。綴りが間違ってる！と彼女は言う（英国南西部にあるコーンウォール州西部にある町セントアース（St Erth）は、地球（Earth）と綴りが異なる）。

そして次に：いつになったら壁《ウォール》が見えるの？

壁《ウォール》って？と彼は言う。

コーンの壁《コーンウォール》、と彼女は言う。

そして：ここの風景って古い絵はがきみたい。列車が海岸沿いに出て行くとき、彼女はそう言うだろう。昔の、色あせた絵はがき。あれはお城？　現実の場所じゃないみたいね？　ここで育ったの？　いいや、と彼は言うだろう。僕はロンドンで育ったんだけど、母が二年ほど前にこっちに家を買ってね。僕はまだそこを見たこともないんだ。でも、母の姉はたしか昔、このへんに住んでいたはず。僕が子供の頃には本とかを送ってくれたから、巨人が眠ってできた地形とか、そういう言い伝えがいろいろあるのは知ってる。それにこのあたりには昔から独自の言語があって、今後も死滅しそうにはないらしいよ。粘り強い言語で、消え去りそうに見えても必ず復活するんだって。今後も、何があっても絶滅はしないだろう。いわば地域限定言語。独自言語《イディオレクト》。

今私のこと、馬鹿《イディオット》って言った？と彼女は言うだろう。

それから彼女は、馬鹿にされたことに抗議して片方の眉を上げる。彼の口から笑い声が漏れる。

そして列車が目的の駅に入るとき、アートは気がつくと自分が抱いていた偏見を笑っている。

掲示板には、路線バスは永久に廃止と書かれている。

タクシーをつかまえるのに一時間半かかる。その後はクリスマスの渋滞のせいで、ようやくつかまえたタクシーが二人を真っ暗な門の前で降ろすまでに、さらに一時間半がかかる。

途中、タクシーの中で女は耳の棒状ピアス、鼻と唇のリング状ピアス、鋲《びょう》、鼻と唇をつないでいた小さな鎖を外す。

門のところにはチェイ・ブレス《CHEI BRES》と書かれている。

これはどういう意味?と彼女が言う。

僕にはさっぱり、とアートが言う。

門から家までは予想外に遠く、嵐の後なので道もぬかるんでいる。彼は携帯の電源を入れて前を照らす。電源を入れた途端に、ツイッターの通知で携帯が震える。やれやれ。電波が悪かったという言い訳もここまでだ。通知がどんな内容を知らせているのか不安に思うが、それを追い払うように自分のブーツの心配をし、玄関に着いたらブーツを脱ぐようにラックスに念を押さないといけないと頭の中で繰り返す。玄関はもうすぐだ。生け垣の向こうで明かりが点いているところが玄関だろう。

ところが、角を曲がって見えた明かりは玄関の明かりではない。車のライトだ。車は道の真ん中に乗り捨てられ、運転席側のドアは開けっ放しで、その前にある納屋の扉も大きく開け放たれている。

ここがそう?と彼女が言う。

あー、とアートが言う。

彼は建物の内側の壁を探る。蛍光灯がまばたきしながらともると、中が見える。中はだだっ広く、ただの車庫よりもずっと奥があって、たくさんの段ボール箱が置かれている。

倉庫だ、と彼は言う。母はチェーン店を経営していたから。

どういうお店?と女が言う。

彼女は壁にもたせかけてある古い等身大切り抜き《カットアウト》パネルを指差している。片手を腰に当て、反

対の手で頭上に描かれた虹の中の文字を指し示しているゴドフリーの姿。ゴドフリー・ゲーブル

「あん！　やめてちょーだい！」

ああ。アートが言う。それは父だよ。

ラックスは明らかにゴドフリーが誰なのか分かっていない。それはそうだ。彼女の若さで知っているわけがない。もしもゴドフリーが父親でなければ、たぶんアートも彼のことを知らなかっただろう。

（シャーロットはアートと初めて会ったとき、ゴドフリーが誰なのかを知っているだけでなく、ラジオ放送を録音したレコードまで持っていた――ただし、それを再生するためのレコードプレーヤーはなかったけれども。初めて会ったとき、彼女はゴドフリーについてアートよりも多くのことを知っていた。）

すごいね、とラックスは言う。

話せば長くなる、とアートは言う。僕は父のことはほとんど知らないんだ。

変なの、と女は言う。

彼に会ったのは二回だけ、とアートは言う。もう亡くなったし。

この言葉は効く。彼に向かって〝変〟と言った彼女がそのまま口をつぐむ。彼女はその代わりに、ちゃんと気の毒そうな目で彼を見る。

彼は納屋の明かりを消し、車の助手席に腰を下ろしてヘッドライトのスイッチを探す。消灯。あたりが真っ暗になる。

この建物、それプラスこの土地、それとは別に母屋があるわけ？と女は言っている。
二人は道をたどって母屋まで行く。家は暗闇そのものの中から真っ暗な姿をぬっと現す。玄関扉は大きく開け放たれていて、その内側にある扉も同じように開いている。

ここで靴を脱いで、と彼は言う。

そう言って自分もポーチで靴を脱いでいると、玄関ホールに明かりが点く。彼は靴下だけを履いた足で、開封されていないクリスマスカードの上を歩く。ラックスは前を歩いて、明かりのスイッチを探す。玄関ホールの先にあるリビングに明かりがともる。ここはかなり強めの暖房が利いている。ラウンジに明かりがともる。そこはかなり暑い。

彼が扉を開けると小さな部屋があって、トイレと洗面台が備え付けてある。彼はそこで手を洗う。

そして廊下を進み、貴重な陶磁器の並べられた棚の前を通り過ぎる。それはゴドフリーが買い集めたものだ。今ではどれも傾き、一部は壊れ、大半は倒れるか、互いに上になったり下になったりして、まるで隕石が世界に衝突したかのようだ。

彼は巨大なキッチンに入る。ラックスは既にそこにいて、キッチンテーブルで母と向き合うように腰を下ろしている。大型ストーブが猛烈な熱を発している。彼がキッチンに入るときに手を触れた放熱暖房機《ラジエーター》も非常に熱くなっていて、触れただけでやけどをしそうだ。しかし母はコートのボタンを上まで留めて、首にはスカーフを巻き、シープスキンの手袋をはめ、分厚い毛皮の帽子をかぶっているので、その頭はまるで動物のように見える。

母はまるでそこに誰もいないかのように、毛皮の帽子の下から前を見つめている。

こちらがお母さん?と女が言う。

アートはうなずく。

そして部屋の中で湯沸かしか温度調節器を探す。どちらも見つからない。彼は冷蔵庫を開ける。中はほとんど空《から》だ。半分空になったマスタードの瓶、卵が一つ。開封した気配のないサラダのパックは中が茶色い液体に変わっている。彼は大きな戸棚の中を覗く。コーヒーが二袋。オーガニックグブイヨンの入った大きなパック。袋に入った未開封のクルミ。

彼はテーブルに戻ってくる。テーブルの上のボウルには、リンゴが二つとレモンが一つ。彼は椅子に座る。

じゃあ、お母さんはいつもこんな感じなの?と女が言う。

アートは首を横に振る。

女は爪を噛む。

どこか寒いところに出かける予定なんですか?と女は彼の母に言う。

母はいら立ちと皮肉と拒絶を同時に表現するうなり声を上げる。

医者を呼ぶ、とアートが言う。

母は警告するように、手袋をした手を上げる。

アーサー、医者を呼ぶのは、と母が言う。私が死んでからにして。

女が立ち上がる。そして母の頭から帽子を取り、テーブルの上に置く。

その格好は暑すぎます、と女は母に言う。

彼女はさらにスカーフを緩め、それを外して畳み、母の目の前、帽子の横に置く。そしてテーブルを回り込んでコートのボタンを外し、肩まで脱がせる。しかし、手袋が邪魔でコートをすっかり脱がせることはできない。しかも母はシープスキンの手袋をした大きな手で硬い拳を作っている。

手袋も脱ぎませんか?と女が言う。

いいえ、結構、と母が言う。でも、お礼は言っておくわ、ありがとう。

脱いでよ、母さん、とアートが言う。ここにいるのが僕のパートナー。シャーロット。

お会いできてうれしいです、と女が言う。

私はすごく、すごく寒い、としか母は言わない。

彼女はコートの中で肩をすくめるので、首元が再び閉じる。

オーケー、と女が言う。そんなに寒いのなら。

彼女は戸棚を開けてグラスを取り出し、水道の水をいっぱいまで入れる。

あなたは気づいているかしら、と母は手袋をしたままの手で水のグラスを受け取りながら言う。あなたの顔には小さな穴がたくさん開いているけど。

知ってます、と女は言う。

ついでにこのこともあなたは知っているかしら、と母は言う。ここにいるあなたはお呼びでないお客。私はこのクリスマス、とても忙しいから、お客さんの相手をしている時間はない。

いえ、今の今までそれは知りませんでした、と女は言う。でも、そういうことなんですね、分かりました。

というか、今年は恐ろしくバタバタしているから、あなたには母屋じゃなく、納屋の方で眠ってもらわないといけないかもしれない、と母は言う。

どこでもいいですよ、と女は言う。

いや、よくない、とアートが言う。そんなわけにはいかない。母さん。駄目だよ。納屋で寝るなんて。

母は彼を無視する。

息子は以前ちらっと、あなたのバイオリンは名人級だという話をしてたわ、と彼女は言う。

ああ、と女は言う。

せっかくここに来たんだから、明日にでも聞かせてちょうだいね、と母が言う。私は芸術に目がないの。息子がそんな話をしたかどうかは分からないけど。

ああ、私は内気なので、とても人に聞かせるような演奏はできません、と女は言う。

私は謙遜なんて大嫌い、と母は言う。

違います、これは正直に言っているんです、私のバイオリンの腕はとてもあなたのご想像には及ばないというのは本当のことです、と女は言う。

へえ、とりあえず今、あなたに関して知りたいことは他にはないわ、と母は言う。

ありがとうございます、と女は言う。

礼には及びません、と母は言う。

お呼びでない客だけに、と女が言う。

ハ！と母が言う。

そして笑顔の一歩手前まで行く。

しかしそこでまた真顔に戻り、外行きの格好のまま、先ほどまでと同じ虚無を見続ける。ラックスは丁重な態度で後ろへ下がって部屋を出て、玄関ホールに立つ。そして戸口からアートを手招きするが、彼の内臓は凍り付いたような状態になっている。よく分からないドラマの舞台袖に立っていることしかできない有様だ。まるで中身がすっかり流れ出たように、頭は空っぽ――ちょうどあの古い歌にあるみたいに（この後言及されるのは英国の童謡）。ねえライザ、バケツに穴が開いちゃった。今、彼の頭にあるのはそれだけ。穴っこが開いちゃった（原文はロンドン訛り）だけ。**じゃあ直しなさい、ねえヘンリー。**それにしてもバケツに開いた穴っこをどうやって藁で直すというのだろう？ 昔からあの歌の意味はよく分からない。ひょっとすると開いた穴っこがすごく、すごく小さいのかも。でも今、彼の中に開いた穴っこは藁で直すには大きすぎるし、頭の中でロンドン訛りのおどけた声がその歌を歌い続けているせいで、彼は母の人生という舞台における端役と化してしまう。またしても。

彼はテーブルの上の花瓶に挿したままずいぶん前から枯れている花を見る。部屋に漂う匂いはそこから来ているのだろう。花を見ると、今夜はこれまでになくふざけている母に対してさらに腹が立つ。今夜の母はやりすぎだ。

彼は母の家にいる見知らぬ女を見る。やはりここに人を連れてくるなんて馬鹿《イディオット》だった。実家に帰ってきた自分も馬鹿《イディオット》だ。

いや、馬鹿《イディオット》ではない。独自言語《イディオレクト》。彼は世界で他に話す者のいない独自言語《イディオレクト》だ。その言語を話す最後の生き残り。彼は能天気すぎた。列車に乗っている間、ほぼ一日中忘れていたのだが、彼自身、消失した文法――墓場に散らばる音素と形態素――と同様に死せる存在だ。

彼は精いっぱいの努力をして、部屋の反対側の戸口にいる女のところまで行く。彼女は彼の腕をつかむ。

誰かを電話で呼ぶ?と女は言う。

彼女は母に聞かれないよう声を抑えている。それは優しさだ。彼女の優しさは母の冷たさに劣らず、彼をひるませる。

さっきのタクシーを呼び戻そう、と彼は言う。別のタクシーでもいい。そしてタクシーでどこか、どこかに行こう。町にはホテルがある。ホテルに電話しよう。タクシーを呼んで、ロンドンまで戻ってもいい。でも、その、今日はクリスマスイブだし、時間も遅いから、タクシーが来るのはかなり遅くなるかも――

間抜けなこと言わないで、と女が言う。

僕は間抜けじゃ――、と彼は言うが、女が手を上げる。アートの話は聞いていない。

お姉さん、と彼女は言う。

え?と彼は言う。

お姉さんがいるって言ってたでしょ。この近くに住んでる？
彼は大きな手をぎこちなく差し出して、女を少し玄関ホールの方へ下がらせる。
お姉さんを呼ばなきゃ、と女は言う。
無理だよ、と彼は言う。
どうして？と女は言う。
口も利かない仲なんだ、と彼は言う。三十年近く口を利いてない。
女はうなずく。
電話して、と彼女は言う。

一月。

まあまあ爽やかな月曜日。冬の終わりで気温は九度。女性嫌悪的な権力者に抗議するデモに世界中で五百万人が――女性を主として――参加した数日後のこと。

一人の男が女に向かって吠える。

実際、犬のように吠える。ワンワン。

それはイギリス議会下院で起こる（二〇一七年一月三十日の出来事）。

女は話している。質問をしているところだ。その最中に、男が女に向かって吠える。

もっと詳しく言おう。下院で野党議員が外務大臣に質問をしている。

野党議員は、イギリスの首相がアメリカ大統領との特別な関係を繰り返し強調し、親密さをアピールしていることについて問いただしている。そのアメリカ大統領もまた、しばしば女性を犬にたとえ、ホロコースト記念日として暦に記されている日に、宗教と人種に基づいてたくさんの人のアメリカ入国を禁じる意図を宣言していた。

下院議員が一方で、シリアから戦争を逃れてきた人々と難民危機に対してアメリカの方針が大きな影響を及ぼす可能性を訴え、他方で、米英両国におけるリーダーシップについて真剣な質問をぶつけている最中に、与党側の長老議員が彼女に向かって犬のように吠える。

ワンワン。

ちょっとしたトリビア。下院はイギリス連合王国に存在する二つの議院――双子の立法府――の一つだ。

女性議員は大学院で法律を学んだ専門家で、国会議員になる前は何年も、女優としてパキスタンのテレビで人気ドラマに出演していた。

男性議員は元株式仲買人でウィンストン・チャーチルの孫。

その後、女性議員が抗議をし、男性議員は謝罪する。彼は軽い冗談のつもりだったと言う。

女性議員は謝罪を受け入れる。

この件について二人の態度には気品がある。

季節はまだ冬。雪はない。この冬はほとんどずっと雪が降っていない。今年は記録的な暖冬になるだろう。またしても。

とはいえ場所によっては、他のところよりも寒い。

今朝は、耕された畑の畝《うね》に霜が降り、日の当たっている側だけそれが溶けていた。

自然の中のアート《アート・イン・ネイチャー》。

2

今はクリスマスの日の早朝。暗い。夜はまだ明けておらず、雪の中を旅する迷子に関するあの古い歌にはぴったりの時刻だ。

（でも、あの歌に出てくる子供は誰？　あの子はどこに向かってるの？　そもそも雪が降っているのにどうして外にいるの？　それに、季節が夏か春か秋でも同じように迷ったの、それとも冬だから余計に迷ったの？）

私には分からない。

『クリスマス・キャロル』でディケンズが言っているのはこれだけ。**それからティム坊やが、雪の中を旅して道に迷った子供についての歌を歌いました。悲しそうなかぼそい声で、なかなか上手な歌でした。**

それならいっそ、もっとしかとした話をここではすることにしましょう――

（〝しかとした〟ってどういうこと？）

〝しかとした〟というのは、その話がしっかりとしていて、間違いがないということ。

（オーケー）

――じゃあ一つ、しかとした話を――

（鹿と舌の話、ハハハ！）

――ケプラーという男の話。彼は時間と調和について研究をして、真実と時間が親戚だと信じていた――

（〝親戚〟って何？）

〝親戚〟というのは家族のこと。私が言っているのは、真実と時間は何らかの関係で結び付いている、互いに家族みたいな関係にあるとケプラーが信じていたということ。

（へえ。）

彼はハレー彗星を最初に見つけた人間の一人だった。というか、世間の人は何世紀も前からそれが毎回違う彗星だと信じていたのだけど、実はそうじゃなくて、同じ彗星が何度も何度も戻ってきているのだと最初に気づいた一人。そして彼は、遠くにあるものばかりじゃなく、すぐそばにあるものにも注意を向けた。ある日、コートの襟に雪がひとひら留まったのをきっかけに、雪の結晶にいくつの辺《へん》があるかを数え、雪の結晶が繰り返しのパターンから成り立っていることに気づいた。

（雪の結晶って、雪片と同じこと？）

同じこともある。でも雪片は、雪の結晶が空から落ちてくる途中で二つかそれ以上集まって一

つの塊になっていることもある。とにかく、ケプラーは初めて、雪の結晶に見られる対称性に
——

(何度も訊いて悪いけど、〝対称性〟って?)

〝対称性〟っていうのは、その、やれやれ《ゴッド》——

(対称性って神様《ゴッド》のこと?)

いいえ、ハハハ、神様《ゴッド》じゃない。でも、神様を対称性だとイメージするのは悪くないかも。対称性が神様と同じものだったらいいのにって私は思う。対称性っていうのは、形がよく似てるとか、互いを反映しているとか、バランスや調和の取れた形で互いに合致してるとか。調和という意味もある。あなたの耳。耳も対称。目も、手も対称。でも、ケプラー先生が考えたのはこういうこと。もしもすべての雪の結晶が他のすべての結晶との共通点を持っているのに、それぞれが完璧に独特で、他のすべての結晶とは異なるとしたら、神様がそんなふうに雪を作った理由は何なんだろう? というのも、私が今話しているのは、そういうことが形而上学的《メタフィジカル》理由として重要だと考えられていた時代の話だから——

(それって何? 形《メタ》——)

ああ、やれやれ。オーケー。ええと。メタというのは〝変化〟とか〝超えている〟という意味。フィジカルは〝物体に関係している〟ということ。とにかく、ケプラー先生は雪の中で迷ったり死んだりすることはなかった。でも、フランスの哲学者で、ケプラー先生と同じように雪を愛したデカルト先生は雪に対する興味が昂じて雪の多い国に引っ越した。ノルウェイだったか、デン

マークか、フィンランドか、スウェーデンか。長い時間、寒い場所《コールド》にいたものだから、引っ越してすぐ肺炎にかかって、死んでしまった。

（へえ、でも、さっきの〝形而上〟——）

——そしてその数百年後、今度はアメリカで暮らした一人の農夫がいて、名前は思い出せないけど、この人も雪片に対する愛が昂じて、顕微鏡を組み込んだカメラまで発明した、これが何と——

（わあ——）

——一つ一つの雪の結晶をアップで撮影できるカメラ。この男もある日、吹雪の中を出歩いて、死んだ——

（え、最悪——）

さて。じゃあ、例の道に迷った子供はどうなったのか？　深い雪の中で道に迷った子供。雪がたくさん積もった木々の枝は、わずかの隙間から差す月明かりに輝く。月光に照らされた冷たい雪は木々の間に渡された背甲《キャラペース》となり、それが地下世界の門までまっすぐに続く。

（〝キャラペース〟って何？）

キャラバンがすごいペースで進むってこと。

（そうなの？）

ハハハ！　信じた！　嘘、キャラペースというのは本当は、その、甲羅とか、亀やカニの背中にあるようなもののこと。外の世界から柔らかい内臓を守るための硬い部分。人の体を覆って、守ってくれるもののことも言う。

（鎧《よろい》とか？）

その通り。そして地下世界。〝地下世界〟って分かる？

（うん。）

じゃあ、説明してみて。

（世界の下にある世界のこと。）

うん、地下世界というと天国の反対をイメージする人が多い。つまり、地獄。硫黄と溶岩の国。火山が爆発すると、そんな世界から噴き出した溶岩が、時にポンペイとかヘルクラネウムみたいなイタリアの町をのみ込んで、何世紀も後まで町をそのまま保存してしまう、そんなイメージ。でも、違う。地下世界は〝熱い〟の正反対。冬が夏の正反対であるように。それはすべてのもの、すべての人が死んでいる、冷たくて暗い世界。それに少し似ているものというと――想像してみて、こんなイメージを――カラスについばまれて、空っぽになった眼窩《がんか》の奥にいるような感じ――
（オエッ）
――ただし、その眼窩には地下の巨大洞窟くらいの大きさがあって、ロンドンの地下鉄駅よりも大きな穴になっている――

（わお、なるほど）

――で、今話しているのは極端な熱《ヒート》と極端な寒さ《コールド》の問題なわけだけど、それに関して興味深いのは、熱も冷たさもどちらも違う形で、ものを傷める作用と保存する作用の両方があるということ。これもまた風邪《コールド》をこじらせて亡くなった偉大な哲学者ベーコン先生は、凍てつく天気の中、肉を凍らせることで長期保存ができるかどうかを確かめるため、死んだ鶏の体内に雪を詰めようとしたせいで風邪を引いた。それはいいとして、何の話をしていたんだっけ？

（背甲《キャラペース》。）

そうだった。子供は雪の背甲《キャラペース》に覆われた森を抜け、地下世界の門の前まで行く。そこには氷でできた巨大な扉があるのだけど、扉はとても背が高いので、子供が見上げても扉がどこまで続いているのか見えないほど。でも子供は、真冬に雪の中にいる迷子にふさわしい確信を持って扉を叩く。つまり、そんな子供を見れば誰でも手を差し伸べ、暖かく心地のよい環境を与えてくれるだろうと期待している。この子にそんなことができるのは、ねえ、聞いてる？——

（うん——）

この子にそんなことができるのは季節が真冬だから。冬至はちょうど、子供と神々が出会う季節。子供が神々に話しかけ、神々は子供の話に耳を傾ける。子供と神々が親戚になる季節。

（家族。）

子供が扉をノックする。扉はとても冷たいので、ノックするたびに子供の拳がその表面に貼り付き、それを無理に離そうとすると皮膚が剝がれそうになる。氷をノックしても音は消え去るばかりなので、誰かがそれを聞いているかどうかは怪しい。

でもそのとき突然、耳を聾《ろう》するようなものすごい音が響く。子供が顔を上げると、氷を削って作った巨大な百の鍵が空中で震えているのが見える。

よそへ行け、と氷でできた声が言う。

長い間、雪の中で迷子になっている子供がいると、この家の主に伝えてもらえませんか、と子供が言う。

死んでから来い、と氷の声が言う。

ついでに、その子は暖かい部屋の隅で休みたがっていると家の主に頼んでもらえませんか、と子供が言う。とりあえず、また元気が出るまでの間の休憩と、何か食べるものと飲むものを頼んでもらえませんか？

氷の扉がハリケーンのように大きなため息をつく。そして何ものかが冷たい指先で子供をつまみ上げ、コートの肩をつかんで持ち上げる。冷たい指には鮫の歯のように層状に歯が並び、それがウール製のコートを貫いて子供の首元をすりむき、肌を焼く。それから凍てつくような暗い迷宮の中、子供は死の速度で引きずり回される。

（うわ。）

でも、心配は要らない。だって子供は冷たい死者——雪の中で迷子になっても大丈夫な人たち——の血管を流れる熱い血液のように地下世界を巡るから。そんな子供は何百万人もいる。そして温かい血液のように迷宮を抜けながらその子供が目にするのは、純粋な色彩。緑色。クリスマスの緑。最も華やかな緑。だって、緑というのは単なる夏の色じゃない。そう、緑は実は冬の色でもある。

(そうなの?)

地球はそれでできている。緑色で。苔、藻類、地衣、かび。花が現れるまで、すべてはその色だった。最初の頃の木の色。普通の葉ではなく、針みたいな葉を持った木。寒期と暖期の間にある最初の間隙《かんげき》に育った樹木――

(〝間隙〟って何?)

〝間隙〟というのは短い休止のこと。クリスマスツリーはそういう最初の樹木の親戚。世界が他のいろいろな色彩を発明することを決断する前でも、地球にはそんな木が生えていた。セイヨウヒイラギの赤い実を作るのは緑色の葉っぱ。

(木にも家族がいるの?)

いる。この物語に出てくる子供がどうやって次のトリビアを仕入れたのかは謎なのだけど、あなたも知っての通り、写真や映画を撮影したときにいちばん取り除きやすい色が緑であるということもしかとした真実。その証拠に、青か緑の背景に画像を重ねる手法を使って写真から対象の周りを切り取ったり、対象を合成したりすれば、まるで人が違う場所にいるように見せかけたり、空飛ぶ絨毯《じゅうたん》に乗っているように見せたり、宇宙飛行士みたいに宙に漂っているように見せたりすることが簡単にできる。

(うん。)

氷の刃みたいな指から力が抜けて、肉屋のまな板みたいに冷たい床にぽとりと落とされたとき、子供はそんなことを考えていた――

（〝肉屋のまな板〟って？）

それは後で説明するから、話が終わってから訊いて。とりあえずは、その子供のことを頭に思い浮かべて。地下世界の巨大な神様の前にいる、草の葉みたいにやせ細った子供。氷の玉座に座る神様の左右の手は、氷でできたナイフを機械で動かしている巨大な販売促進用ディスプレーみたい。

（わあ。）

子供は立ち上がり、コートのしわを伸ばして埃を払い、氷の歯がウールを貫いて何列もの穴を開けた場所を撫でながら舌打ちをする。

そのとき神様がしゃべる。

まだ生きていたのか？と神様が言う。

子供は冷気の中で湯気が見えるよう、鼻から息を吐く。それから神様に向かって、〝見える？〟と言いたげに顔をしかめる。

ふむふむ、と神様は言う。生き延びたわけだ。

ここは寒いですね、と子供が言う。

寒いか？と神様は言う。わしは寒さの神だ。こんなものは何てことない。本当の寒さというものを見せてやろう。だがその前に、それをやめろ。

〝それ〟って？と子供は言う。

神様は子供の足元を指差す。

子供も視線を下げる。左右の足が消えている。足首まで水に浸かっている。子供の足元で床が融けている。

一秒ごとに子供の周りで床が少しずつ融ける。

やめろと言っただろ、と神様は言う。

子供は肩をすくめる。

どうやって？と子供は言う。

神様は慌てふためく。そしてつるつると滑る玉座の上でバランスを失う。彼は氷の大広間の上座で手足を振り回す。

今すぐそれをやめろ、と神様は叫ぶ。

真夜中、村の教会の鐘が深夜十二時を告げる。

また？

十二時はしばらく前に過ぎたはず。勘違い？

ソフィアは起き上がって階下に行った。

アーサーが連れてきた若い女がキッチンでテーブルに向かっていた。自分で作ったスクランブルエッグをちょうど半分食べたところだ。

要ります？と女が言った。

キッチンのそばのどこかで眠っている人を起こさないようにしているみたいに、女は声を潜めてそう言った。

ソフィアは何も言わなかった。彼女は戸口に立ったまま、洗ってないフライパンが流しの脇に置いてあるのを見た。

若い女はその視線を追い、立ち上がった。

すぐに洗います、と彼女は言った。

そして実際にそうした。彼女は再び、音を立てないように注意しながらフライパンを洗った。

その後、特に指示されなくても、正しい位置に戻した。

ソフィアはうなずいた。

そしてその場できびすを返し、ベッドに戻った。

彼女は上掛けの下に体を落ち着けた。

例の頭は肩のところに落ち着いた。

このしばらく前、クリスマスイブがクリスマス当日に変わったとき、遠くにある村の教会の鐘が十二時を打つのが窓から聞こえてきたのだった。あたりはまだ暗いが寒くはなかった。風はちょうど鐘の音をここまで伝える向きに吹いていた。嵐は過ぎ、クリスマスにしては暖かな一日の始まりだった。霜も寒気もないせいで、冬の風景から威厳が奪われていた。鐘の響きも凡庸で、身の引き締まる冷たい冬の夜にふさわしい理想の音とは異なっていた。死《デッド》んだ。死《デッド》んだ。死《デッド》んだ、と鐘は鳴った。あるいは、頭《ヘッド》、頭《ヘッド》、頭《ヘッド》だったかもしれない。村の教会に鐘は一つしかなかったので、メロディーを奏でることはできなかった。あれは記憶の奥底にいる誰かが斧で岩を叩いている音に似ている、と彼女は思った。そんなことをしたらせっかくの刃が傷むだけなのに。

しかし頭は単調な鐘の音に合わせて、一人楽しそうに開いた窓から出たり入ったりして遊んでいた。

昨日と比べて、頭はいくらか髪の毛を失っていた。薄汚れたようにも見えた。しかしそれはチェシャー猫のように静かに笑みを浮かべ、外気が部屋の暖気に触れるところで気持ちよさそうに目を閉じて振り子のように揺れ、風が吹くと踏ん張った。彼女が窓を閉めると頭は従順な猛禽のように手首の上に止まり、ソフィアの枕の隣に置かれたもう一つの枕の上に置かれることに甘んじた。

頭を寝付かせるため、彼女はクリスマスの物語を聞かせてやった。

ある女のところに一人の天使が訪れる。その後、女の出産が迫る。女が産む子供の父親ではないけれども、優しくて一家に欠かせない父親的な役を務める男がロバの背中に女を乗せ、たくさんの人がいる町を離れて、何十キロも旅をする。土地の支配者が民に登録を命じたからだ。宿に空き部屋はない。次の宿にも部屋はない。次の宿にも。しかし赤ん坊の誕生は近づいている。

宿の主人がこの夫婦に赤ん坊を産む場所を提供する。そこは普段、家畜を囲っている場所だ。あ、星。星のことを忘れていた。飼い葉桶の子供、マリアの幼子のもとを人々が訪れるのはしるしとなる星を見たからだった。ソフィアは「さやかに星はきらめき《オー・ホーリー・ナイト》」を歌いかけたがキーが高すぎたので、代わりに「かわいいロバさん《リトル・ドンキー》」を歌った。

その後、彼女はニーナとフレデリック――最初に「かわいいロバさん《リトル・ドンキー》」を歌ったデュオ――の話を頭に聞かせた。二人は外国人ですごく華があった、とソフィアは言った。二人のうちのどちらかはオーストリアかスカンジナビアの貴族だったと思う。当時はチャート上位にランクインするような大ヒットだった。

頭は誕生の物語、ロバの物語、外国人ポップスターの名前に、ずっと真面目な表情のままじっと耳を傾けた。ソフィアが「ベツレヘムの鐘」を歌うと、頭は枕の上で静かに前後に揺れた。

その後、頭は独特な感謝の視線を彼女に向けてからまるで魔法を使ったかのように一切の表情を消し去り、真っ白な石でできた古代ローマ人みたいに点睛を欠いた顔に変わった。

髪の毛がさらに抜け、枕の上に半円状に散らばっていた。ソフィアは髪を集め、サイドテーブルの上にその大きな塊を置いた。新たに覗いた頭のてっぺん――さっきまで髪に覆われていた――はとても色が白く、幼児の頭蓋の泉門のようにか弱く見えた。だから彼女は起き上がり、ハンカチの入った引き出しの奥から大きな一枚を出した。そして、髪が抜けたせいで冷えたりしないよう、頭のてっぺんをハンカチで覆った。それからベッドに戻り、枕元の明かりを消した。はげかかった頭はターバンをかぶった新たな姿で彼女に微笑みかけ、まるでレンブラントに照らされたかのように――まるでレンブラントが子供時代のシモーヌ・ド・ボーヴォワールを描いたかのように――暗闇の中で光を放った。

彼女は今ベッドの中で、眠れる頭の重みを感じながら、今度またスクランブルエッグみたいに胃にもたれるもの――特に、あの女が先ほど作っていたようなバターたっぷりのもの――を食べたらきっと吐き気がするだろうと思った。

とはいえ、吐き気というものを改めて経験するのはそれはそれで価値のあることかもしれない。というのも、吐き気にはある種の快感が伴っていることを彼女は覚えていたからだ。何かを取り除こうとする無秩序な力。あまりにも気分が悪いせいで、生よりも死の方が好ましいとさえ思えるような極限の状態。自身の生死を左右する大いなる力と駆け引きをしていると感じさせてくれる時間。

彼女は腕に頭を抱えたままうとうとして、頭を失った首がずらりと並ぶ光景を夢に見た。頭部のない、石の胸像。頭部のないマリア像。頭部のない幼子イエス。あるいは首だけ、または頭部が半分しかないイエス。その後、聖人の浮き彫りで頭部が欠けたものが思い浮かんだ。洗礼盤などに彫られた聖人像。宗教改革の際、独りよがりな怒りに任せて、そして当時の不寛容なイデオロギーに従って破壊された教会にある、首から下しか残っていない浮き彫り。歴史上では、時代や場所を問わず、常に怒りに満ちた不寛容が存在した、と彼女は思った。そしてそれはいつも頭部や顔を標的にしてきた。彼女は今年のクリスマスを告げる鐘を野原の向こうから響かせている数百の教会のことを考えた。木製の祭壇に中世に描かれた聖人たちの顔は焼かれ、削り落とされている。

死《デッド》んだ。

頭部《ヘッド》。

それはひょっとすると加えられた破損のせいでより美しく見えているのかもしれない。赤と金で豊かに彩色された百合《ゆり》紋章から成る背景。頭部があるべき場所から下に流れるように豊かに描かれている衣服の肌理《きめ》。一人一人の聖人や使徒が象徴するものは、手に持っている品物によって色鮮やかに表現されている(聖杯、十字架、さまざまに形の異なる十字架、本、ナイフ、剣、鍵)。それが残っているのは、人々が破壊しようとしたのはそうした人工物でも、聖人の心臓でもなかったからだ。顔があるべき場所の金色の後光《ハロー》の下には——まるで仮面のように、しかしまた逆説的に、すべての仮面が剝がれたかのように——黒く焦げた木が見える。

それは一種の警告になっていた。**聖人の正体を見よ。**それはいつかあらゆる象徴が嘘だと暴かれるということを分かりやすく見せていた。あなたがあがめるものはすべて、いつか時間の棍棒に打たれたとき、ただの焼け焦げた物体、壊れた石の塊だと暴露される。

でも同時に、逆方向の作用もある。そうして破損された聖人の絵や像は破壊というより、生き延びたことを主張しているようにも見えた。頭部と顔を失って神秘的な匿名の存在と化した彼らは、新たな種類の忍耐の証《あかし》でもあった。

ソフィアの肩のところで眠っている頭が重くなった。

彼女はそちらに目をやった。頭は髪の毛を失って赤ん坊のように見え、自分もクリスマスの幼子を抱えているみたいに感じられた。頭は眠っていた。そう、赤ん坊のように（でも、赤ん坊の頃のアーサーとは似ていなかった。アーサーは夜中に泣くし、わめくし、大変な赤ん坊だった。自分の子供がこの頭みたいにおとなしかったら、彼女自身も違った人間になっていたかもしれない。ひょっとするとアーサーも）。頭のまつげが一本抜けて頬に落ちた。また一本。そうして小さなまつげが一本一本落ちる間に、惑星のような幼子が重くなるのがはっきり感じられて、痛いくらい彼女の肩を押さえ付けたが、動けなくなるほどではなかった。というのも彼女はふとこんなことを考えて、勢いよく起き上がったからだ（頭はぐっすりと眠ったまま、固ゆでのイースター卵みたいに腕から体に沿って転がり、太ももに沿ってできたベッドのくぼみに収まった）。

アーサーが連れてきたあの女は、さっき調理した卵をどこで手に入れたのだろう？

冷蔵庫に卵がなかったことは間違いない。バターがなかったことも間違いない。

いや、卵は一個残っていた。前に六個買ったから。でも、それは二か月以上前の話だ。

もしもあの卵を食べたのなら、あの女は死ぬ。もうすぐ食中毒で、もだえ苦しみながら。

食中毒で気を失うこともあるのだろうか？

だって、あの女が自分の吐瀉物にまみれてキッチンの床で気を失っていたらどうしよう？

村の教会から、真夜中の鐘の音が響いた。

また？

まったく、どうなってるんだか。

ソフィアは立ち上がった。そして一階へ下りた。

キッチンにいる女は死んでもいなければ、意識を失ってもおらず、元気だった。ソフィアがドアを開けると、女が顔を上げた。

あ、こんばんは、と娘が言った。

体調は問題ない？とソフィアは言った。

体調ですか？と女は言った。はい。体調はいいですよ、お気遣いどうも。気分もいいです、普段より。

私が一階に下りてくるのは今晩二回目？　それとも一回目？とソフィアが言った。

二回目です、と女が言った。

で、あなたはシャーロットって言ったわね、とソフィアが言った。

私はシャーロットです、このクリスマスの週末、ここにいる間は、と女は言った。

名字は何て言うの、シャーロット？とソフィアが言った。

ええと、と女が言った。

そして一瞬、無表情にソフィアを見てから言った。

ベイン。

スコットランドの名字ね、とソフィアが言った。

そうなんですか、とシャーロット・ベインが言った。

でも、あなたはスコットランドの人じゃない。出身はどちら？とソフィアが言った。

シャーロット・ベインは少し笑った。

当ててみてください、と女は言った。もしも当たったら――それなりのご褒美が要りますよね。当たったら、千ポンド差し上げます。

賭け事はしません、とソフィアが言った。

とても賢明でいらっしゃる、とシャーロット・ベインが言った。

あなたはイギリス人じゃない、それは分かる、しゃべり方でね、とソフィアが言った。私の父は戦争に行ってたから、特定の国の人をずっと嫌ってた。

それってどの戦争の話ですか？とシャーロット・ベインが言った。

お馬鹿さんのふりをするのはやめなさい、とソフィアが言った。戦争と言ったら第二次世界大戦に決まってる。あれが父の人生を決めた。もしもテレビやラジオで誰かがある言語をしゃべったり、特定の訛りで英語をしゃべったりしたら、それか、嫌っている国出身の人が同じ部屋に入ってきたりしたら、父は部屋から出て行った。ドイツ人を憎んでいたの。ドイツに協力したフランスも嫌ってた。ある歌手が歌うのを聞いただけで怒りのスイッチが入った。父は戦争が終わった後、金融関係の仕事をした。その結果、もっと非論理的だけど同じくらい猛烈な憎悪を特定の人種、特定の民族に対して抱くようになった。でも、私自身はもっと視野の広い世代の人間だし、あなたはアーサーのパートナーだから、同じイギリス人として受け入れます。

ありがとうございます、とシャーロット・ベインは言った。でも、違うんです。私はイギリス人じゃない。

私にとってはイギリス人、とソフィアが言った（そして手を上げて、それ以上の反論を制止した）。さて。教えてちょうだい。あなたは息子とどうやって出会ったの？

その話は、もう息子さんからうんざりするほど聞かされていると思いますけど、とシャーロット・ベインが言った。

私はあなたから、うんざりするほど聞かされたいの、とソフィアが言った。

あ。はあ。分かりました。お話しします。彼とはバス停で会いました、とシャーロット・ベインが言った。私が休みの日にバス停にいたら、彼が近づいてきて、私に話しかけたんです。その後、一緒にコーヒーを飲みに行って。食事もおごってくれました。

それで、二人はいつからの知り合い？とソフィアが言った。

私にとっては、今でもつい最近みたいな感じがします、とシャーロット・ベインが言った。まだ二、三日って感じ。

あなたが今このキッチンにいて、ベッドで寝ていないのは、私があなたに納屋で寝るように言ったから?とソフィアが言った。つまり、もしそうなら、私は前言を撤回します。どうぞ母屋の方で寝てちょうだい。

いいえ、いいんです、とシャーロット・ベインが言った。そんなに疲れてないんです。ここへ来るときに電車で寝ましたから。それに、私たちはあなたのお姉さんが来るのをさっきまで起きて待っていて、勝手ながら、二階の廊下にある押し入れからシーツを出したりしてました。その後、何か食べようかなと思って、その後は眠るタイミングを逃しちゃったせいで目が冴えて、ここは暖かくて居心地がいいし、大きなストーブもあるし、あそこの窓から鳥の声が聞こえるので、座ってその声を聞いてたら、すっかりそんなこと忘れてました。

何を忘れてたですって?　それに私の何?とソフィアが言った。

寝ることです。眠るのを忘れてました、とシャーロット・ベインが言った。

あなたたちは誰が来るのを起きて待っていたですって?とソフィアが言った。

あなたのお姉さんです、とシャーロット・ベインが言った。

この家で?とソフィアが言った。

はい、とシャーロット・ベインが言った。

ここに?　今?とソフィアが言った。

お疲れの様子でした、とシャーロット・ベインが言った。ここに着いたのは二時四十五分頃、どこからかは知りませんけど、長い距離を車で来られたみたいで。そして、お姉さんがベッドに入った後、私たち二人が荷物を片付けて、それからアーサーはベッドに入りました。

荷物、とソフィアが言った。

シャーロット・ベインが部屋の反対側に行き、冷蔵庫の扉を開けた。

他人の家の冷蔵庫、あるいはコマーシャルか理想的な家族の日常を描いた映画に出てくる冷蔵庫のように、そこには食料品が詰まっていた。その明るさ、新鮮さ、詰まり具合はショッキングだった。

何てこと、とソフィアが言った。最悪。


頭と一緒にベッドに戻ったソフィアの耳に、村の教会が十二時を打つのが聞こえた。

また。

ソフィアはため息をついた。

まさか今日は、まったく別のクリスマスなのか。それはつまり、一九七七年のクリスマス。日曜日だ。しかし、コーンウォールのこの壊れかけた古屋敷にいる人にとって、今日がクリスマスであることは特に意味を持っていないようだ。屋敷には今姉のアイリスがいる――〝いる〟のは確かだが、〝暮らしている〟とは言えない。アイリスと彼女が連れてきた外国人や怠け者たちは家賃を払っているわけではないから、〝居座っている〟という以外には表現のしようがない。姉のアイリスは三年したら四十歳になるのだから、学生みたいな暮らしを続けるような年ではない。

姉のアイリスは人生を無駄に過ごしている。「娘さんたちはどうしてるんですか？」と人に訊かれたとき、母が「アイリスは石油会社でいい仕事をしています」と答えていたのをソフィアは覚えている——実際にはガソリンスタンドに勤めていたのだけれども。

そして今日はクリスマス。それなのにクリスマスらしさはまったくない。母はきっと、それも嫌っただろう。いつもの日曜日と変わらない一日。ただの日曜日。いや、日曜日が持つあの独特な雰囲気さえない。ただの平日と変わらない一日。ただの月曜日、ただの火曜日、ただの水曜日。いや。そんな雰囲気さえない。今日はどの日にも似ていない。

例えば仮に他の惑星に異星人《エイリアン》が存在して、あなたがその異星人で、この（特に何もない）田舎のこの（明らかにかつては本当に美しく、今ではおそらく〝だだっ広い〟と言われそうな、昔の大金持ちの）屋敷の（驚くほど広大な）庭に宇宙船で着陸した場合、今日がクリスマス、あるいは何か特別な日であると知る唯一の方法、それを示す唯一の手掛かりは、電源が入ったままのテレビでBBCがいつもよりクリスマスっぽい映像を延々と流していることと、昼時だというのに『緑園の天使』（十二歳のE・テイラー演じる少女ヴェルヴェット・ブラウンが障害競馬に挑戦する映画（一九四四年））がテレビで放映されているということくらいだ。

屋敷でクリスマスらしい食事が出されているというわけではない。おそらくクリスマスというイベントは中産階級《ブルジョア》的すぎるのだろう。それに、アイリスが一緒に生活している（全部で何人いるのかは不明で、実際には十五人くらいなのだろうが、どちらかというと五十人近くに感じられる）脱落者のうち二人は今、屋敷で眠っている——それぞれ別のソファーの上で。ひょっとすると昨夜のうちに来て、屋敷で一晩を過ごしたのかもしれないが、普通の人とは違って服を脱ぐこともせず、たまたまいた場所でそのまま眠り、この時間になってもまだ目を覚ましていない。だからもしソフィアがこのクリスマスの朝――父は今何とニュージーランドに行っていて、母は何と死んでしまっている――屋敷でくつろいでこの名作映画を観たいと思っても、足の長さが揃っていない硬い椅子以外には腰を下ろす場所がない。

共同体《コミューン》。

居候。その実態は、床に転がるネズミの糞。

権力にあらがう、もう一つの、倫理的な生き方。

無責任な生き方を取り繕うだけの弱々しい言い訳。ヒッピーの残党の、非合法で汚らしい、疑似ロマンティックな居候。しかし、頭のいい人が少なくとも一人は混じっていたらしく、発電機をちゃんと動かしてくれたおかげで、今は電気が使えている。それはとてもありがたい（『ハムレット』）、ひどい寒さだから。ソフィアだって気が滅入ってしまう（「それは……」からここまでシェイクスピア『ハムレット』第一幕第一場の台詞のもじり）。とはいえ、屋敷にいる男の一人――たしか名前はポールだ――は濃い縞模様で綿の入ったとても興味深い上着を持っている。仲間が全員〝アイア〟と呼んでいるアイリスは、壊れかけた温室のテーブルに積まれた上着をソフィアが裏返し、どこかの縫い目にメーカーのタグが付いていないか調べているのを見ていた。どこにもタグはなかった。

ポール、やり手の妹があなたの上着を見て、来年売り出すデザインを思い付いたみたいよ、とアイリスは言ってソフィアの肩に腕を回した。

これがソフ。ソフィアが家に着いたとき、アイリスはたばこの煙越しに、部屋いっぱいに居並ぶ人たちに向けてそう言った。ソフはどの部屋がいい？

家には寝室が十六あるようだったが、一部は天井に穴が開き、一部屋では穴から入った鳥が冬越しをしていたので、ここの住人は部屋らしい部屋も持たず、その日の気分に応じて寝たい部屋で寝ていた。

天井に穴さえなければいい、とソフィアが言うと、部屋にいる皆が笑った。キッチンにはたくさんの人がいた。キッチンテーブルの前にいた人がソフィアのためにベンチの上で席を詰めて、会話に加わらせた。

皆が話していたのはイタリアのどこかのことだ。ある日、農夫が畑で仕事をしていたら、目の前で飼い猫が突然バタリと倒れたらしい。何をしているのかと思って近づいてみると、猫は死んでいた。体を持ち上げると、尻尾がちぎれて落ちた。

ソフィアは笑った。笑いは自然に口から飛び出した。突然死した猫の尻尾が落ちる場面を想像すると、笑わずにはいられなかった。

他には誰も笑っていなかった。皆が振り返って彼女の方を見た。彼女は笑うのをやめた。

猫が死んだのは、去年、その畑の近くにあった工場のバルブが吹き飛んだのが原因だ。工場が製造している化学物質が霧状になって漏れ出したのだった。一帯は家具の生産で有名な土地だったから、木材の汚染を恐れた消費者は誰もそこで作られた家具を買わなくなってしまったため、事故から何か月も経った今でも被害は続いている。現地の人はずっと、化学物質漏洩事故があったことさえ知らずにいた——七月なのに冬みたいに周囲の木からすべての葉が落ち、鳥が空から落ちてきてそのまま死に、猫やウサギや他の小動物がバタバタと行き倒れるまでは。その後、地域に暮らす人たちは、顔に湿疹や腫れ物のできた子供を病院に連れて行くようになった。それでもまだ、工場の経営者は漏洩事故を当局に報告しなかった。そして有毒物質が空中に放出されてから数週間経ってようやく、当局が軍隊を送り込んで、影響を受けた一帯から人を追い出した。そこに暮らしていた人たちは持っていたものをすべて家に置いたままで出て行かなければならなかった。それはつらいことだったに違いない。というのも、彼らの家はその後ブルドーザーで潰され、巨大な盛り土の下に埋められて、そこで育つ野菜や果物を食べないように警告されたからだ。町に暮らしていた人は今、自分が健康なのか病気なのかも分からない。家畜は大量に処分されている。近所に暮らしていた人は子供を産まないように当局から指導されている。

　ソフィアの頭はぼうっとしてきた。

　彼女は屋敷で生活している人々が天井蛇腹——修繕はしてないけれども、かなり優美な姿を保っている——に記した無意味な造語に見える子音と母音を見上げた。イソプロピルメチルフォス《isopropylmethylphos》フォフルオリデートウィズデス《phofluoridatewithdeath》。

　これは一応、ちゃんとした言葉だ。あるいはほぼちゃんとした言葉。私《i》。とても《so》。小道具《prop》。私《me》。メチル《meth》。エチル《ethyl》。綴りはあれで合ってたっけ？　その次はたぶんフッ化物《fluoride》。最後のところは、デート《date》、一緒に《with》、死《death》で間違いない。

　テーブルを囲んでいるうちの一人が今、友達の友達から聞いた話を紹介していた。事故の起きた町で暮らしていた人が休暇でイタリアの別の地方に旅行に行ったところ、「他の宿泊客がパニックを起こして出て行くと困るので、どこから来たかは人に言わないでほしい」とホテルの主人に言われたという話だ。

隣に座っていた若い娘がソフィアに、しわくちゃになった写真付きの新聞記事の切り抜きを二枚手渡した。二匹の猫がまるで眠るように草むらに横たわっていた。死んでいるようには見えず、ただ猫が普通に目を閉じて横たわっているように見えた。もう一枚は、できもののせいで紙やすりのようになった子供の顔の写真。子供は写真を撮ってもらうのがうれしくて、笑顔を見せていた。

よその国って恐ろしいことが起こるのね、とソフィアが言うと、まるでそれがとても面白いジョークだったかのように、テーブルを囲む全員がどっと笑った。

すると今度は皆が彼女のために、すぐ近所にありそうな名前――演芸場に出ている芸人か、ディケンズの小説の登場人物のような名前――の土地について話し始めた。そこにある秘密の工場がＣＢＷ（生物化学兵器のこと）を作っている、と彼らは言った。皆が常に略語を使った。女たちは男たちの肩に手を掛け、男たちは大文字で話をした。その工場はＣＢＷを作った。その工場はＯＰを作った。その工場はＴＣＰみたいな響きの何かを作った（ＯＰは有機リン化合物、ＴＣＰはリン酸トリクレシル）。へえ、けどＴＣＰはすごく役に立つものなんじゃないの、とソフィアは言った。いろんな傷に使えるし（ソフィアはＴＣＰと呼ばれる消毒薬を思い浮かべている）。

一人だけ誰か――マークという男――がそれを笑った。元は素敵だっただろうが今では脇腹のところがほつれているウールのジャンパーを着た別の女がソフィアの方へ身を乗り出し、たばこを差し出して、仕事は何をしてるの?と訊いた。

妹は輸入の仕事をしてる、とアイリスはソフィアの背後に立って、子供にいたずらをするように、彼女の髪をくしゃくしゃにした。高校を出た後、大学に通いながら仕事を始めたの。まだ一年生だったのに、アフガニスタンから輸入したコートでがっぽり稼いでた。たぶんこの部屋にいるみんなの中にも、この天才が輸入したコートを買った人がいるはず。今、売れてるのは何だっけ、ソフ?

マクラメ、とソフィアが言った。マクラメ編みのバッグやビキニ。服も。二年ほど前からギリシアの市場が開放されるようになった。ジェラバ(アラブ人が着るコート風のゆったりした外衣)は今でも売れてる。最新のジェラバは新しい種類のポリエステルを使っていて、安いけれどすごく丈夫、肌触りも自然、これは本当にそう、だからその筋の人の間では、チーズクロス(目の粗い薄地の綿布)の穴を埋めるのはこれしかないってもっぱらの噂よ。

沈黙がテーブルを囲んだ。

もちろんイギリス刺繍《ブロドゥリ・アングレーズ》は今も大人気、とソフィアは言った。あれは時代を超えていると思う。けど、パンクファッションの一部として身につけても、皮肉が効いてていい感じだわ。

さらなる沈黙。

すると、明らかにアイリスの現在のパートナーらしき男——名前はボブ——が以前軍に勤めていて今さまざまな病気に苦しんでいる地元の人たちの話を始めて、黙ってソフィアを見定めていた皆の視線が、再び世界政治の方へ向けられた。

この部屋の壁紙はテレビまで描かれていて独創的だ。二十世紀初めのデザイン？　これが他人の家ならすごく素敵に見えるかもしれない。ソフィアは硬い椅子に座り、クリスマスにしか意味を持ちそうもない鮮やかなテクニカラー映像——今この部屋にあるテレビのように白黒の画面で見てもテクニカラーだと分かるタイプの映像——の中でエリザベス・テイラーが競馬場を歩く姿を観ながら考えていた。アイリスは毎日お茶を淹れるたび、あるいはそこを通るたびにキッチンの壁に書かれた〝死〟という言葉を見て、一体どう感じているのだろう、と。アイリスは葬式にも戻ってこなかった。実家に帰ることに耐えられなかったのか？　それとも禁じられていたのか？　あるいはただ面倒だったのか？

家族の中ではアイリスの名前は禁句だった。

昨晩ソフィアは、アイリスの仲間の一人が形式張った口調で春に関する古典的な本の一節を皆に読み聞かせて会話を閉じるのを聞いた——ただテーブルを囲んで集まった人がおしゃべりをしていたのではなく、まるで一種の集会が終わったかのように。ゲイルという女が読んだ物語は最初、クリスマスのお話に聞こえたのだが、明らかにそうではなかった。**軒《のき》の雨樋の中や屋根板の隙間に白く細かい粒が現れていた。それは数週間前、雪のように屋根や芝生、野原や川に降ったのだった。この病んだ世界で新たな生命のよみがえりを阻んだのは、魔法でもなく、敵の仕業でもなかった。それは人間が自ら招いた禍《わざわい》だった**（レイチェル・カーソン『沈黙の春』からの引用）。

何かを象徴するような、重みのある文章だ。

彼女は屋敷の最上階にある、凍てつく部屋に上がった。暑いくらいに火を焚いている階下の後では、極地のような寒さだった。ソフィアがコートを着て体を温めようとしているところに、アイリスが扉をノックした。電気ストーブを持ってきてくれたのだった。

きっと寒いだろうと思って、とアイリスは言った。

そしてプラグをコンセントに差した。ソフィアは持ってきた『ラジオタイムズ』（ラジオ・テレビ番組案内の週刊誌）をコートの裾で隠した。彼女にとってクリスマスを実家で過ごすいちばんの楽しみは——少なくともアイリスがクリスマスに実家に戻らなくなってからは——両親が買っている『ラジオタイムズ』クリスマス特集号を隅々までチェックして、見たい番組の横に小さな印を付けておくことだった。ソフィアが泣きそうになりながらそれを読んでいるところに、アイリスが現れたのだった。以前、召使いが住んでいたらしいその部屋はすっかりくたびれ、敷物はぼろぼろで、敷物もリノリウムも裏張りもない部分の床はペンキで汚れたざらざらの木材だった。今年の『ラジオタイムズ』の表紙は、遠くから見ると、派手なクリスマスツリーが描かれているように見えるけれども、より近くで見ると、それが典型的なイギリスの田舎の美しい雪景色に変わる。真ん中には道が続いていて、村の門の前には犬がいて、郵便ポストも見える。アイリスが古いマットの端に腰を下ろしたとき、ソフィアはそれをコートの裾で隠した。アイリスはソフィアに郵便物の山を見せた。郵便は乱暴に封を開けられて、郵便局のガムテープで再び閉じられていた。**発見した際、封が開いていた、または破れていたので、ルールに従って封緘しました。**理由はよく分からないが、アイリスはそのガムテープを面白がっているようだった。それから彼女はソフィアの頭にキスをして、階下の友達のところへ戻った。

アイリスはそのとき母のことには触れなかったし、それまでにも触れていなかった。

ソフィアは今、見知らぬ人が二人眠っている部屋で、厳しいけれども愛情にあふれた母親を見ながら、クリスマスの日を過ごしている。ヴェルヴェット・ブラウンが障害競馬《グランド・ナショナル》に参加できたのはこの母親のおかげだ。

『ラジオタイムズ』の表紙に描かれていたあの赤い郵便ポスト。どうしてそれがこれほど深い意味を持ち、同時にこれほど無意味なのか？　彼女はそれが以前と同じように意味を持ってほしいと思う。今日という日がどうして、以前は意味を持っていたし今でも多くの人に多くの意味を持ち続けているのに、今ここにいる自分にとってはもはやその意味を持たないのか？　曜日の名前が一定の意味を持たなければならないということを考えただけで、彼女は疲れを感じる——今まで想像も及ばなかったほどの疲れを。

今では、意味《ミーニング》に新たなたちの悪さ《ミーンネス》が加わっている。

ソフィアは深いため息をつく。

もうすぐ『ビリー・スマートのクリスマス大サーカス』が始まるだろう。そして、午後には『オズの魔法使』が特別放映される。

『オズの魔法使』はとりあえず、部分的には白黒だ。

今年、年末年始にＢＢＣが放映するのはエルヴィス・プレスリー映画特集。エルヴィスももう、この世にいない。

アイリスが何か温かいもの——紅茶でもコーヒーでもなく、何か農場っぽい匂いのする飲み物——の入ったマグカップを手に、テレビのある部屋に入って来ると、ソフィアが言う。

姉さんは覚えてるかしら、私を学校から連れ出して、『G・I・ブルース』を観にロンドンへ行った日のこと？

アイリスはまだ寝ぼけ眼だ。寝癖で髪が逆立つ頭の片側はブラッシングか洗髪を必要としている。その体は、この家そのものよりも家の匂いを放っている。むっとするようなセックスの匂いも。屋敷にいる全員がそうだ。アイリスが古いソファーの背にもたれ、口を隠すことなく大きなあくびをするのと同時に、障害競馬《グランド・ナショナル》のスタッフが、気を失った幼いエリザベス・テイラーのボタンを外す。

覚えてない、と彼女は言う。

そして両手で顔をこする。

今年はエルヴィスが亡くなったから、クリスマス時期に彼の映画を全部放映するんだって、とソフィアが言う。

少しだけ生き返るために死なないといけないこともある、とアイリスが言う。

陳腐な意見、常套句、とソフィアは思う。いじけた子供の気分だ。実家に戻って以来、ますます自分が子供じみているような、いじけた気分を味わわされている。しかし彼女はへこたれない。

昨日の午前中、BBCでやってたみたい、と彼女は言う。『G・I・ブルース』を。

へえ、とアイリスが言う。

姉さんはあのとき上着を貸してくれた。コーヒーを飲みに店にも入った。ＳＯＨＯにある伝説的な2アイ《i》ズ・コーヒー・バーにも連れて行ってくれた。

アイリスはソファーの背もたれから体を起こし、もう一度あくびをする。

私一人なら、百万頭の野生馬に引っ張られても、エルヴィスがくだらない戦争ごっこを演じているような映画には行かないけどね、とアイリスは部屋を出て行きながら言う。

そして去り際に振り向いて、ソフィアにウィンクをする。


死《デッド》んだ。

頭《ヘッド》。

頭《ヘッド》。

死《デッド》んだ。

十二時。

再び真夜中。どうなっているのか。今晩、教会の鐘が十二時を告げるのは五回目だ。ソフィアはいらついた声を漏らし、ベッドの中で寝返りを打った。

すぐ隣にある頭は動かなかった。石のようにじっとしていた。

いたずらだ。いたずらに違いない。たちの悪い村の子供が鐘から延びるロープでターザンごっこをしているのだろう——それを聞いた人に「私の頭はどうかしたんじゃないか」と思わせるように。
　今度は季節が夏だ。十歳のアーサーが家の玄関を出て、ソフィアがいる仕事部屋に入ってくる。アーサーが冬休みで家にいる間、ソフィアはほとんどずっと仕事部屋にいる。これは一九九〇年代半ばの記憶だ。アーサーが十歳なら、そういう計算になる。

ママ、見たことのある女の人がニュースに出てるよ、とアーサーが言う。

ママは今仕事中、とソフィアは言う。

見覚えがあるのは間違いないけど、誰かは分からないんだ、とアーサーが言う。

それで?とソフィアが言う。

ママが見れば分かるんじゃないかと思って、と彼は言う。

これって何かのゲームのつもり? 一緒にテレビを観てほしいってこと?とソフィアが言う。

違うよ、今やってるニュースを観てほしいだけ、とアーサーが言う。今出てる人。一分だけ。一分もかからない。ほんの数秒。せいぜい十秒かな。急がないとニュースが終わっちゃう。

ソフィアはため息をつく。彼女は何かをメモして、今スプレッドシートのどこにいるかを覚え、画面上で扱っている数字の隣にカーソルを置いたまま、パソコンの前から立ち上がる。

　居間に入ると、テレビに映し出されたアイリスが長々としゃべっている。洗羊液（寄生虫駆除のためにこの溶液の中に羊を浸す）の話だ。

　飲み水にも混じっています、とアイリスが言う。農薬。殺虫剤と神経ガスとの関係。神経ガスとナチスとの関係。

アイリスはずいぶん老けたように見える。体重も増えている。白髪の増えた髪もそのままだ。全体に老け方がひどい。鬱病、不安、錯乱、と彼女は言っている。人々が精神科の病院に入れられているのももちろん、医療機関の無知が原因で誤診が起きているからです。さまざまな兆候が現れているのに、ちゃんとした形で認識されていません。言葉の使い方が難しいのです。幻覚。頭痛。関節痛。

この映像が撮影されたのはどこか日当たりのよい農場だ。夏で草は干からび、アイリスのずっと後ろに見える木々は樹冠に葉が生い茂り、土埃をかぶっている。

これはいわば第二次世界大戦が産み落とした産業なのです、と彼女は言っている。

カメラが、話にうなずいているインタビュアーに切り替わり、その後またアイリスの顔に戻る。その顔の背後、画面の向こう、ニュース映像が映っているテレビの後ろ、ロンドンの高級住宅地ハムステッドの端にあるこの家の中庭に続く扉越しに夕方の風景が見え、これもまた美しい。二度と太陽が覗くことがないかのように、日が差している。隣の住人が庭でバーベキューをしている。子供はうれしそうに金切り声を上げ、ビニールプールで跳ね回っている。番組がニューススタジオに戻る。スタジオにいる専門家がアナウンサーに、アイリスが言っていたことはすべて戯《たわ》言《ごと》で、間違っていると言う。

私たちは皆、それぞれ自分のやり方で、それぞれの時期に、自分に穴を開け、掘り崩し、地雷を設置する、とソフィアは考える。

こんなに天気のいい日に家の中でテレビを観てるってどういうこと?と彼女は声に出して言う。

どこかもっと面白い場所に出かけるとか、もっと面白いことをするとか、ないわけ？

テレビの前でひざまずいていたアーサーが振り向く。打ちひしがれた顔をしている。ソフィアは感じやすい息子がいちいち傷つくたびに、自分の心が傷つかないよう懸命《ハード》に――それはとても困難《ハード》でもある――努力しなければならない。

知ってる人だと思ったんだけど、と彼は言う。ママは知ってる？

知らない、とソフィアは言う。今のはママもあなたも知らない人よ。

彼女は仕事部屋に戻り、先ほどメモした数字の上に指を置く。

そして再び画面上の数字に目をやる。

そう。これでいい。


再び真夜中。

ソフィアは鐘の音を数えた。

今日、真夜中が来たのは何度目か分からない、と彼女は頭に向かって言う。頭は何も気にしていない。頭は墓場と同じタイプの静寂を保っている。

彼女は上掛けの上で頭を転がして手に取った。

重い。今まででいちばん重く感じた。

頭には今、目がない。

口もない。

うん、でも、それはいいことなのかもしれない。いいことだと考えることにしよう。

しかし、顔がある場合とない場合。それほど簡単にどちらかがいいと決めつけることはできない。例えば、ある十一月の夜（あれは何年のことだっただろう？ 着ている服からすると、一九八〇年代初めのいつか）、ソフィアがたまたまよろけたか、以前会ったことのない人のよさそうな男が彼女の腰を押したせいで、二階に部屋のあるアパートの階段を途中から転がり落ちたことがある。

その数日前、別のことがあった。彼女が取引先の小売店に近い駐車場に車を停め、鍵を掛けたとき、先ほどの男とは全然違う男が、いい天気でもないのに屋根を下ろしたオープンカーで近づいてきて、大事な話があるからちょっと隣に乗ってもらえませんかと訊いた。

彼女は男の脇を通り過ぎる。男の方を振り返ることさえしない。

しかし男はまたすぐに現れ、公道で彼女の横をのろのろと付いてくる。小雨の中、車は今屋根を下ろしているが、助手席側の窓は全開で、男は運転席からソフィアに呼びかける。話というのは本当に大事な内容で、生死に関わる問題です。だからちょっとこの車に乗って、少しだけ静かに話をさせてもらえませんか、と。

彼女は男がそこに存在しないかのように歩き続ける。視線はまっすぐ前を見ている。それから急に横を向き、たまたまそこにあったデパートに入る。

彼女は入ったばかりの扉の陰に隠れる。

そして香水売り場に近いその場所に立ったまま、高級な芳香が混じる中で扉を見つめ、時々背後と周囲を確認する。

彼女はデパートの事務室に行って警察に電話をかけ、男のことを話し、男が乗っていたＭＧ（英国製のスポーツカー）のナンバーを告げる。

それが数日前のこと。今晩彼女がアパートに帰ると、玄関の扉が大きく開いたままになっている。

その朝、玄関扉をあんなふうに開けっぱなしで出かけたなどということはありえない。

知らない男が家の中にいる。開いた扉から、中の男が見える。男はダイニングテーブルの前に座っている。そして彼女に向かって笑顔を見せ、まるで友達同士であるかのように小さく手を振って挨拶をする。でも、男は友達ではない。

あなた一体誰？と彼女は扉の外から言う。

お帰りなさい。どうぞ中へ、と男は言う。

どうやって家の中に？と彼女は言う。

男はまるで降参したかのように、何も持っていない両手を挙げる。そして隣の椅子をぽんぽんと叩く。

彼女は開いた扉の脇から動かない。男は再び隣の椅子を指すしぐさをする。

そのままでも構いません、と男は言う。ただ数分だけ話を聞いてもらえたら。いや、数秒かな。話はそれで終わります。これを見てもらいたいだけですから。

彼女はダイニングに入り、テーブルから離れて立つ。テーブルの上にたくさんの写真とコピーが広げられている。そこに映っている人々は皆、まだ生きているけれども、撃たれたり、傷つけられたりしているようだ。一人の男は脚が血まみれ、別の男は銃で撃たれて、顔だったところが顔でなくなっている。

男は次に、真っ暗な洞穴のような部屋の写真を見せる。手前には何ともつながっていない手が見える。それは手袋のように床に転がっている。そしてぽつんと置かれたテーブルの下には、頭かもしれないものがある。

正直に話すことにしましょう。われわれはあなたの力を必要としています、と彼は言う。あなたがどういう人物か、われわれは既に把握しています。あなたは話の分かる方《かた》だ。だからこの国のため、世界のためにあなたの力を貸してもらいたい。

信頼できる方法で要注意人物を監視《モニター》することができれば、写真にあるような残虐行為を避けることができる、と男は言う。

何人物ですって？と彼女は言う。何を監視するの？

一般に、きちんと監視ができていれば、事態の混乱と悪化は防げる、と男は言う。

真実というものが存在する、あなたがそれを知っていることを私は知っている、と男は言う。要注意人物から過激な活動家にいたるかなり幅広いチャートのどこかに位置するかもしれず、位置しないかもしれない身近な人物を穏やかな形で監視することは、その人がある種の状況に関与しなかったという事実を証明するのに決定的な役割を果たすことがあります。

それはつまり、時にはそうした人物を救うことになるということです、と男は言う。

救う、と彼女は言う。

とてもいい言葉だ、と男は言う。

たぶんご存じでしょうけど、私はもうローマカトリックじゃありません、と彼女は言う。

男はまるで彼女がこれまでにやったすべてのことを是認するかのように、穏やかな笑みを見せ、優しくうなずく。

実際、とても善良な男に見える。

あなたが誰だか知りませんけど、と彼女は言う。今すぐ家から出てってください。

アパート、と彼は言う。ここは正確には、〝家〟じゃなくて〝アパート〟ですね。海峡の向こうなら〝アパルトマン〟。でもいいところだ。落ち着きます。

男は写真とコピーを集め、ポケットから一枚のカードか紙切れを取り出し、テーブルに置く。

連絡を取る気になったらこちらへ、と男は言う。バースにつなぐように言ってください。よく考えるんですよ。たいした手間じゃありません。われわれが必要としているのはごく単純なことです。いつ、どこ、誰という情報。後ろ暗いことは一切ありません。だって、結局のところは。

人生の謎に対する答えなんてね。

なんて何?と彼女が言う。

え?と男が言う。

人生の謎に対する答えは、あなたの考えでは何なの?と彼女は言う。

答えは一つの問いですよ、と男は勝手に机に腰を下ろしたままで言う。その問いとはつまり。誰の神話を信じるか、ということ。

外まで案内します、バースさん、と彼女は言う。

ああ、私はバースではありません、と彼は言う。

じゃあ、バースさんはMGに乗ってる人?と彼女は言う。

何のことだかさっぱり分かりません、と男は言う。

その人とあなたの関係は?と彼女は言う。

それは決して言えません、と男は言う。

男は肩をすくめながら椅子を下げ、立ち上がる。彼女は先に立って玄関に向かい、開いた扉を出て、一階へとつながる階段を下りる。男が彼女を押したとき、あるいは彼女がよろけて前のめりになったとき、あるいはその両方が起きたとき、まだ階段は六、七段残っている。平らな場所で体が止まると、腕がひどく痛む。

おや、大変だ、と男は言う。気を付けないと。

男が彼女に手を貸して、階段の下で立ち上がらせる。男は痛む腕をとても強くつかみ、彼女の目をじっと見つめる。

ひどい転び方でしたね、と彼は言う。けががないといいのですが。とんでもないことだ。

あなたってとんでもないろくでなしね、と彼女は言う。今度私に近づいたら、そのときには。

そのときにはよろしく、と男は言う。

男は笑顔を見せる。それは後になって振り返ってみると、彼女の賢さを理解していることを示す、知的な笑みとしか呼びようのない表情だ。

彼女がアパート――家ではない――の部屋に戻ると、電話番号の印刷されたカードがランチョンマットの下に挟み込まれている。

畜生。

彼女は玄関まで戻り、閉じられた扉にチェーンを掛ける。

彼女は四つの部屋のカーテンをすべて引く。そしてキッチンのブラインドも下ろす――向かい側にはレンガの壁しかないけれども。

彼女はブラインドを下ろす自分の手を見て、思わず鼻で笑う。

途中で手を放すと、ブラインドは再び勝手に上がる。

彼女はバスルームに向かう途中で、玄関扉のチェーンを外す。

連中が部屋に入りたいなら好きにすればいい。

彼女はテーブルまで行って小さなカードを手に取り、マントルピースの上にある旅行用時計の背後に片付ける。

そして風呂の湯を溜める。

今いる場所は都市、あるいは町、あるいは村。外で鐘が鳴っている。そう、再び、真夜中を告げる鐘だ。ここはどこ？　時間を止めることは可能だろうか？　時間が人の中を流れるのを止められるか？　いや、もう遅すぎる。というのも、時はもはや三十年以上を遡り、ソフィアは先ほど溜め始めた風呂に入り、痛む腕を石鹼で洗いながら、その二十年前にアイリスと一緒にツインベッドに入ったときのことを思い出したからだ。ある夜、アイリスは歌をハモってソフィアを喜ばせていた。アイリスは高い方、ソフは低い方の担当で、戻ってはこない「食料品屋のジャック」の歌（マーク・ワーツ制作『ティーンエイジ・オペラ』（一九六七）中の一曲）を歌った。それに続いて思い出したのは、ソフィアが大好きなエルヴィスの歌を自分たちでハーモニーにして二人で歌ったこと——父親がそばにいないときはドイツ語で、父の耳に聞こえそうなときには英訳で。歌詞はソフィアが学校の図書室で辞書を使って翻訳したものだった（エルヴィス・プレスリーが歌った「さらばふるさと（ウドゥン・ハート）」は、以下に引用される歌詞の一部がドイツ語になっている）。

　僕は行かなきゃならないのか
　僕は行かなきゃならないのか
この小さな町を出なきゃならないのか
それでも君はここに残るのか？

アイリスはどんなタイプの人間か。例えば部屋の中に牧羊犬がいたとして、アイリスはこの部屋に来たことがなく、この家に来るのも初めてで、犬とも初対面だとしても、彼女が部屋に入ってきたら犬はすぐに近づいていって頭を下げ、両前脚を前に伸ばし、一晩中、彼女に寄り添い、前脚に顎を載せておとなしくしている——彼女はそんなタイプだ。

今度は、大学に通っていたソフィアが週末に実家に戻ってきた日のこと。バスに乗らずに、駅から歩き、家に続く通りに入ると、門の前で騒動のようなことが起きているのが前方に見える。小さな人だかりができて、道路にいるアイリスを見ている。門は閉じられていて、仁王立ちになった父がそのいちばん上の横木に手を掛けている。玄関に立ち、扉の陰から外を覗く母。アイリスの足元にあるスーツケースはソフィアのものだ。スーツケースは路上でふたが開いている。中には服が詰められ、アイリスの部屋にあった細々したものが周囲に散らばっている——まるでアイリスがその場で荷ほどきをしているかのように。

何があったの？とソフィアが言う。

いつものこと、とアイリスが言う。スーツケース借りていい？

彼女は歩道に散らばったものを拾い集め、ぎゅうぎゅう詰めになったスーツケースを閉じる。そしてロックを掛け、ストラップを締めて、金属製の持ち手を握って少し持ち上げ、重さを確かめる。

姉さんはどこに行くの？とソフィアは父に訊く。

ソフィア、と父は言う。

その口調は、〝おまえは口を挟むな〟と言っている。

アイリス——両親はいつも、あの子はまだ結婚していない、とこぼしている——はイギリスのどこかで起きたガス漏洩事件の話をラジオで聞いて以来、一人で抗議活動のようなものを始め、新聞に記事を投稿したり、真夜中に街中の公園にポスターを貼ったりしていた。ビルの壁に貼られた広告の上に赤のペンキでスローガンを書いて警察沙汰にもなった。イギリスからほど遠い場所の海岸に打ち上げられたアザラシの死骸の問題――何かの影響で目を傷めてたのよ、ソフ、そして全身にミミズ腫れと火傷の跡、どう思う？　そして各地の工場――これまたここからほど遠い、何キロも離れた場所――で作られている武器の話。アイリスは毎晩そんな話をして居間で騒ぎ立てては、父をかんかんに怒らせていた。パリで学生に対して濫用されている催涙ガスのこと、北アイルランドの人も同じ目に遭っていること。催涙ガスは無害じゃない。彼らはそれを無力化ガスと呼んで、マスコミや国会議員に対しては、ただの煙だと説明してる。ただの煙だって。でも、本当は塹壕戦に使われたものの親戚。あれがただの煙だったって言うの？　強制収容所で使われたガスとも親戚なのに。あれがただの煙？

それはどれもここで起こっていることじゃない。全部遠いところ、よそで起きている話。でも、ここで起きても不思議じゃない、とアイリスは言う。ていうか、〝ここ〟って何か教えてほしいわ。どこも〝ここ〟でしょ？

アイリス。何でも抱え込む人。面倒の種。無益な人生。繰り返された警告。評判。ブラックリスト。警察の記録。父は夕食をとりながら、声には出さずに叫ぶ。母はいつものようにうつむき加減で何も言わず、手の中の無を見つめる。

また手紙を書くわ。大学の寮に電話をする。

アイリスはスーツケースを持って歩きだす。隣人たちが皆、それを見送る。ソフィアもそれを見ている。父と母も。

アイリスが角を曲がって姿を消すと、隣人たちはそれぞれの家に入る。

ソフィアはまだ風呂に浸かっている。彼女を階段下に突き落とした男は、自分のせいではないふりをした。

ソフィアが知る限り、アイリスはあれ以来、実家に戻っていない。アイリスが母の顔を見ることは二度となかった。父ともいまだに会っていない。アイリスが出て行ったあの夜、結局、ラクダの背中を折った最後の一本の藁《ストロー》が何だったのか（小さなことがとどめの一撃になることを意味する英語のことわざで、「最後に載せた一本の藁がラクダの背中を折る」というものがある）、ソフィアは知らない。今後知ることもないだろう。

藁《ストロー》。ごく軽い一本。**ただの煙。**

ラクダ。折れた背中。

ずいぶん暴力的な常套句だ。

腕が痛む。手すりに当たった太ももと体の右側、そしていちばん下の段の角に当たった尻には青あざができるだろう。たいした距離を落ちなくても、けがはかなりのものになる。

彼女は浴槽の縁に腰を下ろして水を抜き、厚めのタオルでしっかり体をふく。

彼女が使っているタオルは、実家で使っていた薄いタオル――父親が今でも実家に置き、普段使っているタオル――とは比べものにならない。

意地悪せずに、優しくしてくれ
ちゃんと相手をしてくれよ
だって僕は木でできているわけじゃない
僕の心も

木でできているわけじゃないんだから（この五行は前出「さらばふるさと」の引用）。

クリスマスの日の朝。

やれやれ。

生き生きした日の光に感謝。

ソフィアはベッドの端に座ったまま、また真夜中を迎えるなどということがないよう、視力のいい目を開いたまま、まんじりともしなかった。さあ、真夜中よ、鐘を鳴らしたければ鳴らすがいい。真夜中が再び挑みかかることはなかった。そして外が明るくなった。懐かしい光。新しい光。

実際、今日の朝日は、昨日よりもほんの少しだけ早く昇り始めた。そして昨日の朝日も、その前日よりもわずかに早く昇っていた。一日が最も短い日からたった四日で、朝日は前と違った様相を帯びていた。その変化——暗闇の増加から光の増加への反転——によって明らかになったのは、冬の中心には、光の陰りとともに、光の回帰もあるということだ。

たった今この家のどこかで、姉のアイリスが眠っている。ソフィアは鏡台の前に座り、両腕で頭を抱えた。

頭は実際には、もはや頭ではなかった。そこにはもう顔がなかった。髪の毛もない。それは石のように重かった。そして全面が滑らかだった。顔があった場所は磨かれた石——加工した大理石――のようにつるつるだ。

今となっては、上下も前後も分からない。顔の形をしていたときにはそんなことは明白だったのに。

今では明白さが完全に失われてしまった。

そして、どう呼べばいいのか分からなくなった。頭？　石？　死ん《デッド》でもいなければ頭《ヘッド》でもない。あまりに重く、あまりに固いのでもう宙を舞うことはない。サーカスみたいな宙返りをすることも。

彼女はそれをテーブルの上に置き、じっと見てうなずく。

しかし、感情はつながっていた。これが冷たくなるのは嫌だ、と彼女は思った。

彼女はそれを再び手に取り、服の下に差し入れ、お腹に直接押し当てた。

小さな頭ほどのサイズの丸い石は何もせず、そこでじっとしていた。石の行動としての〝無〟は、どことなく親密に感じられた。

これほど複雑なことがどうして起こるのだろう？

これほど複雑で同時に神秘的だなんて、どうして可能なのか？

ほら。ただの石なのに。

この安心感。

〝安堵〟という概念はいつもこの状態を希求し、昔からこういう状態のことを言っていたのだ。

さあ、次の場所に行こう。一九八一年九月、天気のいい土曜の早朝、ここはイギリスの公共用地《コモン・ランド》だが、イギリス軍との合意の下、アメリカ軍がフェンスを建てて、外から進入できないようになっている。そのメインゲートに一台の車が近づく。

女が車から降りる。

鳥の歌が響き、夏の蜂の羽音が聞こえる中——すぐそばに森がある——女は空軍基地の門に立つ警官にまっすぐに歩み寄る。

女は一枚の紙を目の前に広げ、そこに書かれた文章を読み始める。そうしている間に、別の女性数人——一人はかなりの年配だ——がフェンスに向かい、きれいに刈られた芝生を駆け抜ける。もしもこれがBBCの状況喜劇《シットコム》なら、視聴者は大笑いするところだろう。

今日は早いね、と警官が女に言う。

女は文章を読むのをやめて、警官を見る。そしてもう一度、紙に目を戻し、最初から文章を読み始める。警官は腕時計に目をやる。

ここには八時に来る予定じゃなかったかな、と警官は言う。

女は再び読み上げるのをやめる。そしてフェンスの前にいる四人の女を指差して言う。あの人たちは抗議活動の一環としてフェンスに鎖で体を固定しました。私はこの件に関して、正式な声明を読み上げてるんです。

警官はうろたえる。

じゃあ、あの人たちは清掃員じゃない？と彼は言う。

そしてフェンスの方へ目をやる。

どうしてあんなことを？と彼は言う。

女たちが清掃員ではないことが分かり、彼は空軍基地に無線で連絡を入れる。

フェンスはメッシュ状の針金でできている。針金と空気で編まれた百万のダイヤモンド形とその上に張られた三本の有刺鉄線がコンクリート製の支柱をつなぎ、それが約十四キロにわたって続いている。女たちは四つの小さな南京錠を使って、メインゲートに近いところのフェンスに体を固定していた。南京錠は、もっと普通の人がスーツケースをロックするのに使うタイプのものだ。**私たちに入手可能な道具はこれくらい。**

軍服を着た男が基地内から現れ、警官に話しかける。

清掃員かと勘違いしたんだ、と警官が言う。

最初の女が二人に向かって手紙を読む。

次に記すのが、彼女がその朝読み上げる内容の一部だ。

私たちがこのような行動に出たのは、核軍拡競争が人類および地球にかつてない脅威を及ぼしていると考えるからです。ヨーロッパに暮らす私たちは、北大西洋条約機構によって強いられて

いる犠牲的役割を受け入れることはできません。大量破壊兵器に莫大なお金と人的資源を無駄に費やす軍事的・政治的指導者にはうんざりです。他方で、必要なものが手に入らないことを世界のあちこちで訴えているたくさんの人々の声が私たちの心の耳には聞こえます。私たちはこの国に巡航ミサイル基地を設置することに絶対反対です。

ここにやって来て自分の体を小さな金具で固定した女たちは前の日に一晩かけてこの方法を考えたのだ、と歴史家たちに後に語る。そんなことをしたらどうなるかについても。警備員や犬のこと――吠えられたり、大声で怒鳴られたり――を考えると眠ることができなかった、と。どんな罪状で起訴されるかも分からない。迷惑行為から国家反逆罪にいたるまで。少なくとも留置場には放り込まれ、裁判にかけられるだろう。警察の厄介になれば、仕事だって失うかもしれない。

この十二時間、五人は何も食べず、飲み物もほとんど口にしていなかった。服装は、小便なら簡単に足せるような格好。これほど目立つ場所で人が体をフェンスに固定している事態を空軍基地当局が長引かせることはない、と彼女たちは確信していた。

女たちが地面に腰を下ろし、背中でフェンスにもたれる間に、最初の女が声明を読み上げる。

その少し後、平和的なデモ行進に参加していた残りの仲間が現場にやって来る。いちばん近い町からも、新たな参加者が加わる。町に暮らす人の多くも、しばらく前から公共用地《コモン・ランド》を取り戻したいと考えていた。その一角は数十年前に軍が空からの偵察で発見し、理想的な滑走路として徴用されたのだった。

記者が二人現れた。この行動の目的は、今行なっているデモにマスコミの注意を惹き付け、ここに設置されようとしているミサイルに関する世論をより大きく盛り上げることだ、と組織のリーダーが説明をする。これは婦人参政権活動家がかつて行なっていたのと同じ方法だ、と。

記者の一人が防衛省に電話をかけ、この女性たちの抗議活動について質問をする。

防衛省の役人は記者に言う。女たちがフェンスに体を固定しているという話がもしも本当だとして、それがどうだというのか？　フェンスがあるのは公共用地《コモン・ランド》で、防衛省の土地ではない。だから防衛省には何の責任もない、と。

防衛省として女性たちを排除するつもりはない、とその役人は正式に認める。

何の問題もありません、と役人は言う。

盛り上がりに欠ける結末だ。

とはいえ、天気はいい。太陽の下、誰もがきれいに刈り込まれた芝生に座る。まるで皆で午後のピクニックに来たかのようだ。軍関係者が周囲を行き来し、何枚か写真を撮る。男が一人、顔写真がどうのこうのと大きな声で言いながら現れる。この基地の司令官だ。彼が皆に呼びかける。その間、彼が拳を強く握っていたことを、後に女の一人が思い出す。おまえたち全員に機銃掃射を浴びせてやりたいと彼が言ったと、彼女たちは後に言う。それから、さらにこう付け加えた。好きなだけそうしていればいい、私には関係のないことだ、と。**あいつが人を馬鹿にしたあんな言い方をしなければ、私たちも現場に残らなかったでしょう**、と抗議参加者の一人は数年後に言った。**家では五人の子供が私を待っていたんだから。**

午後も遅い時間になり、夜が近づく頃、別の警官が現れて言う。今日は土曜で、もうすぐ夜になるから、早く立ち去った方がいい、と。アメリカ人は酒飲みで、土曜の夜は特によく飲む。基地の連中が夜中に出てきて、あなたたちを襲うかもしれない。

女たちはそれを無視し、そのまま居座る。

あたりはひんやりしてくる。何せ九月だ。コンクリートの上で火を焚いてもいいか、と誰かが尋ね、許可をもらう。基地から出て来た数人がデモ参加者に手を貸して、道路の反対側にあるマンホールの下の配水管から水を取る。

今のところ、万事はとても友好的だ。後には逮捕劇がある。裁判所への出頭命令も。ホロウェイ刑務所での服役も——そこはキャンプに比べれば、食事や暖房の面で贅沢な場所だ、とデモ参加者は後に知ることになる。マスコミではデモ参加者に対する攻撃が強まる。その辛辣《しんらつ》さは、イギリスのタブロイド紙でもかつて見たことのないレベルに達する。軍関係者がデモ隊に向かって罵声を投げつけ、人々をおびえさせる。ガサ入れ、キャンプに置かれている品々の執行吏による破壊、デモ参加者の所持品の毀損、軍や警察との小競り合いなどが定期的に起こる。警察の暴力は徐々にひどくなる。夜中、地元のごろつきたちが定期的にキャンプにやって来ては、火の点いた棒切れをポリエチレンと枝木でできたテントに投げ入れ、デモ参加者に対して豚の血やウジ虫、人間のものを含むあらゆる排泄物を投げつける。

しまいに地元の議会は、デモ参加者のティーバッグまで没収すると脅す。

しかしそれはまだだ。今ではない。当初、そんな雰囲気はない。当局はこの抗議活動がいささかも影響力を持つとは思っていない。ましてや、核武装に関する移ろいやすい世論——十年もしないうちに大きく変化する国際的政策の中で頂点に達する世論——に大きな影響を及ぼすとは考えていない。

皆が焚き火を囲んで座る。

そして日曜、月曜、火曜に体をフェンスに固定する役をくじ引きで選ぶ。

そうしている間に決断はなされる。誰がするともなく、決断は生じる。そして抗議活動は恒久的なものに変わる。肉体が許す限り、ここで抗議を続けることになる。たとえクリスマスまで続いたとしても、と一人の女が言う。

（しかし結局、この平和的抗議活動は形を変えながら、その後二十年間続く。）

三十六人の女と数人の子供、そして男女両性の支持者がさまざまなところから集まって、十日間で約百九十キロをデモ行進したのが始まりだった。

あるとき途中で、参加者の一部が道の脇にあった生け垣から花を摘んで、自らを花輪で飾った。デモ隊が隣の町に到着したとき、一人の男がこんな感想を漏らした。**町に入ってくるあんたらの姿はまるで女神みたいに見えた。**

彼女たちが神話的な姿を見せるのは、それが最後ではなかった。

最初の夜は仲間が交代でフェンスに体をつなぐ。基地関係者が飛び出してきて強制的に彼女たちを排除したり抗議を妨害したりすることのないよう、交代はできるだけこっそり行う。一日中鎖につながれていた四人の女は、ようやく食事をする機会を手に入れる。

それから四人はまた鎖で体をつなぎ、フェンスにもたれたままその場で眠り、夜を過ごす。

他の仲間はひんやりする森の中、ポリエチレン製の薄いシートにくるまって眠る。

真夜中、アートは夢を見て目を覚ます。

夢の中で彼は、怪物みたいな巨大な花々に追い回される。精いっぱいの速度で走るのだけれど、追っ手が迫っているのが分かる。生きたまま丸呑みされずに逃げ切れたらラッキーだ。すぐ後ろに迫っている花の中心にある口が彼を丸呑みしようと大きく開いているのは、振り返らなくても分かる。花弁は顎のようで、喧嘩する雄羊の角《つの》ほどもあるおしべが隆起し、震えている。

古い教会がある。彼は教会に駆け込み、扉を閉め、湿ったうつろな反響の中に立つ。眠る人の姿を彫刻したたくさんの墓石が見える。一つの墓はまだ、上に人の姿が刻まれていない。よし。

彼はその上に仰向けで横たわり、他の墓の像にならって、祈りを捧げる格好で両手を組む。しめしめ。これで、石の甲冑をまとった昔の騎士に化けることができた。あの花どもも、もう僕を食べようなどと思わないだろう。石を呑み込む花などどこにあるというのか?

しかし巨大な花たちは教会に押し寄せ、土の付いた根を引きずりながら座席を乗り越え、敷石の下に人が埋葬されている中央通路を――被葬者に対する敬意もなく、土をぼろぼろ落としながら――進む。そして彼は今さらのように、石でできた甲冑をまとっているせいで、困ったことに自分が身動きできなくなっていることに気づく。今の彼にできるのは、巨大な花どもが墓を囲み、教会の空気の中で卑猥な言葉のように葉を揺らし、口＝花弁を開いたり閉じたりする様をただ見ていることだけだ。

彼はもはや自分では開くことのできない口——閉じた形で石になっている——を通して花の怪物たちに呼びかける。左右の手のひらは糊でくっつけたみたいになっている——テレビで催眠術師が、かかりやすさを試すために人にそんなことをさせているのを彼は前に観たことがある。

彼は明らかにかかりやすいタイプだ。

弱い者いじめはやめろ。僕だって政治的なんだぞ。かわいそうだと思わないか？　自分の姿を見ろ。その大きな口とおしべ。片やこっちは石みたいに動けない。フロイトならこの夢について何と言うだろう？

文字通りこの最後の一文を口にしている最中に、彼は暗闇の中で目を覚ます。

勃起は徐々に収まる。

彼は上半身を起こす。

ここはどこだ？

ここはコーンウォールにある母の大邸宅だ。チェイ・ブレス《CHEI BRES》。それが何を意味するにせよ。

目が闇に慣れて部屋の形が見えてくると、彼は立ち上がる。そして手探りで、扉のそばの壁にあるスイッチを見つける。明かりはがらんとした部屋を照らし出す。

時刻を確かめたいが、携帯の電源は入れたくない。何かを調理している匂いがする。でも、外はまだ暗い。

例の見知らぬ女――ラックス――は部屋にいない。

まあ、当然と言えば当然だ。

彼女が今どこにいるのか、彼にはさっぱり見当が付かない。この屋敷には部屋がたくさんある。全部でいくつあるのか、彼はいまだに知らない。階下の部屋は内装も普通の家みたいで、どこの家にもありそうなものが普通にごちゃごちゃと置かれている。二階の部屋はどれも空き家の部屋と同様、がらんとしている。

彼は押し入れで見つけた寝具をこの部屋の床に敷いて眠った。

寝具を見つけたのはラックスだ。アイリスの寝床を準備したのもラックス。

でも彼女は昨晩、彼を間抜けと呼んだ（立場的には彼に雇われている身なのだから、本当ならもっと礼儀をわきまえるべきだ）。その上、赤の他人のくせに、母をどうするかについて、彼よりものが分かっているみたいに振る舞っていた。

これについては僕が処理する、と彼は言ったのだった。

お母さんのことなのに〝処理〟って何、とラックスは言った。

家族のことは家族が処理するものだ、と彼は言った。

しかしラックス（そう、腹の立つことに昨晩は、彼女の方が母の処理方法をよく知っていた）が説き伏せてコートを脱がせ、スカーフを取らせたとき、母が恐ろしいほどやせていることが明らかになったのだった。前回彼が会ったときと比べても、大幅にやせていた。香水の広告に出ている例の映画スター（女優本人のためを考えれば、画像がデジタル加工されているものと信じたい）と同じくらいのやせ方だ。

彼は空き部屋っぽい匂いのする部屋の中、床に敷いたキルトの上掛けの内側で体を横に向ける。うん。母がやせているのは、自分で選んだ結果だ。

自分で選んだですって？（引っ込んでろ、シャーロット。）

そして母が余計なことに関心を持って——母はしばしばそういうことに首を突っ込むのだが——どうして別々に寝たのかと訊いてきたら、僕とシャーロットは普段から別々に寝ることにしているんだと答えよう。実際、そうしているカップルは多いし、最近ではますます増えているんだ、と。

アイリス伯母さんと再会していちばんの驚きは、伯母が母とそっくりに見えてきたということだった——とはいえ他方で、二人は全然似ていないのだけれども。しかし二人とも、くんくんと匂いを嗅いだり、そこらをうろついたりするしぐさが奇妙に似ている。伯母は母を誇張したバージョンに見える。まるですべてに充実した母みたい。いや、充溢か。

彼が母の家の玄関を夜中の二時に開けると、目の前に巨大な箱いっぱいに詰められた生鮮野菜が宙に浮いているように見える。ジャガイモ、サトウニンジン、ニンジン、スプラウト、タマネギ。

アーティー、と彼女は言う。この箱を中に入れてちょうだい。じゃないと、あなたの顔がよく見えない。

そこにいたのは彼女だ。がさつで優雅なアイリス。

元気そうね、とアイリスが言う。

この家では靴は脱がないと駄目だって、と彼は言う。

また会えて本当にうれしい、と彼女は言う。

伝説的な黒い羊《はみだしもの》。はてさて。よくできたジョーク、冒瀆だ。シャーロットの前であんなことをするから、ソフィアに罰が当たったんだ。

彼女は本物のシャーロットではないけれど。

じゃあ、どんな人なの、伯母さんって?とラックスは昨晩彼に尋ねた。

彼は肩をすくめた。

あまりよく知らないんだ、と彼は言った。ほとんど知らないと言ってもいい。でも二年ほど前に、伯母がツイッターで僕をフォローして、フェイスブックでもお友達になった。初対面の人でも〝ダーリン〟って呼びかけるタイプの人。上流階級とか芸能人とは違う。つまり労働者階級っぽい感じだね。実際に働いたことはないかもしれないけど。

お母さんと互いに口を利かないというのはどうして?とラックスが言った。

神話の信者。

大昔、祖父の葬式の後に車の中で母はそう言った。

頭がおかしい。まともな頭の持ち主なら、あんな生き方はできない。精神病。精神を病んでいる人は幻想や妄想に結び付けて世界を見るのよ、アーサー。姉さんが抱いているような考えはこの世界では受け入れられない。個人的な神話を世界に押し付けて生きていくなんてことはできないの。

いろいろな相違があってね、と彼は言う。世界観とか。二人は相容れないんだ。

彼が未明に玄関扉を開けると、そこには神話信者のアイリスがいた。彼女は恵み深い世界の神話にふさわしく、すぐに車に戻って、袋に詰められたたくさんの素敵なものを次々に取ってきた。バター、ブドウ、チーズ、ワイン。最後に持ってくるのは鉢植えの木だ。クリスマスツリーではないただの木。普通の小さな木で、葉は一枚も付いていない。私のシデコブシ、と彼女は言った。私が持っている木で、車に積めるのはこれしかなかった。彼女は鉢の重みを体で支えながら、先に丸みがある枝をアートとラックスの方へ向けた。枝の先には尖ったつぼみが付いていて、そのうちのいくつかは毛か綿毛に覆われているように見えた。来年にはこのつぼみが花になる、と彼女は言った。アーティー、元気だった？　それとこちらの方――あれ？　この人はシャーロットじゃない？

アイリスは鉢を下に置いた。それから服で手を拭い、ラックスと握手をした。

フェイスブックの写真と全然違う、と彼女は言った。これほど完璧に外見を変えられるというのは、ちょっとした才能だわ。

生まれつきの才能です、とラックスは言った。

そんな才能が手に入るならいくらでも払う。ぜひコツを教えて、とアイリスは言った。

彼女は鉢植えの木を持ち上げ、その重い荷物をアートに持たせた。どこか目立つ場所に置いてね、と彼女は言った（きれい好きな母と鉢底に付いた土とのことを考えて、アートは結局それを玄関ポーチに置いたままにした）。彼は今、床で横になったまま驚いている。それはちゃんとしたタイプのクリスマスツリーではなく単なる生きた木というだけで、屋内に持ち込まれた鉢植えにすぎないのだけれども、それでも家の中で木を抱えたことが奇妙に象徴的に感じられ、単にそうしただけで自分まで恵み深い《バウンティアス》存在になったように思われたことに対する驚きだ。

〝恵み深い〟。ラックスが使った言葉だ。今までの人生で彼が使ったことのない言葉。使おうと思ったことも、その必要性を感じたことも一度もない。昨日まで彼の語彙になかった言葉。

後で語源を調べるために、〝自然の中のアート《アート・イン・ネイチャー》〟用のノートにメモをしておこう。

彼は床に作った間に合わせの寝床でもぞもぞし始める。そもそも彼が目を覚ましたのは、床が硬すぎるのが原因だ。こうして横になっていても、今ではすっかり目が冴えてしまった。貴重な時間の無駄だ。

普段、夜中に起きているときには、ＳＡ４Ａ関連の仕事をする。

でも、今はコンピュータがない。

仕事をするのは無理だ。

携帯を使おうか（細かい情報を見逃しやすいけれども）。

しかし携帯の電源を入れる勇気はない。携帯を使えない彼は無力だ！　昨晩、アイリスにショートメッセージを書くために電源を入れたときには、本物のシャーロットのツイートがどうしても目に入ってしまった。シャーロットは人々の庭木が花開いているのをちょん切った写真を何枚もツイッターで上げて、それにこんな文章を添えていた。**僕は正直なので嘘はつけません。おたくのホオズキの木を切ったのは僕です。請求書、怒りのコメントはこちらにお寄せください。**

花の夢を見たのはきっとこのせいだ。

フロイトなら何と言うだろう？

やれやれ。当人よりも夢の方が意識に近いはず、なんてポストポストモダン的だ。まったくくだらない。

でも、〝自然の中のアート《アート・イン・ネイチャー》〟の政治的な主題として使えるかも。これも後でメモしておこう。

彼はくしゃくしゃになった寝具の中で体を起こし、今日、彼になりすましたシャーロットは世間にどんなメッセージを書き送るのだろうと考える。クリスマスのメッセージ。ローマ教皇のように。本物のシャーロット。偽物のアート。

アイリスはショートメッセージに対してすぐに返事をくれた。横にいたのは偽のシャーロットだったが、それでもありがたいことだった。アイリスが返事を書くには三十秒しかかからなかった。**すぐ行く　xアイア。**

手間じゃなければ食べるものを持ってきて。彼はラックスに言われて、そう返事を書いた。

ちゃんとお礼もね、とラックスは言った。

いちいちうるさい女だ。しかしもっともだと思ったので、言われた通りにした。ありがとう、アイア。

間抜け。

まあ、馬鹿にする意味で言ったのではないことは分かっている。あの言葉は本気ではなかった。あの娘《こ》は普通見えにくいような場所――服の下――にもピアスをしているのだろうか、と彼は考える。

仕事は具体的にはどんなことをしてるの？と彼女は昨日列車に乗っているときに訊いた。一日はどんな感じ？

テーブルにパソコンを置いてずっと画面を見てる、と彼は言った。

一日のうち一定時間はネットサーフィンをしている、と彼は説明した。どのみち、それで給料をもらうようになる以前から同じことをしてたんだけど。ある日、ポルトガルの芸術家が玉石《たまいし》の隙間をクローズアップで撮影した動画を偶然クリックしたら、SA4Aが著作権を持っている音楽がサウンドトラックとして使われていたんだ。

つまり、たまたま動画を見ているときに、この音楽は誰が著作権を持っているんだろうって気になったわけね、とラックスは言った。

そう、とアートは言った。それで調べてみたら、著作権の保有者はSA4Aだった。で、SA4Aにそれを報告した結果、仕事をしてみないかっていうことになった。単純な話さ。

どうしてそんなことをしたの？とラックスは言った。

そんなことって？とアートは言った。

どうして著作権の保有者をわざわざ調べたわけ？とラックスは言った。

特に理由はない、とアートは言った。勘かな。

その視覚芸術家《ビジュアル・アーティスト》は音楽の使用許可を権利明示《クレジット》していなかった、と彼は言った。だから確認をして、SA4Aにメールを書いた。

どうして?とラックスは訊いたのだった。

アートは肩をすくめた。ただできるからしただけ、と彼は言った。

できるからした、とラックスは言った。

それに動画の方も、とアートは言った。何となくむかついたから。

どうむかついたの?とラックスは言った。

さあね、とアートは言った。動画そのものというより、そんなものがそこにあるってことがむかついたのかな。ネット上にそんなものがあるってことが。まるでネット上に存在する値打ちがあるみたいな顔をして。

あなたはその芸術家の創造性に嫉妬してたんだ、とラックスは言った。

いやいや、と彼は言った。それは違う。

その口調はかなり偉そうだった。

嫉妬なんて関係ない。どのみち、その動画を観ている人なんてほとんどいなかったんだし。視聴回数は四十九くらいだったかな。だからむしろ法律上の問題というか、著作権法があるのにはちゃんと理由があるってことさ。

なるほど、とラックスは言った。じゃああなたは、ロンドンのあちこちを回りながら、公共の場所に見えるんだけど実は個人が所有していて全然公共ではない場所を見張っている警備員みたいな感じね。

それにとにかく、と彼は言った。動画に撮られているのは自然じゃなかった。芸術家本人は自然動画《ネイチャー・フィルム》と呼んでいたけど、そこに自然は映ってなかった。

へえ、とラックスは言った。

そこに映っていたのは、例えば砂利とか、ごみとか、とアートは言った。

なるほど、とラックスは言った。その芸術家がやっていることはあなたの体質《ネイチャー》には合わなかったってことね。

この話題に飽き始めていたアートは、できるだけ手短にこう説明をした。SA4Aはポルトガル人芸術家に対して、〝自然動画《ネイチャー・フィルム》〟と称するものをネットから削除させて、多額の金銭を請求する訴訟を起こした。その後、驚いたことにSA4Aのチームによってプログラムされているボットがアート宛に仕事——かなりおいしい契約——をオファーするメールを送ってきた。

会社の役に立つ情報を見つけたらボーナスがもらえる、と彼は言った。でも、歩合制じゃない。ていうか、歩合制の仕事じゃあとても生活していけないからね、当然だけど。

当然ね、と彼女は言った。

この仕事の本質《ネイチャー》は、まさに干し草の山から針を探すような感じ。いや、ネットの世界には権利の侵害なんてごろごろしてるんだよ。でも、大元を探さなくちゃならない。皿に盛って置かれてるわけじゃないんだ。常に目を光らせて、監視してないと駄目。いずれにせよそれは、僕にとって大事な仕事ってわけでもないし、ずっとやりたい仕事でもない。ローンの返済のためにやっているだけ。僕が本当にやっている仕事、僕にとっていちばん大事な仕事は自然《ネイチャー》について文章を書くことで——

その仕事の本質《ネイチャー》について文章を書くってこと?と彼女は言った。

——いや、自然《ネイチャー》。自然《ネイチャー》そのもの。野生の動植物、天気、そういう、うん、環境とか地球に今起きていること。そっちの文章では僕はかなり政治的なんだ。少なくとも政治的になりつつある。ていうか、またそっちの仕事が再開できたら政治的なことを書くつもりだってこと。とりあえずそっちの方は仕事をしすぎたから、今はちょっと休憩中なんだけど。

ラックスはうなずき、こう尋ねた。地球、それか天気、それか環境があなたの文章をネットで読んで、自分のことを勝手に書いたとか、自分のことを作品の中で利用したとか言ってあなたを訴えると脅したことはある?

最初、彼は笑ってやり過ごした。その後、この馬鹿げた質問に対する答えを彼女が本当に待っていることに気づいた。

ええと、でも僕は他人や他のものの著作権を侵害しているわけじゃないだろ?と彼は言った。そんなの無理だよね? 誰かがこの世界の著作権を持ってるわけじゃないから。天気に著作権はない。生け垣の花、落ち葉、鳥、イギリスの蝶、水溜まり、蚊。これは最近取り上げたものの一部だけど。そういうものに著作権はない。

水溜まり、と彼女は言った。

雪、と彼は言った。雪についても書こうと思ってる。今度、雪が降ったときに。雪だって著作権はない。それは間違いないと思うよ。今のところは。

あなたが書いたものを読ませてもらえる?と彼女は言った。

ネットにある、と彼は言った。好きなだけ読めばいい、好きなときに。誰でも読める。

次に彼女は彼にこんなことを訊いた。人間の遺骸が屋外で腐敗するとき具体的に何が起こるかを観察するために、実際、風雨にさらされる野原に放置する実験があったことを知ってる?

いいや、と彼は言った。彼は知らなかった。興味深い。

彼はノートを取り出し、〝自然の中のアート《アート・イン・ネイチャー》〟用のメモとして書き込んだ。

そういう野原を想像してみて、と彼がメモを書いている最中に彼女は言った。ただしそこには、用済みになった機械もたくさん置かれている。

どんな機械?と彼は言いながら、リュックサックの前側のポケットにノートを戻した。

古い機械、と彼女は言った。もうみんなが使わなくなった機械。十年前の大きなパソコン。いや、もっと最近、五年前か、去年のでもいい。とにかく時代遅れの機械。もうパソコンとつなげられなくなったプリンタとか、モニターと一体になった箱みたいなパソコンとか、時代遅れのあらゆる機械。

アートはまたノートを取り出し、何かをメモし始めた。そしてそれが終わるとノートを閉じたが、彼女が他に面白いことや役に立つことを言ったときに備えて、リュックにはしまわなかった。

私はそんな光景を思い浮かべるのが好き、と彼女は言っていた。野原にそんなものが散らばっていて、科学者たちがそれを調べて回っている光景。

そういうものは死なないんだよ、と彼は言った。新しいモデルを僕らが買うと、古いのは海外に輸出される。何も無駄にはならない。古くなったやつは業者がリフレッシュして、例えばその、第三世界に輸出する。それか、もっと貧しい人たちのいるところとか、僕らみたいに最先端の科学技術の進歩がすぐに手に入らない場所にね。少なくとも、僕の知る限りではそういうことになってる。

彼女は首を横に振る。

世界か、と彼女は笑顔で言う。恵み深い。でも、そもそもそこのところが問題なんじゃないの?

え?と彼は言った。世界が恵み深いことが問題?

違う、と彼女は言った。世界はそうなっていると私たちが思い込んでいることが。

二〇〇三年四月、雨の水曜日。アートは祖父の葬儀で、母と一緒に教会の最前列に座っている。母によると〝たくさんの参列者〟だが、教会の中は半分が空席だ。

葬儀屋が一人の女を連れて、母子のいる前列までやって来る。女は二人の横に腰を下ろす。

アーティー、と女が彼に声を掛ける。

こんにちは、と彼は言う。

ソフ、と彼女は母に声を掛ける。

母はうなずくが、顔はそちらに向けない。

女は母がこの町に住んでいた頃の友人だろう。あるいは、アートが赤ん坊の頃に会ったことのある人。

母が聖餐《せいさん》拝受のために立ち上がると、女は椅子に深く腰掛け、アートに向かって悲しげな笑みを見せる。年配の女性にしてはずいぶんクールだ。着ているのはパーカ。色は黒っぽいので場違いということはないが、下に着ているのは鮮やかな白のパンツスーツだ。女は葬儀の後、教会の扉のところで母と並んで立ち、まるで知り合いみたいに多くの人と握手をする。挨拶の列に並ぶ人がしばしば女に温かな声を掛け、時にはハグさえする。同じように母やアートをハグする人はいない。女はきっと祖父の知り合いで、地元と縁のある人なのだ。アート自身はここにいる人を一人も知らない。祖父のこともほんの少し知っているだけだ。彼が全寮制の学校から家に戻っているときに、たまたまロンドンに出て来た祖父とホテルで一緒に食事をしたくらい。母が仕事をしている間、就学以前のアートが祖父のところに預けられていたときの写真は何枚かある。

暖炉の前で濡れた服を乾かしたこと。当時のことで何を覚えてる、と母に訊かれたアートは、葬儀のため北に向かう車の中でそう答える。服から蒸気が上がって、おじいちゃんはそこに、ていうか蒸気で曇った窓ガラスに、絵を描いてくれた。道、家、公園、車、道行く人、そして犬。犬の絵はすごく上手だった。

母は悲しげな声——それは笑い声でもある——を漏らす。

私はあの家に大がかりなセントラルヒーティングの機械を備え付けたのに、父さんはそれをどうしたと思う？　一度もスイッチを入れなかった。暖房代は私が払うって言っても駄目だった、と母は言う。リビングには小さな電気ストーブ、キッチンにはガスストーブを置いてた。

おじいちゃん、おばあちゃんの中で僕が実際今までに会ったことがあるのは——今後もそれ以外の可能性はないけど——母さんの父さんだけ、とアートは言う。

ええ、人生ってそんなもの、時間もそんなものよ、と母は言う。

母さんが子供だった頃の、おじいちゃんに関する思い出を教えて、とアートは言う。

教えない、と母は言う。

アートは顔をしかめ、座席に深く座り直す。

母のため息が聞こえる。それからこう言う。

昔、父さんと一緒に町を歩いていたときのことよ。父さんはいつも会社にいたから、一緒に歩くだけでも珍しいことだった。七月前半の夏休み以外、平日に父さんと何かをしたことはない。とにかくその日はなぜか一緒に、めかし込んで歩いてた。理由は思い出せない。そのときパブに荷物を運ぶトラックが通りかかって、瓶の入った木箱が二つ傾いて、道路に落ちたの。すると父さんは慌てて地面に伏せた。まるで爆弾が爆発したみたいに、両手で頭をかばうみたいにして。母は左に方向指示器を出す。標識にはここから十六キロとある。目的地は近い。

戦争のときの経験から来た行動だったみたい、と彼女は言う。

三キロほど進んでから母は言い足す。

父さんはそれをすごく恥ずかしがってた。通りすがりの人が立ち止まって、父さんが立ち上がるのに手を貸してくれた。埃を払ってくれる人もいた。

さらに三キロほど進んでから母は言い足す。

私はあの日ほど落ち込んだ父さんは見たことがなかった。父さんは自分が人前で馬鹿をやらかしたと思っていたみたい。

その後、母は話をやめ、あるメロディーを口ずさみ始めたので、記憶の扉が閉じたことがアートにも分かった。それはまるで追憶が映画館か劇場で上演されるものであるかのような切り替わり方だった——ショーがたった今終わり、客席が空《から》になり、観客が出て行ったかのよう。

教会での葬儀の後、雨の中、棺が地中に埋められ、墓掘り人が盛り土——偽の芝で緑に見せてあった——を覆っていた布の脇に花が並べられるのを見た後、アートと母は一人の老女を車で家まで送り、それから他の人と同様、軽食をとりに祖父の家に向かう。母は一週間前から、この日の軽食を準備するために動いていた。料理人たちは朝早くにホテルからやって来て支度をし、彼らがサンドイッチやケーキを持ってくるときにカバーとして使っていた布巾で、母はテーブルを覆っておいた。

車が家の外に停まるとき、家の前の濡れた道は雲間から現れた太陽の光で輝いていて、二人は目の前に手をかざさなければならない。再び目が見えるようになると、家の玄関が既に開いているのが見える。物音と笑い声が外まで響いている。

畜生《クライスト》、と母は言う。

え?とアートは言う。

厄介な人気者のご登場、と母が言う。さっきのはスワヒリ語だから気にしないで、アーサー。さあほら。ぐずぐずしてないで、家に入りましょう。

二人が中に入ると、教会でアートの隣に座った女が、居間に集まった黒衣の大集団の中心で一人白い光を放っている。

彼はようやく、その女が母の姉——つい先ほどまで、自分にいるとはまったく知らなかった伯母——ではないかと疑い始める。というのも、司祭が祖父に関する話の中で、戦争中のこと、戦後は保険会社の仕事をしていたこと、亡くなった妻のこと、ダリアの品評会で賞を取ったこと、そして愛する二人の娘、**アイリスとソフィア**が遺されたことに触れていたからだ。女は部屋に集まった人たちに、**父さんのいちばんのお気に入り**だったという歌の話をして、それを歌い始める。いろいろな生き物を呑み込むおばあちゃんについて歌った歌だ。蠅を呑み込んだおばあちゃんは**ひょっとしたら死んじゃうかも**。次にクモを呑み込んで、**ひょっとしたら死んじゃうかも**。次は鳥、猫、犬。でもその後、女は元の歌にはない動物を次々に加えて皆を笑わせる。リャマ、蛇、コアラ、イグアナ、キツネザル。すると部屋にいる皆が悲しむ(あるいはそのそぶりを見せる)ことも忘れ、次の韻はどうやって踏むのかを予期してはどっと笑い始める。女が歌詞の区切りをどこまで引っ張るか、あるいは短く終わらせるかで笑い、当てずっぽうで続きを予想しては、女がひねり出す韻に喝采を送り、しまいにそのおばあちゃんが馬を呑み込み、めでたく死んだときには、皆が——司祭まで——ある種の喜びで歓声を上げる。

そこで皆が立ち上がり、祖父に乾杯をする。その後、数人が部屋の向こう側から母のところに来て言う。こうして送られることをお父様はきっとすごく喜んでいるでしょう、と。

母は丁重に笑顔を見せる。

母の姉である女は皆を巻き込んで、昔からあるプロテストソングを歌う。何事にもそれにふさわしい季節があるという歌だ（ザ・バーズの「ターン、ターン、ターン」（一九六五））。生まれるときがあれば、死ぬときがある、刈り入れすべきときもあれば、石を投げるべきときもある、みたいな部分まで歌詞を知っているのは彼女だけだが、「巡る《ターン》、巡る《ターン》、巡る《ターン》」というところでは皆がコーラスに加わる。

アートは母に目をやる。母は歌っていない。

私のことは覚えてないでしょ？　たまたまキッチンで同時に居合わせたとき、母の姉――伯母、アイリス――がアートにそう言う。

うん、とアートは言う。でも、さっき歌っていた歌は知ってる。蝿を呑み込むおばあちゃんの歌。テレビで聞いたのかもしれない。

彼女は笑顔になる。

私が歌って聞かせたのかもしれない、と彼女は言う。あなたが幼い頃に。

それは全然覚えてない、と彼は言う。本当に大昔のことだよね。

あなたの人生では大昔、私の人生ではちょっと前のこと、と彼女は言う。人生ってそんなもの、時間もそんなものよ。あなたの人生、あなたの時間は今、どうしてるの？

今は試験、と彼は言う。

ふうん、と彼女は言う。でも今、あなたの人生と時間はどうしてるの？

だから、今は試験勉強の最中、と彼は言う。大学に進学するためにはいい成績を取らないといけない。

ねえ、と彼女は言う。アーティー。私のことを、つまらない遠い親戚みたいにあしらうのはやめて。実際には、あなたの今までの人生のうち、四分の一を一緒に過ごした人間なんだから。

僕の人生の四分の一？と彼は言う。

あなたの人生のうちでいちばん記憶に残らない四分の一だけどね、と彼女は言う。さあほら。だからちゃんと答えて。もう一度尋ねるよ。いい？

いいよ、と彼は言う。

じゃあ、アーサー、と彼女はつまらない遠い親戚の声をまねながら言う。学校はどう？　全寮制なんでしょ？　お勉強は順調？　大学に進んだら何を勉強するの？　どこの大学に願書を出す？　それとも大学から引き抜きが来てる？　大学を卒業したら何をするつもり？　それでいくら稼げるかしら？　美人で完璧な人と結婚して子供が三人できたら、どんな名前を付ける？　その頃にはまた会える？

彼は笑う。

彼女はまるで、〝で？〟と言うかのように眉を上げる。

今はこれを聴くのにすごく時間を費やしてる、と彼は言う。

そしてポケットからiPodを取り出す。

何それ？と彼女は言う。トランジスターラジオ？

何それ?と彼は言う。

そしてイヤホンのコードを延ばして耳に挿す。スイッチを入れて画面をスクロールさせて、『ハンキー・ドリー』（デヴィッド・ボウイが一九七一年に発表したアルバム）の二曲目を探し、彼女にイヤホンを渡す。

二時間後、彼は喪服のまま、アウディの後部座席で横になっている。母が運転する車は南へ向かい、学校で彼を降ろす。外は暗くなり始めている。車が街灯の下を通るたびに、黒い窓の中で雨粒がビーズのように光り、その様子を見ているアートは自分が並外れて子供みたいに感じる。

いい表現だぞ。〝並外れて子供みたい〟。彼はその表現を考え付いた自分を誇らしく思う。

死んだ人を今見てきたことについて彼は振り返る。棺の中の祖父は蠟《ろう》でできているみたいで、現実味が感じられなかった。アートが知っている、あるいは彼の記憶にある誰とも似ていなかった。部屋に漂っていたレモン風の芳香剤の匂いの方が、亡くなった祖父の姿よりも強く印象に残っていた――部屋にあった花よりも芳香剤の方が匂いで勝っていたように。

まさに超現実的。現実を超えた感覚。

アートは言葉が好きだ。いつか彼は、自分が書く言葉を人に読んでもらうようになるだろう。

母さん、と彼は言う。

何?と母が言う。

大丈夫かと彼は訊きたい。何だかんだ言っても、亡くなったのは母の父親だ。でもそんなことを尋ねるのは――どう言えばいいのか――許されない気がした。

その代わりにこう訊く。

母さんはあれが本当に神様だと思う？　例の、今日、教会の奥で食べさせてもらっていたもの（キリストの体とされる聖餐（パン））のことだけど。

彼女は長い息を吐く。

私があそこで聖餐拝受をしたのはあなたのおじいちゃんに敬意を払って、私を育ててくれたことに感謝するため、と彼女は言う。

けど、それを信じてるの？と彼は言う。それに、神様じゃなくておじいちゃんのためにそれをするっていうのは、神様に対して失礼じゃない？

まず神学者になる勉強をして、ちゃんとその資格を手に入れて戻ってきた暁には、またその質問を聞いてあげる、と彼女は言う。

もう一つ訊きたかったことがあるんだけど、と彼は言う。

神学の話？と彼女は言う。

違う、と彼は言う。けど、どうして母さんはゴドフリーと結婚した後も、そっちの苗字じゃなくてクリーヴズを使い続けたの？

おじいちゃんの名前を使い続けたのは、あなたにそれを受け継いでもらいたかったから、と彼女は言う。

じゃあ最後にもう一つ訊きたいのは、と彼は言う。この質問。僕が幼かった頃、伯母さんと長い時間を過ごしたっていうのは本当の話？

母は鼻を鳴らす。

いいえ、と彼女は言う。

嘘ってこと?と彼は言う。

母は渋々口を開く。

あなたの伯母さん、と彼女は言う。父さんはあの歌がいちばん好きだったとか、よく言うわ。姉さんと父さん。伯母さんの話をしてあげようか。あの人は何年も前から実家に戻ってなかった。勘当状態ね。父さんは姉さんに腹を立ててた。おまえのおばあちゃん、つまり私の母さんの葬式にも姿を見せなかった。おまえの伯母さん、あの姉さんはね、アーサー、どうしようもない神話信者なの。

母はさらに彼女の話をする。それからしばらく黙り込む。

そしてラジオのスイッチを入れる。ラジオ4。ベツレヘムの教会でちょうど一年前に起きた包囲事件について、人々があれこれしゃべっている（二〇〇二年四月にパレスチナのゲリラが聖誕教会に立てこもり、約一か月間イスラエル軍がそれを包囲した）。

教会には銃を突きつけられて人質に取られた人々がいた、と一方の側は言う。

人質などいなかった、と反対側の人は言う。中にいたのは教会に避難してきた人と、自分の意志で彼らと一緒にそこに残ることを選んだ人たちだけだ、と。

おばあちゃんがリャマを呑み込んだときには、ちょっとしたドラマがあった。

おばあちゃんは蛇をつかまえるためにリャマを呑み込んだ。蛇を呑み込むのはヘビーだから。

おばあちゃんが呑み込んだイグアナは、バナナよりも大きかった。

おばあちゃんはキツネザルを呑み込めば、言われざる罪を免れると思った。

アリクイを呑み込むのはひどくやりにくい。

ヌーはなかなか嚙めぬー。

コアラ。手荒。

アイリスは耳にイヤホンを挿したのだった。

「オー！　ユー・プリティ・シングズ」。

彼は再生ボタンを押す。

彼女の表情が明るくなり、年を取っていると同時に子供のような顔になる。

並外れて子供みたい。

昔はこの曲もあなたに聴かせてあげた、と彼女が大声で言うので、居間にいるたくさんの人が二人の方を覗き込む。

悪夢に襲われ空が割れるという部分の歌詞を、彼女が歌い始める。アートが唇に指を当てると、彼女は歌をやめ、曲を聴きながら体を乗り出すようにして、彼の肩をつかむ。

私は静かにしてるのが苦手なの。彼女はささやくような声でそう言った。


別のクリスマスを見よう。

こちらは一九九一年のクリスマス。

アートは覚えていない。

彼は五歳で、父親の言うことを聞かなかったニューリーナという名前の女（六世紀カンブリアの王女。父が決めた男と結婚しなかったため、首をはねられた。聖女ノヤラとも）が首を切られた場所の近くに暮らしている。女は父親に断首された後、首を脇に抱えて家を出て行ったという。アーサーの祖父はこの家に泊まりに来たとき、この物語を聞いて大笑いをする。涙が出るほど大笑いをして、アイアの肩に腕を回す。祖父は今ここに暮らしてはいないが、しばしば顔を見せる。家に来るときにはいつも、カラフルなグミ《フローラル・ガム》を持ってくる。それは花の風味がするお菓子だが、アイアは化学物質の味だと言う。

もう一つ、頭のない聖女が起こした奇跡に、折れた枝を地面に挿したら、それがたちまち育って実がなったというものがある。

アートは祖父の家にいないときにはここに暮らしている。

この家にはアートよりも背の高いクリスマスツリーがある。鉢植えなので、クリスマスが終わったら庭に戻すことができる。

彼はアイアに、クリスマスにはゲームボーイが欲しいと言う。船が港に入ったらね、と彼女は言う。それはノーという意味だ。

しかし結局、彼女はそれを手に入れ、私は規則なんて大嫌いな人間だからと言って、まだクリスマスにもならないのにアートに与える。彼は自分よりも長くゲームで遊んでいる伯母からゲーム機を奪い返そうと、その膝の上で暴れる。伯母がアートをくすぐり、二人で笑っているところに、彼の母親である女性が現れる。母はジープのように大きな車で玄関前に乗り付け、家に入ってきて息子を抱え上げ、後部座席に座らせてシートベルトを締める。座席からは清潔な匂いがする。実際、とても清潔だ。足を置くフロア部分には何もない。紙も、毛布も、本も。車の中にはアートと運転席の母親がいるだけで、荷物はまったくない。

彼は母に服とゲームボーイの話をする。どちらも新しいのを買ってあげる、と母は言う。そしてもう学校に通う年齢だから、新しい土地に引っ越す、と。

学校にはもう通ってるし、友達もたくさんいる、と彼は言う。

ああ、そうね、でももっといい学校に通うの、と彼女は言う。冒険みたいなところ。学校で寝泊まりするから、ずっとお友達と一緒にいられる。昼と夜で学校と家を行ったり来たりしなくていい。

実際、二人は新しい服を買い、新しいゲームボーイも一台買う。新しい家は本当に大きい。とても大きいので、寝室からキッチン、そこからバスルームへ移動しても、まだ他に部屋がある。母親である女性が持っているテレビは、彼が今までに見た中でいちばん大きい。彼はクリスマスの一週間、母の家で過ごす。クリスマスの後は正月だ——テレビの中では。

クリスマスの日、正午近く。空き部屋だらけの家で、彼は母を探す。閉じられた扉を次々にノックしていると、ある部屋の中から母が大声で返事をする。

まだ用意ができてない、と彼女は言う。用意ができたらそっちへ行く。用意ができない限りは部屋を出ない。だから構わないで、アーサー。

彼は階段を下りてキッチンに戻る。

クリスマスの昼食を作っているアイリスが、彼を追い出すしぐさをする。

あっちへ行って、ブログを書くか何かしてなさい、と彼女は言う。

彼は家を出て、納屋へ行く。そこにはラックスがいる。本当に納屋で寝たらしい。箱で囲って仮の寝床が作ってある。彼女は何も履いていない足を指差す。

ここは床暖房になってる、と彼女は言う。

彼女は開いた段ボール箱と木箱のいくつかを片側に集めて、ベッド代わりの空間を作っていた。開いた箱の一つには、照明器具が詰められている。

見て、と彼女は言って、左右の手にスプリング式アームランプを持つ。昔のスプリング式アームランプをまねて作られた商品だ。

へえ、悪くないね、と彼は言う。一つもらって帰ろうかな。それとベッド。ここにはベッドみたいなものはなかった?

ここにあるものは一体何?と彼女は言う。

残り物だと思う、と彼は言う。

何の残り?と彼女は言う。どうしてお母さんはこれをどこかで売らないの? これだけでも結構なお金になると思うけど。それと、ここにあるものは新品なのに、どうして古く見せてあるわけ?

今はそういうのが売れるんだよ、と彼は言う。歴史を感じさせるもの、どこかから掘り出してきたようなものがね。ていうか、ちょっと前までそういうのが売れてた。世間の人がそれを買うお金を失う前までは。

　ここにあるのは全部ランプ?と彼女は言う。ここにある箱の中は?

　違うんじゃないかな、と彼は言う。分からないけど。一九六〇年代のフランスのカフェで使われていた風情のガラスコップとか。持ち手が木でできてるネイルブラシとか食器洗い用ブラシとか。第二次世界大戦の頃にビスケットや小麦粉を入れてた容器とか。歴史を感じさせる家庭用品。お金を出せば、家や自分のために偽の歴史が手に入るみたいに。郵便局なら一ポンド五十ペンスで買える荷造り紐が、メイク・ドゥの店では七ポンドする。パッチワークキルト。チョコレート製造業者の名前が入った疑似ヴィクトリア朝風のブリキのプレート。その手のものさ。

　ラックスは無表情だ。

　あの大金、あの大量の品々、あの長い年月、と彼は言う。最初は、僕が生まれる前に輸入していたキリム（つづれ織りの絨毯）。あれはイラン・イスラム革命のせいで輸入できなくなった。おかげで商売は大ダメージ。それから一九九〇年代のドリームキャッチャーみたいな雑貨まで。ミネルヴァのフクロウっていう店で買い物をしたことは?

　ラックスは無表情のままだ。

　一九九〇年代は?と彼は言う。

　九〇年代には私はイギリスにいなかった、とラックスは言う。

石鹸石《ソープストーン》で作った動物、流木から彫った仏像、スティックタイプのお香にコーンタイプのお香、ラフィアヤシの繊維で作った製品。ミネルヴァのフクロウがロンドンの僕らの家を侵蝕していった。僕が学校に通っている頃は、テムズ川のそばに家があったんだ。母はあらゆるものを売った。住んでいたアパートも売って、メイク・ドゥというチェーン店を始めた。メイク・ドゥのチェーン店はしばらくの間うまくいってたんだけど、その後どうなったかというと？

彼は爆発をまねた音を出す。

でも、この家は残った、と彼は言う。だから大丈夫。母には家がある。家は会社と別会計だった。それはほぼ、あの人のおかげなんだけど。

彼は切り抜き《カットアウト》パネルのゴドフリーに向かってうなずく。**あん！　やめてちょーだい！**　スカーバラ未来派劇場　毎晩二回上演　お問い合わせ電話番号六〇六四四　六月十九日土曜開演　七十五ペンス（十五シリング）　六十五ペンス（十三シリング）　五十五ペンス（十一シリング）　四十五ペンス（九シリング）。

あなたのお父さん、とラックスが言う。

そういうこと、とアートは言う。

あなたは二次元と三次元が出会う場所で生まれたってことね、とラックスは言う。

ハハハ、とアートは言う。僕についてはそれでいろんなことの説明が付く。

現代の奇跡、とラックスは言う。

彼女はプラグの挿してない二つのランプを、作った寝床の両側の床に置く。

ほら、と彼女は言う。ちょっとした家みたい。

彼女は寝床に腰を下ろす。アートはその隣に座る。

いい人？と彼女は訊く。あなたのお父さん。

実はよく知らない、とアートは言う。僕の人生には、〝父親〟という単語があるはずの場所に穴みたいなものが開いてるんだ。あの人はテレビやパントマイムでゲイの役を演じてた。ノートパソコンがあれば、YouTubeで見せてあげられるんだけど。ネットに昔の動画が上がってるから。

お母さんのコンピュータを使えば見られる、とラックスは言う。

許してくれないよ、とアートが言う。ていうか、僕がパソコンを使うのなんか絶対許すわけがない。

大丈夫だと思う、とラックスは言う。とりあえず試してみましょう。

どっちにしても、とアートが言う。僕はパスワードを知らない。

私は知ってる、とラックスは言った。

いいや、そんなわけがない、とアートは言った。

知ってるよ、とラックスは言った。使ってもいいって私には言ってくれた。

母さんが？とアートは言う。君に？　仕事用のパソコンを使ってもいいって？

うん、とラックスは言う。

何のために？と彼は言う。

私は母にメッセージを送りたかったから、と彼女は言う。いいですかって訊いたら、いいって。

僕は今まで母のパソコンを使わせてもらったことがない、一度たりとも。生まれてから今まで、と彼は言う。

頼んだことがないだけじゃないの、とラックスは言う。

彼はあざけるようにその言葉に反論しようとする。それから思い直す。たしかにそうかも。頼んだことがない可能性もある。

駄目だって言われるのが分かってるのに頼む人はいないだろ、と彼は言う。

ラックスは肩をすくめる。

彼女はどこかよその言語で、何かkとsの音が混じった言葉を口にする。

要するに、案ずるより産むが易しってこと、と彼女は言う。

ラックスは母の仕事部屋で、パスワードの書かれた紙切れを彼に見せる。彼はそれを入力してYouTubeのページを開き、昔の劇場付き芸人に関する密着ドキュメンタリーを探す。そこにはゴドフリーが三分間登場する。粒子が粗く、色の変わった古いフィルムに映るゴドフリーは舞台の上で、まるでバレエダンサーのように両腕、両脚を窮屈そうに体に絡めている。それから両腕を大きく振り回しながら舞台を駆け回る。やめてちょーだい！と彼は叫ぶ。目に見えない観客が笑う。客はカメラに見えないところ、マイクのないところ、音響の悪いところで笑うので、その声は遠くからぼんやりと聞こえる。一九七〇年代初めのＢＢＣの状況喜劇《シットコム》から切り取られた動画では、ゴドフリーはカメラに向かって顔をしかめ、うんざりしたようにまばたきをして、ネクタイを締める。スタジオの観客がどっと笑う。彼が結婚相談を仕事にしているというのが笑いどころだ。**自分は笑劇の中に入り込んでしまって、一生そこから出られない。そんなふうに感じたこと、**

ありますか？と彼はうんざりしたようにカメラに向かって言う。そこに若くて長身のブロンド女優が現れる。女ははげ上がった男の腕に抱きついているが、男の頭は女の豊満な胸までしか届いていない。頭が三つめのおっぱいみたい、とゴドフリーは言う。アートはこの動画を何度も観ている。スタジオの観客の笑い声を聞くと毎回、鈍器で殴られるような衝撃を少し覚える。馬面のゴドフリーの顔がさらに上下に伸びるのをカメラがアップにするたび、そして〝あん！　やめて！〟と決め台詞を途中までも口にするたび、笑い声は小槌のように太さを増す。

ラックスは顔をしかめる。観客は再び笑う。

みんな何を笑ってるの？と彼女は言う。

生《い》け贄《にえ》、とアイリスが言う。

いつの間にかアイリスが部屋に入り、二人の背後からゴドフリーの映像を観ていたのだった。ゴドフリー・ゲーブルはとてもいい人だったと思う、と彼女は言う。一度しか会ったことはないけど、一度でも充分に人柄は分かった。とても知的な人だったと今は思う。彼は自分が何をやっているのか、ちゃんと分かってた。馬鹿なことをやれば懐にお金がたくさん入ってくる。もちろんそれくらいのことはもう、アーティー、あなただって知ってるでしょうけど。彼の本名はレイ、レイモンド・ポンズ。結婚した後、マスコミが彼を取り上げることはほとんどなかった。何もなし。特に、あなたのお母さんがあなたを産んでからは。

アートはまるでそれを知っていたかのようにうなずく（しかし実際には、ゴドフリーについて彼が知っている情報は、シャーロットが論文執筆のために入手した本で手に入れたものに限られていた)。

でもって、今では馬鹿な人を見て楽しみたければリアリティー番組がある、とアイリスは言う。そしてもうすぐ、リアリティー番組の代わりにアメリカ大統領が登場する。

彼女はiPadをアートに見せる。

あなたの最新のツイート、見た方がいいかも、と彼女は言う。さっき一万六千人のフォロワーに向かって、普通ならカナダにしか生息しないはずの鳥が今日珍しくコーンウォールの海岸で目撃されたというツイートをしたみたいだけど。

一万六千？　フォロワーはたしか三千四百五十一人だったはず。彼はiPadを受け取る。フォロワーは一万六千五百九十人。画面を見ている間にも、それが一万六千五百九十七人に増える。

イギリスでカナディアンムシクイを目撃、と彼は読み上げる。**偏西風に飛ばされたみたい。詳しい場所の情報は次のツイートで。ツイッター内野鳥愛好家の皆さんへ最高のクリスマスを。**

その筋の人間なら誰でも、正しい名前がカナダムシクイだと知っている。カナディアンではない。

シャーロットめ、と彼は言う。殺してやる。

暴力は必要ない、とアイリスは言う。やめろって言えばいいだけのこと。ここにいるじゃないの。目の前に。

アートは息を吸おうとして危うく窒息しそうになる。

私はそのシャーロットとは違うんです、とラックスが言う。そっちはもう一人のシャーロット。

彼女はアイリスに向かってウィンクをする。

へえ、もう一人のシャーロット、とアイリスは言う。まあ、私が人にああしろこうしろなんて言えた義理じゃないんだけど、アーティー、私があなたなら、ツイッターの人に言うわね。ツイッター社に報告する。あなたじゃない人があなたになりすましてるって。

そうするよ、とアートは言う。そうするつもりだ。

でもひょっとして、あなたはあなたじゃないかも、とアイリスが言う。そして本物のあなたがどこかでツイートしているのかも。ねえ？　あなたってあなたなの？

僕は僕さ、間違いない、とアートは言う。僕は自分が認めたくないほど僕だ。

僕、僕、僕、とアイリスは言う。自分が第一のあなたたちの世代はいつも自分の話ばかり。私もこの話をツイートしようかしら。下にスクロールしないと読めない文章をだらだらと綴って。十八世紀の皮肉屋が描いた伊達男みたいに。いえ、ていうか、大統領みたいに。大統領風に。いや、偽物大統領。偽物大統領風にツイートしようかな。

アートは胸が苦しくなる。

彼女は知っている、と彼は思う。

彼は気持ちが沈む。

僕が偽物だと皆が知っている。

三年前、爽やかな十月の夕方のこと。このブログをフォローしている人なら既にご存じだろうが、僕はしばらく前から水溜まり《パドル》について文章を書きたいと思っていた。そしてようやく今日、実際に水溜まりのことを詳しく調べようと最初に思った日のことを書く。

僕は自然の中にある水溜まりを見るため、車でロンドンから西に向かっていた。都会の水溜まりには飽き飽きしていたからだ。都会の水溜まりは少年時代の自分も、当時の出来事の一つも思い出させてくれない。つまり、その中に見えるのは括弧の中の自分で、過去の中の自分ではない。僕の言いたいことが分かってもらえるだろうか？　というか、信じてもらえないかもしれないが、今のは入力の間違いだった。括弧と過去。でもそれはそれで、あらゆる真実が常にそうであるように、混乱《マドル》の中から意味が立ち現れてきた。〔混乱《マドル》という語に注意。この語は後で重要性を帯びてくる。〕

とにかく偶然と運命との巡り合わせで、ずっと付き合っていた女性〝E〟との悲しく苦しい別れを経験したばかりだった僕は、その午後一人きりだった。そして憂鬱《メランコリー》よりもさらに深い感情に包まれていた。悪臭を放つ池で、くたびれた係留索を切られて、霧に覆われた水面を漂っているボートみたいな気分。だからこの十月の暖かな午後、僕は自然の中にある水溜まりを見たいと思った。つまり、都会で店先の舗道にできているような水溜まりではなく、鳥が水を飲んだり、カラフルな翼を使って水浴びをしたりするためにやって来るような場所。都会の鳥が水を飲んだり水浴びをしたりする場所を詠んだ都会的な詩ではなく、昔田舎に暮らしていた人が書いた詩に出てくるような水溜まり。

ここで水溜《パドル》まりという単語の語源について説明しよう。僕はそれを、詩のような歴史あるいは歴詩と呼びたいと思う。単語の歴史に興味のない方は次の段落を飛ばしてお読みください。後で文句を言うのはなしでお願いします。

水溜《パドル》まりという語は畝間や溝を表す古英語のパドから来ている。中英語ではそこに、対象物が小さいことを示す指小辞〝ル〟が付いた。古ゲルマン語にはプフーデルという語があって、古ゲルマン語では溜まった水を意味している。パドルには混乱《マドル》という意味もある。僕が持っている紙の辞書によると、不器用者を意味することもあるらしい。おそらくはそういうことから、私たちの中で水溜《パドル》まりと泥《マッド》が結び付いている——泥と水がごちゃ混ぜになった状態——のではないだろうか！

僕は速度を上げて——というか、M25高速道路が法律で許可する上限の速度で——街を出て、第十五ジャンクションで高速を下り、幹線道路沿いの小さな村で車を停めた。村の名前は思い出せない。というのもその次の瞬間、頭の中から他の些細なことがすべて掻き消されるような出来事が起きたからだ。僕の目の前にあったのは、広大な公園へと続く砂利道にできた水溜まり。季節はもう秋になり、太陽が地面に投げかける影の角度でそれは明らかだというのに、公園の方ではまだ虫の声がにぎやかで、植物も生い茂っていた。

道の表面に雨が残した焦げ茶色の水を覗き込んだとき、僕はついに感じた――今までとはまったく違う形で子供時代のことがよみがえってきた、と。

というのも子供の頃、僕は大きな水溜まりに枝切れを浮かべる遊びが大好きだった。家の近所の駐車場にできた水溜まりは、夏休みの僕にとって海の代わりだった。僕は水溜まりのほとりに立ち、薄れていく太陽の光の中、自分が過ごしてきた日々を振り返った。というのも、僕が子供だったのはかなり昔の話だから。そして近くの生け垣まで行って枝を折り、水溜まりに浮かべた。それから枝が風に乗り、水溜まりの反対側まで漂っていくのを見ていた。

するとその十月の午後、少年だった僕と今の僕が重なり、昔から速度に対して抱いている愛着、そして人生――生命《アート・イン・ネイチャー》そのもの――に対する愛着がよみがえった。自然の中のアート。

ラックスは咳払いをする。

何だかあなたじゃないみたい、と彼女は言う。あなたのこと、よく知らないけど。でも、私が知ってる範囲のあなたとは違う。

本当?とアートは言う。

二人は仕事部屋に置いてある母のパソコンの前に座っている。

現実のあなたにはこんな重みはない、とラックスが言う。

重み?とアートが言う。

現実のあなたはふわっとしてる、でも鼻持ちならないってことはない、と彼女は言う。

それって一体どういう意味?と彼は言う。

ええと。この文章とは違うってこと、とラックスは言う。

ありがとう、とアートは言う。でいいのかな。

私が言いたいのは、この文章には本当のあなたみたいな感じがないってこと、と彼女は言う。

いや、それは間違いなく本当の僕さ、とアートは言う。自分というものからは逃れようがないよ、どう転んでも。

いつ転んだの?とラックスは言う。

いや、違う、それは言葉の綾、とアートは言う。

どんな車だったの?とラックスは言う。

何の話、車って?と彼は言う。

車は車、とラックスは言う。水溜まりまで運転していった車。

車は持ってない、と彼は言う。

じゃあ、車は借りたの?と彼女は言う。レンタカー?

僕は運転できない、と彼は言う。

じゃあ、ブログにあった村までどうやって行ったの?と彼女は言う。誰かに車で送ってもらった?

実を言うと、僕はどこにも行ってない。グーグルマップと王立《R》自動車《A》クラブ《C》の経路検索を使って調べただけ、と彼は言う。

へえ、と彼女は言う。けど、水溜まりに棒切れを浮かべるのが好きだったっていう話。あれは本当なんでしょ？

いや、あれも特に僕個人の思い出ってわけじゃない、と彼は言う。でっち上げた思い出だけど、あのブログを読むタイプの人と共有するにはいい感じの話だろ。

じゃあ、爽やかな十月の日っていうのは？と彼女は言う。あれも作り話？

読者に場面を想像してもらうための設定さ、と彼は言う。ちょっとした細部を書き込むことで場所と時間の雰囲気が読者によく伝わる。

じゃあ、あの文章はすべてが本当じゃないってこと？とラックスは言う。今私が読んだ話は全部嘘？

その言い方、シャーロットとそっくりだな、と彼は言う。

それが私の今の仕事だから、と彼女は言う。

シャーロットも僕が偽者だって言うんだ、とアートは言う。

私はあなたが偽者だなんて言ってない。私が言ってるのは、こ﹅の﹅文章が本当《リアル》じゃないってこと、とラックスは言う。

ブログを書くのは僕にとって現実的《リアル》な行為だ、と彼は言う。これを書くことで僕は正気でいられる。

ラックスはうなずく。彼女がアートに向けるまなざしには、後で彼がこの会話の場面を振り返ってみると、優しさが込められているようだ。

彼女はまた画面に目を戻す。少しの間、何も言わない。それからこう言う。

分かった。なるほど。うん。オーケー。さて。じゃあ本当にあったことを話してみて。つまり実話。ブログに書いてるのとは違うこと。ただのつまらない話じゃなくて、何か思い出に残っている話。枝とか水溜まりなんかでっち上げなくていいから子供時代に本当にあった出来事。

実話?と彼は言う。

何でもいいから本当の話、と彼女は言う。

オーケー、とアートは言う。うん。誰かの膝に座ってたのを覚えてる。誰の膝なのかは分からない。僕はその女《ひと》の袖をつかんでた。素材はウール、でもレースみたいな生地。同じパターンで穴が開いているウールなのかな。その穴のところを握る僕の横で、その女《ひと》はある男の子の話を聞かせてくれる。男の子は崖みたいに高く切り立った氷の壁を見上げて、まるでその氷を扉だと思っているみたいに、小さな手でノックする。

ラックスは肩をすくめる。

ほら、と彼女は言う。いいじゃん、それ。そのままブログに書いたらどう?

え、そういう話を文章にして、ネットに上げるなんて無理、と彼は言う。

どうして?とラックスは言う。

あまりにもリアルだから、とアートは言う。

クリスマスのランチタイム。アートが呼んでも、母は部屋から出てこない。ラックス（〝シャーロット〟）が呼びに行っても、部屋から出てこない。しかし、アイリスができた料理をダイニングに運び、テーブルに並べ始めた瞬間、まるで計算したかのように母が部屋の入り口に現れ、かつて人気だったハリウッドスターのように扉の枠にもたれかかる。

ソフ、とアイリスが言う。

アイリス、と母が言う。

久しぶり、とアイリスが言う。元気？

母は眉を上げ、片方の手を頬に当てる。そして皿が並べられた席に座る。

私はあまりたくさんは食べない、と彼女は言う。

ええ、それは見たら分かる、とアイリスは言う。

食事が嫌いなんですか、クリーヴズさん？とラックスが言う。

私にとってはね、シャーロット、食べ物は全部毒なの。人はそれを心の病気だと言うけど、私はそれが真実だと思ってる、と母は言う。

それは大変、とラックスは言う。心の病気だとしても、真実だとしても、その両方だとしても。

私の気持ちを完璧に理解してくれるのね、と母は言う。

嫉妬といら立ちがアートの中を巡る。彼は何も言わない。アイリスがローストポテトを載せた皿を持ってきて、席に腰を下ろす。ワインを断《ことわ》った母を除き、全員でクリスマスの乾杯をする。

鳥を飼ってた部屋を借りたわよ、とアイリスが言う。

何もかもが少し変わってしまった。まるで部屋全体に向かってしゃべるかのように、母がそう言う。

この部屋はよく覚えてる、とアイリスが言う。ここも改装したの、ソフ？

アイリスがここに住んでいた？　本当に？　しかし母はまるでツアーガイドのようにしゃべっている。まるで部屋には見知らぬ人がたくさんいて、彼女と皆との間にガラスの壁があるかのようだ。

私はこの屋敷と敷地を今目の前にある状態で買った、と彼女は言う。その前に誰か別の人が大金を費やして、かなり傷んで廃墟同然だった家を改築してた。私は改築した人が抱いていたビジョンに感銘を受けた。もちろん、この家のことは以前から——何年も前から——知ってた。そして改めて見に来たとき、ずいぶんきれいになっているのを見てうれしかった。

アイリスはダイニングをぐるりと見回す。

この部屋は元々温室《オランジュリー》だった、とアイリスは言う。そっちの壁は全面ガラスで、外には南の庭が広がってた。夢のような光景。ここからその光をすっかり奪うことを考えたのは一体どんな人なんだろうと私は思った。

彼女はアートの方を向く。

でも、私たちが暮らしていたのはここじゃない。それはあなたが生まれる前の話。あなたと私はニューリンに住んでた。鉱山で亡くなった坑夫たちを記念して掘られた穴には二人でよく行ったわ。草の生えた階段座席みたいな場所。覚えてる?

覚えてない、と彼は言う。

まあいいわ。私は覚えてる、とアイリスは言う。

アイリスがキッチンへ消えた途端、母が身を乗り出す。

アーサー、あなたが姉さんと一緒に暮らしたことは一度もない。この子があの人と一緒に暮らしていたことは一度もないのよ、シャーロット。アーサーは少しの間、私の父と暮らしてた。それはこの子が学校に通うようになる前の話。私はしょっちゅう外国に出かけていたから。でも、あの人と暮らしていたということじゃない。

母は芽キャベツを一つと半分に切ったジャガイモを一つ、自分の取り皿に移し、その横に少しグレービーソースを垂らす。他の皆が食事をする。母はジャガイモにも芽キャベツにも手を付けない。そしてフォークをグレービーソースに浸け、舌で先を舐める。

誰も何も言わない。しばらくして、母が食べ物に口を付けないのをずっと見ていたラックス/シャーロットが言う。

クリスマスについて不思議だなと思うことが一つある。

何?とアートが言う。

不思議なのは飼い葉桶のこと、とラックスは言う。どうして赤ん坊を飼い葉桶に入れたの?

歌や物語の中でってことだけど。

それは歌とか物語の話じゃない、と母は言う。キリスト教の起源の話よ。

ええ、でも私はキリスト教徒じゃないし、細々《こまごま》したことを知りたいわけじゃありません、とラックスは言う。そうじゃなくて私が知りたいのは。どうして飼い葉桶なんですか？

貧乏、とアイリスが言う。

ベッド代わりにするものがなかった、と母が言う。子供を寝かせる場所がどこにもなかったということ。

はい、でも、どうしてそれが飼い葉桶だって、ことさら強調するんです？　それに幼い主イエスが少なくとも歌の中では〝遠い飼い葉桶の中〟ってなってますけど、どうして〝遠い〟んでしょう？とラックスは言う。

それは単に、歌詞が書かれた頃の決まり切った言い回しさ、とアートが言う。ちょっと待って。今グーグル検索してみるから。

彼は携帯を取り出す。しかしそのとき、電源を入れたくないことを思い出す。

そして画面を下にして皿の横に置き、顔をしかめる。

グーグルねえ、と母が言う。新しい新大陸。頭のおかしな人、浮世離れした学者、帝国主義者、世界を全然知らない子供なんかが、百科事典が現実世界の代わりになるとか、世界を真に理解することにつながるとか、そんなふうに信じていた時代が、そう遠くない過去にあった。セールスマンが一軒一軒家を訪ねて、あまり信頼の置けない百科事典を売ってた。専門家のお墨付きを得た百科事典だって、私たちがそれを世界に関する真の知識だと勘違いしたり、そんなふうに受け止めたりすることはなかった。ところが今じゃあ世界中が、検索《サーチ》エンジンを何も考えずに信頼してる。今までに現れた中で最も巧妙な訪問セールスマンね。昔はセールスマンには扉から足を入れさせるなって言われてたものだけど、今の彼らはもう家の心臓部まで入り込んでる。

それはそれとして、とアイリスが言う。こんなのを見つけたわ。先週、ネットで。

むっとする干し草の匂いはホスゲンの出現。漂白剤の匂いは、急迫した塩素ガス。目がチクチクして涙で前が見えなくなったら、それはち《C》ょっと危《A》ないプシュ《P》ー。キャンディーみたいな匂いがしたら、危《K》険でス《S》イートな感《K》じ。刺激臭がしたら、馬《B》鹿馬《B》鹿し《C》いと思っちゃ駄目。薔薇《ばら》の香りはど《D》うして毎《M》日、ど《D》うして甘《A》い、ど《D》うして近《C》い。マスタードガスで、大きな水ぶくれができました、とさ。最後に先生は言いました。ゼラニウムの匂いからは逃げるのが急務。ルイサイトからは逃げなさいと。（CAPはクロロアセトフェノン、KSKはヨード酢酸エチル、BBCはブロモベンジルシアニド、DMはアダムサイト、DAはジフェニルクロロアルシン、DCはジフェニルシアノアルシン）

アイリスが記事を読み上げている途中で、母は宙で構えていたフォークをおろし、皿の縁に当てながら下に置く。

一九四〇年代に書かれたものよ、とアイリスが言う。あなたがさっき言ってた昔の百科事典では見つかりそうにない内容ね。ガス攻撃を受けたときにどんなものが肺に入っているかを識別できるよう学童に覚えさせるための文書。ウェールズの子供は同じ詩をウェールズ語で覚えさせられた。

姉はインターネットが大好き、と母は言う。インターネット。無垢と辛辣の入り混じる肥溜め。

ええ、無垢と辛辣は昔からそこら中にある、とアイリスは言う。インターネットはただそれを以前よりも目に見えやすくしただけ。ひょっとするとそれはいいことなのかもね。あ、そうそう。

辛辣といえばさあ、何年か前から私のところに届いている手紙を見てほしいんだけど。

　アートの母はこれ見よがしにあくびをする。

　アートは何かを調べて話題を変えるために、アイリスの携帯を借りる。調べるのは〝遠い飼い葉桶〟だ。彼はウィキペディアに書かれている事実を声に出して読み上げる。それから〝意味イエス　飼い葉桶〟で検索をする。携帯がお勧めしてくるのは compellingtruth.com というサイトだ（サイト名は「納得の真実」の意）。サイトはなかなか読み込めない。

　だってね、とラックスは言っている。大量消費社会とクリスマスのランチは互いに結び付いているだけじゃなくて、どちらも直接あの赤ん坊まで元をたどれるっていうことになるでしょ？赤ん坊は町に居場所がないせいで、飼い葉桶に入れられるわけだから。

　ちょっと食べるまでは動かない（「おめでとうクリスマス」の歌詞）、と母はメロディーに乗せて言う。

　私がいちばん好きなクリスマスキャロルは「天《あめ》なる神には」ね、とアイリスが言う。二千年にわたる不正。人々は互いに争い、愛の歌を聴かない。そして天使が歌い、地を覗き込む。天使の体が柔らかい感じがするのがいい。

　いちばんは「ヒイラギとツタは」でしょ、と母は言う。本当の真実を歌った唯一のクリスマスキャロル。

　クリスマスキャロルで大事なポイント、いちばん大事なのは真実を歌っていること、とアイリスは言う。

　アートは母の顔がひるむのを見た。

それにとにかく、どうしてそれでオーケーなのかなって不思議だった、とラックスは言っている。みんなに平和を、地上に平和を、すべての人に善意を、楽しさ、幸福を願うのはいいんだけど、どうして今日だけ、というか一年のうちでこの数日だけなの？　二、三日それができるのなら、どうして一年中そうしないの？　そうしたらよくない？ってこと。第一次世界大戦のときに、塹壕で戦っていた敵同士がクリスマスの間だけ休戦して、サッカーの試合をしたって話。あれが分かりやすい例。馬鹿げてる。

意思表明《ジェスチャー》だよ、とアートは言う。希望に向けた意思表明。

でも、その意思表明は中身が空っぽ、とラックスは言う。四六時中、地上の平和と善意のために努力をしない理由は何？　そうじゃなければ、クリスマスなんて意味なくない？

クリスマスに向けた買い物商戦は七月に始まる。それも大事なことだ、とアートが言う。

ラックスはあきれた表情を見せる。アイリスはラックスに向かって微笑み、次にアートを見る。

つまり私が言いたいのは、とラックスは言う。飼い葉桶に関して言いたいのはこういうこと。赤ん坊が飼い葉桶に入れられるのは、最後に食われる運命だということを暗示しているの？　あの赤ん坊は生まれたときから食われる運命だったってこと？

へえ、鋭い指摘ね、とアイリスが言う。賢い彼女じゃないの、アーティー。ほら、いたいけな子羊が現れたよ。はるかな昔から約束されていた子羊が（最後の二文は「冬の雪の中をご覧」というクリスマスキャロルの歌詞）。

今日のお昼はお肉を見てない気がするけど、と母が言う。

だって今ここで食べているのは、昨日の夜たまたま私の家にあったものなんだから仕方ないでしょ、とアイリスが言う。文句ばっかり言う婆さんね。息子と恋人がクリスマスに帰ってくるっていうのに、クルミが一袋とサクランボの砂糖漬けが瓶に半分入ってた以外、自分は何も準備してなかったくせに。

彼女はそれを冗談のように楽しそうに言う。しかし皆を囲む部屋の空気は、冷めたグレービーソースのように濃度を増す。

でも、どうやらあなたはそのサクランボとクルミの方がいいみたいね。目の前のお皿には全然手を付けてないようだから、とアイリスは言う。キッチンに行って、取ってこようか？

ラックスが母に話しかけようとテーブルに身を乗り出す。

実は私、ベジタリアンなんです、と彼女は言う。今日の食事もとてもおいしかった。おたくにお邪魔して、クリスマスの食事をご一緒して、こうして歓待していただいて、とてもゆっくりできました、クリーヴズさん。そのお皿の上にあるサトウニンジン、ぜひ召し上がってみてください。

バターで炒めてある、と母が言う。

そうです、とラックスが言う。いわゆる天国みたいな味ですよ。

バターを使っているならやめておきます。お勧めをありがとう、シャーロット、と母が言う。

ソフは天国より地獄が好きなの、とアイリスが言う。

でも、パンは少しいただこうかしら、と母が言う。ありがとう、シャーロット。

アイリスがパンの入ったかごを差し出す。母がそこに手を伸ばそうとしないのを見て、アイリスは笑い、かごをアートに渡す。彼がかごを差し出しても、母はそこに手を伸ばさない。アートはラックスにかごを渡し、ラックスがかごを差し出す。すると母はすぐにパンを手に取る。

　そして失礼ながら、このおうちについてとても印象的なのは、と言いながら母の手元にラックスがかごを置くのをアートは見る。母はたちまちこっそりと次のパンを手に取り、リスのように素早くそれを食べる。今この部屋にいると、シェイクスピアの芝居のことを思い出します。物語の全体を通して舞台の上で人が読者、ていうか観客だけに聞こえる言い方――でも舞台上の人にはなぜかそれが聞こえない、あるいは聞こえない体《てい》で演技することになってる――で何かを言う技法。しゃべっている人は明らかに、劇場にいる全員にそれが聞こえていることが分かっているのに、ですよ（劇作法上のいわゆる「傍白」のこと）。

　それってシェイクスピアじゃなくて、おとぎ芝居じゃないかな、とアートが言う。悪役が舞台に上がったら、客も一緒になってブーイングするやつ。

　いいえ、それとは違う、とラックスが言う。王様と再婚相手で嘘つきの王妃、そして王女。それから、箱の中に隠れて王女の部屋に入り、夜中に彼女が裸になった姿を見て、その場にいた証拠となるものを盗んで、彼女と一夜をともにしたという嘘を、海外に追放されている夫に聞かせる男。しかもそれは賭けでお金を手に入れるため。王妃は継子に当たる王女を憎み、殺そうとするのだけど、今度は追放された夫まで不貞に怒り、王女を殺そうとする。そこで娘が少年に変装して森に逃げるとそこには、妻が不貞を働いたという嘘を信じた夫に命じられて彼女を殺そうとしている木こりがいる。

やれやれ。どうやらラックスは、勝手に想像したシャーロットによりよく似せようとして、シェイクスピアとは無関係のへんてこなおとぎ話をでっち上げて、シェイクスピア劇だと言い張るつもりらしい。

でもその木こりはいい人で、娘を殺すことはできない、とラックスは言っている。木こりは娘にある薬を与える。木こりはそれを、一人で森にいても大丈夫になる薬だと思い込んでいるけれども、実はそれは王妃が〝強力な薬〟だと言って彼に与え、まさにこうして彼が王女に渡すことを密かに期待していた毒だった。そして木こりに薬をもらった王女は、森の中で二人の若い野蛮人の男に出会う。劇の最後で初めて王女は知るのだけど、その二人は実は野蛮人ではなく、王子なの。ただの王子ではなくて、彼女が長い間生き別れていた二人の兄。三人は森の中でしばらく一緒に暮らすけど、ある日、彼女は具合が悪くなって例の薬を飲み、死んだように眠ってしまう。でも死んだわけじゃない。実は毒じゃなかったの。王妃から命令を受けた医者は間違ったことをするのが嫌で、王妃には信頼が置けないと考えているので、命令に従うふりはするけれども、毒ではない薬を調合した。王妃は基本的に、あらゆる人に毒を飲ませたいと考えている。だから結局、死んだはずの娘は目を覚ます。

ひえ！とアイリスは言う。

これでもまだ物語の半分、とラックスは言う。残り半分で人々は幻を見る。死んだはずの家族が家に戻ってくる。鷲《わし》の背中に乗って神様が現れて、牢屋にいる囚人に一冊の本を届ける。本には未来に起こることが書かれているのだけど、なぞなぞの形で書かれているから、まずはそれを読み解かないといけない。

それはきっと、その、シェイクスピアの作品の一つなんだろうけど、とアートが言う。あまり上演されてないものかもしれないね。ひょっとすると、シェイクスピアの作品かどうかを研究者が調べている段階なのかも。

もはや恐れるな、灼熱の太陽を、と母は言う。輝ける若者も乙女も皆、煙突掃除夫《チムニー・スイーパー》のように、塵に返らねばならぬ。煙突掃除夫《チムニー・スイーパー》。昔はタンポポの先をそう言ったのよね。綿毛になった頭の部分。美しい。『シンベリン』ね。

『シンベリン』、とラックスが言う。

混沌、虚偽、権力闘争、分割、そしてさまざまな中毒と自家中毒にどっぷりと浸かった王国を扱った芝居、と母が言う。

誰もが他人のふり、自分とは違うもののふりをする芝居、とラックスが言う。そして話があまりにもつれてごちゃごちゃになる喜劇だから、最後は問題がどう解決するのか全然見通せない。シェイクスピアの劇でも私はあれを最初の頃に読んだ。イギリスに留学したいと思ったきっかけでもあるんです。私はあれを読んで思いました。イギリスのこの作家は、こんなに苦々しくて狂気に満ちた世界を最後にとても優美な結末に持っていってるって。最後にはバランスが取り戻されて、すべての嘘が暴かれて、失われたものはあがなわれる。この作家はイギリスの人、イギリスが彼を作った、じゃあ私もそこに行こう、そこに行って暮らそうって。

ああ、とアートは言う。なるほど。そうか。『シンメリン』だね。

それで私が何を言いたかったかというと、とラックスが言う。芝居の中の人たちは同じ世界に暮らしているのに、互いから切り離されて生きているみたいだってこと。つながっているはずのみんなの世界がなぜか互いから離れて、バラバラになっているみたい。でも、みんなが自分から一歩踏み出せば——すぐ目の前、すぐ耳元で起きていることを見たり、聞いたりすれば——みんなで同じ舞台、同じ世界に立っていることが分かるはず。全員で同じ物語に参加してるんだってことが。そういうこと。

そういうこと、とアートが言う。さて、次は何の話をしようか？　そういえば昨日の夜、面白い夢を見たんだ。びっくりするほど鮮明な夢を。

アイリスは笑う。

この甥と暮らすってどんな感じ？と彼女は言う。

私には分かりません、とラックスは言う。

ハハハ！とアートは言う。

私は大体、仕事先の倉庫で寝泊まりしてるんです、とラックスは言う。

この子が言ってるのは冗談だよ、とアートが言う。

会社の人は私がそこで寝ているのを知りません、とラックスは言う。事務所のあるフロアの上の、空き部屋で寝てるんです。

この子は作り話が好きでね、とアートは言う。時にはすごくもっともらしいんだ。

本当のことを言うと、とラックスは言う。クリーングリーンっていう石鹸会社に勤めてたときと比べたら、ずっといい仕事です。あの頃は会社のビルなんてないから毎日、寝る場所を探さなきゃなりませんでした。大体は友達のところのソファーで寝てました。でもその後、アルヴァっていうその友達がバーミンガムの方でいい仕事を見つけて引っ越しちゃったし、どっちみち、クリーングリーンも社長がどこかから連れてきたアフリカ系の人を雇うようになりました。そうすれば給料なんてただみたいなものだし。それに、石鹸を売るよりも配送や荷造りの仕事の方がずっといい。だって、ショッピングモールで寝泊まりするわけにはいかないもの。警備の人と寝ない限りは——寝るっていうのはセックスのことですけど。でも私はそんなの嫌。だから倉庫の方がいい。けど、休みの日に倉庫でうろうろするわけにはいかないし、仕事の入ってない日の夜は倉庫で眠るわけにはいかない。夜間警備員に見つからないように忍び込まない限りは。

アートは自分の口が開きっ放しになっていることに気づいて閉じる。

アートの家で寝たらどう?とアイリスは言う。

そうしてるよ、とアートが言う。もちろん。だよね、シャーロット?

本当のことを答えた方がいい?とラックスは言う。じゃあ、ノー。

二人は一緒に暮らしてる、と母は言う。少なくとも、息子からはそう聞いてる。でも、私みたいな人間が息子について知っていると言えるのかしら? ただ母親というだけ。息子の人生については何も知らない。真実を知っていると思い込むほど馬鹿じゃない。

実を言うと、私たちはまだそこまで深い関係じゃないんです、とラックスは言う。

そろそろ三年の付き合いじゃなかったかしら、と母が言う。

ああ、いえ、私はそのシャーロットとは違うんです、とラックスは言う。

ああ、そうだった。あなたはもう一人のシャーロットなのよね、とアイリスが言う。

もう一人のシャーロットって？と母が言う。

アートが咳払いをする。母が彼の方を見る。

どうしてこの部屋にいる私以外の全員が〝もう一人のシャーロット〟の話を知っているの？と母が言う。

私のせいです、とラックスが言う。お母様には言わないようにって私からアーサーに頼んだんです、クリーヴズさん。だって、その、まだ知り合ったばかりなのに客としてクリスマスにお邪魔するなんて気が引けたから。第一、私は自分がシャーロットだとは思っていません。ていうか皆さんも、私の家族と同じように私のことを呼んでくれた方がうれしいです。

〝シャーロット〟じゃなくて？とアイリスが言う。

ラックス、とラックスが言う。

アートは掌底で目をゴシゴシとこする。その手を目から放すと、母の表情が意外にも柔和に変わる瞬間が目に入る。

石鹸フレークを作ってるあの会社と同じ名前？と母が言う。へえ。そういえば、あの石鹸フレークはすごくよかった。水に入れたらさっと溶けて、水が滑らかになるの。覚えてる？

テレビのコマーシャルでは、雪みたいに石鹸フレークを振り落としてた、とアイリスは言っている。ソフは学校の宿題で、〝未来の家〟を作ったの、でしょ、〝未来の部屋〟を設計する課題。

〝未来の家〟コンテストで夏の部屋と冬の部屋を設計して、町議会賞を獲ったのよ。私も手伝ったの。

姉さんは冬の部屋の方で、シープスキンのふわふわした敷物の代わりにラックスの石鹸フレークをセロテープでくっつけた、と母は言う。頭いいわよね。夏の部屋はどうしたのか忘れちゃった。

私は覚えてる、とアイリスは言う。リンガフォンのイタリア語学習用レコードのジャケットから小さな写真を切り抜いて、絵みたいな感じで壁に貼って、黒いインクで周りに額縁を描いた――

そうだったわ、と母が言う。グラスとワインのボトルを持ったウェイター、フランス人の警察官、ビールを飲みながらアルプスに挑む登山家、何か伝統的な衣装を着た女性、あれはオランダの――

――それを未来の夏の部屋の壁に貼り付けた、とアイリスは言う。私はわざわざ町まで行って、そのズタズタになったレコードジャケットを家から遠いところにあるゴミ箱に捨てなくちゃならなかった。父さんに見つかるのが怖かったから。そして裸になったレコードは別の課のジャケット《スリーヴ》にしまい込んだ。

第一課《レツィオーネ・ウーノ》、イタリア語の発音《スオニ・イタリアーニ》、パガニーニ先生《プロフェッソーレ・パガニーニ》――

パガニーニ先生、とアイリスが歌う。

そして二人で歌いだす。

パガニーニ先生、意地悪《ミーニー》しないで、何を企《スリーヴ》んでるの、さっさと白状しなさい――（エラ・フィッツジェラルドの「（ユール・ハフ・トゥ・スウィング・イット）ミスター・パガニーニ」の歌詞を少しもじったもの）

二人は同時に笑う。

私は夏の部屋の窓から差す太陽の絵を描いた、とアイリスは言う。

未来はイタリアみたいに日当たりがよくて国際的、そして大陸的だと私たちは思ったのよね、と母は言う。

ソフの名前はイタリアから来てるの、とアイリスは言う。

アイリスの名前はギリシアから来てる、と母が言う。

私たちの名前は、父が戦争のときに戦った場所の名前から取られたの、とアイリスが言う。ヨーロッパを守るための戦争。

あら、出た出た、と母が言う。何がきっかけでまたそんな話に戻るかと思っていたら。シャーロット、またこの人がすぐに演説を始めるわよ。**私たちが育った街角にはどこもかしこも、ファシズムと戦った戦場にちなんだ名前が付いてた**、とか。

私がそんなことを言う?とアイリスは言う。でも、いいわ。面白そう。私は他にどんな話をする、ソフ? どれも本当の話だけど。私たちが育った街路にファシズムと戦った戦場にちなんだ名前が付いてたのは事実だし。

考えてみたら不思議ですね、とラックスは言う。昔のものに似せた新しい製品を買うのが好きな国の人たちが未来の部屋の話をするとか。私の周りで部屋《ルーム》の話が出るときはいつも、余地《ルーム》がない、これ以上の余地《ルーム》はないっていう話ばかりだし。

悲しいけど事実よ、シャーロット、と母が言う。実際、これ以上の余地《ルーム》はない。

そう言っている実業家が暮らす家には寝室が十五個ある、とアイリスは言う。

母が顔を真っ赤にして怒る。

そしてまるでアイリスが部屋にいないかのように、ラックスの方だけを向いてしゃべる。

彼らは経済的な移民、と母は言う。よりよい暮らしを求めている人たちなの。

大昔のイーノック・パウエルの亡霊、とアイリスが亡霊みたいな声で言う。〝血に泡立つ川〟（英国の保守政治家パウエルが移民排斥を訴えた一九六八年の演説の引用）。

人がよりよい生活を求めることのどこがいけないんですか、クリーヴズさん？とラックスが言う。

子供みたいなことを言うのはよしなさい、シャーロット。彼らは私たちの生活を求めてやって来るのよ、と母が言う。

あなたがどっちに投票したかよく分かる、とアイリスが言う。いわゆる国民投票でね。うちの妹。いわゆる賢い方の娘よ。私は出来損ないの娘。いわゆる。

でも、世界はどうしたらいいんでしょうか、クリーヴズさん、とラックスが言う。帰る家を持たなかったり、ちゃんとした家のない人が何百万人もいるのに、〝あっちへ行け〟って言ったり、壁やフェンスを建てたりしても、問題の解決にならないとしたら？　一つの集団が別の集団の運命を握ることができる——仲間にするか排除するかを選べる——というのはあまりいい答えではありません。人間ってそれよりもっと賢いはずです。そしてもっと寛大なはず。もっといい答えを見つけなければいけません。

しかし母は怒りで椅子の肘置きを握り締めている。

いわゆる国民投票は、と母は言う。よその国の厄介事をこの国には持ち込まないという投票だった。それと同時に、私たちとは違う人が私たちを縛るような法律を作るという事態を避ける投票でもあった。

〝彼ら〟と〝私たち〟とがいると考えるか、ただ〝私たち〟がいると考えるかの問題ね、とアイリスが言う。私たちはみんな似たり寄ったりだと、DNAが教えてくれてるわけだけど。

いいえ、〝彼ら〟は間違いなく存在する、と母は言う。何に関してもそう。家族も例外じゃない。

フィロ、フィロ、ソフ、ソフ、ソフ、ソフ、あなたって本当にいい子ちゃん、とアイリスが言う。それってそのまま、政府やタブロイド紙が望む通りの思考回路よ。

上から目線でものを言うのはよして、と母が言う。

あなたの上にいるのは私じゃないんだけど、とアイリスが言う。それに移民の人たちは、遊びを求めて故郷《ホーム》を離れてきたわけじゃない。家《ホーム》を離れるのはそういう人だとあなたは思ってるんでしょ？　遊びを求めてるんだって。

アイリスがそう言った後、一瞬の沈黙がある。

それから母が言う。

さっき私が言った通りでしょう、シャーロット。

ラックスと呼んでください、とラックスは言う。

うちの姉はね、と母は言う。権力と名が付いたら何にでも反対する、年季の入った反体制派なの。放っておいたら、こっちが次に歌う歌まで指示される。やれマンデラだ、やれニカラグアだ、いや『グリーナムの女たち』(英国バークシャーの村の公共用地グリーナムに米空軍のミサイルが配備されることが決まったのをきっかけとして起きた婦人団体の抗議を描いたドキュメンタリー映画(一九八三)。本作の随所で言及されている抗議の風景も同じ活動を描いている。ミサイルは一九九一年に撤去された)だって。

グリーナムの女たちって何?とアートが訊く。

アイリスは声を上げて笑う。

この辺に住んでる人?とアートが言う。

アイリスは笑いすぎて椅子から落ちそうになる。

泥の中で何年もレズビアン仲間とたむろしてたんだものね、と母が言う。

私の人生の中でいちばん素敵で、いちばん泥にまみれていた時代、とアイリスが言う。

私もレズビアンです、とラックスが言う。

彼女が言ってるのは心の中はっていう意味だよ、とアートが言う。

うん、心の中も、とラックスが言う。

彼女はすごく人の気持ちが分かる子なんだ、とアートが言う。

この辺に住んでる人かという質問のことだけど、とアイリスが言う。まあ、遠くというより近くね(映画『グリーナムの女たち』の主題歌の歌詞の引用)。で、〝この辺〟と言えば、今朝村の方まで散歩してきたわ。途中でたくさんの人に会った。みんな閉鎖的な感じ。そのうちの一人でも私に〝メリークリスマス〟って声を掛けたと思う？

たぶんみんな、一九七〇年代の姉さんのことを覚えてて、やれやれあの子が帰ってきたぞって思ったんじゃないの、と母が言う。

能天気なアイリスが再び笑う。

けど私としては昔のイギリスはどうなったのかと心配になる、と彼女は言う。怒りに満ちた不機嫌な顔。テレビでやってる出来の悪い状況喜劇《シットコム》の戯画みたい。緑色をしたイギリスの心地よくない大地（ウィリアム・ブレイクの詩に「緑色をしたイギリスの心地よい大地」とあるのをもじったもの）。

姉さんはあの頃も、イギリスという国の心配をしてた、と母が言う。核戦争とか言って。核戦争なんて起きましたっけ？　いいえ、起きなかった。

それはグリーナムで起きたことが世界を変えたからよ、とアイリスが言う。

姉さんにかかるといつでも、自分は善玉で国が悪玉、と母が言う。自分の人生がうまくいかないと、すべて他の何かのせいにする。それにしてもグリーナム？　あれが世界を変えた？　とんでもない思い上がり。グラスノスチは少し関係があるかも。チェルノブイリも。でもグリーナム？　どういうこと？　理解できない。あきらめたわ。

私たちもそう。すべてをあきらめた、とアイリスは言う。家。恋人。家族。子供。仕事。失うものは何もなかった。だから勝てた。当然ながら。

姉さんは昔、核兵器反対にすっかり入れ込んでたの、シャーロット、と母が言う。

私たちはみんな何かに入れ込むものよ、とアイリスが言う。誰もが薔薇《ばら》色の夢を持ってる。そしてバラバラの夢、とラックスが言う。

世界は滅びる、と母は言う。でも結局どうなった？　どうやらそうはならなかったみたい。核によるホロコーストとか。

彼女はあざけるような声を出す。

その流砂からはまだ完全に抜け出してない、とアイリスは言う。自由世界のいちばん新しい指導者は今回私たちをどこまで深いところに引きずり込むのかしら。

母は立ち上がり、椅子を逆向きに置き直す。そして今度は壁の方を向き、テーブルの皆に背中を見せて、また腰を下ろす。

それも自分を管理するやり方の一つなの、ソフ？とアイリスが言う。

すごく、その、びっくりするような夢なんだ、とアートは言う。みんなには信じられないかもしれないけど、僕は——

自分の歯は自分で管理しましょうって、とラックスが言う。テレビのコマーシャルで見ました。それともう一つ。光熱費は自分で管理しましょう。それ以外にもう一つ。鉄道料金は自分で管理しましょう。それからバスのルート。バスのルートは自分で管理しましょう。これはバスの車内に書いてあった。

面白いのはね、とアイリスが母の背中に向かって言う。未来の部屋を作るためにレコードジャケットを切り抜いたって話したとき、父さんは全然怒らなかったってこと。逆に大笑いしてた。

母の背中は家全体を満たすほどの怒りを発している。

父さんなら国民投票を嫌がったでしょうね、とアイリスは言う。時には愚かにも人種差別的な態度を見せたりしてたけど、無駄なことは無駄だと見抜ける人だったから。前代未聞の安っぽい政策だと思ったに違いないわ。

父さんのことなんて何も知らないくせに、と母は言う。姉さんには、父さんのどんな面についても語る資格がない。

あ、そこでフロイトの話が出るとは思わなかった、とアートは言う（誰もフロイトの話はしていなかったけれども）。昨日の夜、ていうか今朝見た夢のことだけど、その夢から目覚めるときに僕はフロイトって口で言ってたんだ。

彼は話を続ける。誰にも邪魔をさせない。そして夢の話を最初から最後まで語る。

話が終わると沈黙がある。それはまるで、ある人がずっと夢の話をしていたのに、聞き手の方は数分前から興味を失って別のことを考えていたみたいな沈黙だった。伯母は以前窓があった位置の壁を見つめている。母は背中を向けたままだ。しかし、パンをちぎって小さなボール状に丸め、城を囲む大砲の弾みたいに小皿の脇に並べていたラックスが口を開く。

あなたの夢の中では、権力が花に化けてる。

ハハハ！とアートは言う。

そしてラックスに目をやる。

その表現は美しい、と彼は言う。

美しい、と母は壁に向かって言う。その通り。うまい言い方だわ、シャーロット。美こそが物事をよい方向に変える真の方法。物事をよくする方法。人生にはもっとたくさんの美があるべき。偽の美なんて存在しない。だから美は強力なの。美はいろいろなものを和らげる。

アイリスは再び大きな声で笑う。

その通り、と彼女は言う。景気後退とか、緊縮財政とかはどうでもいい。美しいものがあれば物事はよくなる。いかにもフィロらしいわ。アーティー、私は昔、あなたのお母さんのことをフィロと呼んでた。私たちが子供の頃はね。

今この場でそれぞれ一つずつ、美しいものの話をすることにしましょう、と母が言う。それぞれが今までに目にした中で、いちばん美しかったものを順番に話しましょう。

フィロ・ソフィア、とアイリスが言う。きっと本人は哲学《フィロソフィー》の意味で私がそう呼んでいるのだとずっと思ってたんだろうけど、それは違う。哲学《フィロソフィー》とかけてたわけじゃない。

彼女は肩をすくめて笑う。

私の頭にあったのはペイストリーを作るフィロ（中東などの料理で用いられる、パイ生地に似たもの）、と彼女は言う。薄い生地。向こう側が透けて見えそうなくらい薄い。存在しないのも同然なくらいの薄さ。

姉は昔から人を幻滅させるのが大好き、と母が言う。

皆の方に背中を向けていても、その言い方にはかなりの威厳がある。

オーケー、じゃあ私から、とラックスが言う。うん、私が今までに目にしたいちばん美しいものね。これもまたシェイクスピア関連。ていうか、シェイクスピアの中にあったもののことなんだけど。つまり、シェイクスピアが書いたものの中じゃなくて、そのページの上にあったもの。現実のもの、現実世界にあるもの、誰かがいつかの時点でシェイクスピアの本に挟んでいたもののこと。

昔カナダにいたときに、図書館に行ったの。通っていた学校で、先生の引率で。そこにはとても古いシェイクスピアの本が置いてあって、その途中に昔誰かが花を挟んでたらしくて、その跡が残ってた。

挟んであったのは薔薇のつぼみ。

かつて薔薇のつぼみだったものによって紙面に残された痕跡。長い茎の先に付いた薔薇のつぼみの形。

それはただの跡なんです。印刷された文字の上に残された花の痕跡。誰がそんなことをしたのかは分かりません。いつのことだったのかも。別に何でもないものにも見えます。誰かが水をこぼして付けた染みとか、油で付いた染みとか。そう思って見ないと分からない。そう思って見れば、茎の線やその先の薔薇のつぼみの形が分かる。

私が今までに見た中でいちばん美しかったのはそれです。はい。次はあなたの番。

彼女はアートを小突く。

あなたが今までに見た中でいちばん美しかったものの話、と彼女は言う。

ああ、うん、いちばん美しかったものね、とアートが言う。

しかし彼には一つも思い浮かばない。母と伯母がしつこくぶつぶつと何かを言っているせいで、彼は集中して考えることができない。

私はこれ以上、こんなわけの分からない人のそばにはいられない（母は壁に向かってそう語りかけている）。

でも、私はやっぱり楽天家でよかった（伯母は天井に向かってそう語りかけている）。

父さんが姉さんを憎んだのも無理はない（母）。

父さんは私を憎んでいなかった、ただ自分の身に起きたことを憎んでいただけ（伯母）。

母さんも姉さんを憎んでた、両親ともにそうだった、姉さんが家族に対してしたことを憎んでた（母）。

母さんは、せっかく戦争が終わったのに、それでもまだ何かの兵器にお金をつぎ込む政府を憎んでいた。実際、兵器の製造に回される割合を差っ引いて税金を納めていたくらいだから（伯母）。

母さんは一度もそんなことはしてない（母）。

これは本当の話。毎年、それが何パーセントになるか計算する仕事を任されてたのは私なんだから（伯母）。

嘘つき（母）。

あなたは自分に嘘をついているだけ（伯母）。

自分の人生だけが大事、自分の人生だけが世界を変えられると信じた人間（母）。

自分に見えているのとは違う世界があるかもしれないと信じた人間（伯母）。

幻（母）。

幻上等（伯母）。

狂気（母）。

そのお言葉はそっくりそのままお返しします（伯母）。

神話信者（母）。

ここにいる中で、世界に関していろいろなことをでっち上げているのは私じゃない（伯母）。

自分勝手（母）。

詭弁家《ソフィスト》（伯母）。

独我論者（母）。

目立ちたがり屋のガリ勉（伯母）。

結局姉さんがどんな人生を歩んだか、私は知ってる（母）。

結局私がどんな人生を歩んだか、私も知ってる（伯母）。

その後、予期せぬ沈黙が訪れる。人があまりにも本当のことを口にしたときに訪れるタイプの沈黙だ。

アートは二人が何を言い争っているのか探ろうとするが答えは見つからない。いずれにせよ、答えを見つけたいわけではない。だから考えるのをやめる。年を取った二人の女が何をめぐって喧嘩しようと知ったことではない。

この時点でアートは既に、クリスマスはもうたくさんだと思っている。クリスマスなんてこりごりだ、と身に染みている。

食べ物の残るテーブルを前にして、彼がクリスマスの代わりに待ち望んでいるのは冬だ。冬そのもの。彼が望むのは本格的な冬で、こんなふうに灰色で代わり映えのしない中途半端な冬ではない。木々が雪に覆われる本格的な冬を彼は望む。白い雪で木々の輪郭が強調され、裸になった枝がくっきりと輝いて見える。雪に覆われた足元の地面には、凍った羽毛かちぎれた雲が積もっているようだが、木々の間から低く差す冬の太陽の光でそれが金色に染まっている。木々の間で雪が少しくぼんでいることでかろうじて見分けられる踏み分け道を行き止まりまで進むと、目の前の森が開けて一面の光が見える。そこは人が歩いた跡も、一点の染みもない海のような雪原が広がっている。頭上の真っ白な空では、さらなる雪が降るべき時を待っている。

雪がこの部屋いっぱいに積もり、中にあるすべてのもの、すべての人を覆うのを待つ。

雪で曲がる細長い葉ではなく、凍ってポキリと折れる針葉になる。

自分を凍らせ、砕き、そのまま保凍《アンメルト》。

それが彼の望みだ。

しかし保凍という言葉は〝自然の中のアート《アート・イン・ネイチャー》〟で使えるかもしれないと思った瞬間、次のことが起こる。

部屋が暗くなる。部屋中に、あるいはアートの鼻腔の中に、植物の匂いが満ちる。生きた植物の茎を折ったときにするような緑の匂いだ。

アートは匂いを嗅ぐ。そして息を吐く。それから再び息を吸う。

匂いは一秒ごとに強まる。

テーブルの上に何かが散らばる。細かな砂利や小さなごみのようなものが降っている。

天井が崩れ落ちるのか？

彼は顔を上げる。

頭上四、五十センチのところ――何の支えもない場所――に、風景を石板にしたものか岩のようなものが、今にも落ちてきそうな格好でふわふわと浮かんでいる。大きさはおおよそ小型の自動車か、グランドピアノくらいだ。

アートは首をすくめる。

何なんだこれ。

彼は他の三人を見る。

誰もそれに気づいていない。

彼は勇気を出してもう一度上を見る。

底面は黒と緑が混ざったときの色をしている。それは大きいので、テーブルに着いている全員――彼も含め――がその影の中にいる。目の前に手を構えると、手の甲と手首が深緑色になる。母と伯母も影の中だ。彼の隣に座っている娘も深緑色の影に覆われた中で、まるで何事も起きていないかのように、丸めたパンを指で転がして遊んでいる。

僕らはみんな――みんな真緑だ、とアートは思う。アオカワラヒワ《グリーン・フィンチ》のように緑だ。

皆の頭の上に一切れの風景がぶら下がっている。その縁から砂利の混じった土がぽろぽろと落ち、テーブルの上をころころと転がる。それはまるで巨大な塩入れで部屋全体、そこにあるものすべてに味付けをしているかのようだ。彼は頭を掻く。頭から手を離すと、爪の下に砂利が入っている。髪の生え際まで砂利が入り込んでいる。

彼はグラスのワインで濡らした中指で、テーブルの上の細かい砂利を拾う。そして目元に近づけて見る。間違いない。砂。砂利だ。石板は頭のすぐそばにあるので、簡単に手が届きそうだ。岩の粗い断面には雲母か何か、光るものが見える。アートのすぐ頭の上には、草っぽいものがひとむら生えている。

落ちてきたらここにいる全員が潰されてしまう。

しかしそれは宙に浮いている。落ちてはこない。空中で少し揺れている。緑色の静寂がその下に広がる。

これは現実なのか？

みんなに言った方がいい？

でも何の支えもなしに、ただ宙にぶら下がっているなんてありえるのか？

見てよ、と彼は言う。みんな。**見て。**

四月。

水曜のランチタイム。冬にしては爽やかで、春にしては肌寒い。ロンドンのキングズクロス駅では、出発時刻表示板の両側にスカイニュース・JCDecaux・トランスヴィジョンの巨大モニターが設置されている。画面に広告が出た後、今日のニュースの見出しが流れる。

二十秒間の広告に続く二十秒間のまとめニュースの最初の見出しは、**海や海岸にあるプラスチックは当初予想よりも八割多い**と言っている。それは以前考えられていた量の三倍らしい。

次の見出しは、**国会議員に対する攻撃**。攻撃しているのは同じ党の、違う意見を持つ議員だ。

次の見出しは、よその国から来てイギリスに暮らしている市民に特定期日以後、無条件に居住**許可を与えることに反対**するイギリス人が多数を占めたというアンケート結果。

パニック。攻撃。排除。

ここでニュースの時間は終わり。

続いて画面に流れるのはソフトドリンクのコマーシャルだ。人々がうれしそうな顔でそれを飲む映像。そして水滴の付いた瓶に太陽の光が照りつける映像。

駅のバルコニーに立つ男の腕に鷹が止まっている。鳩が勝手に駅構内に入ってきて餌をあさったり、巣を作ったりするのを防ぐのが鷹の仕事だ。

しかし、古いプラットホームの屋根に近い壁にはフジウツギが絡みついている。レンガの壁を背景にして、鮮やかな紫色の花を咲かせている。

フジウツギは粘り強い。

第二次世界大戦の後、多くの街が廃墟と化していた中で、最もよく見られた植物はフジウツギだった。イギリスでも他のヨーロッパ諸国でも、廃墟はフジウツギで覆われた。

自然の中のアート《アート・イン・ネイチャー》。

3

トゥ・デイ《to-day》って？

これは少し先の未来に起きていること。アートはソファーに座り、小さな子供を両腕で膝に抱いている。文字を覚え始めた子供は、アートの頭の横にある本棚から適当に本を取り出してページをめくっている。その古い本はチャールズ・ディケンズの書いた『クリスマス・キャロル』だ。

トゥ・デイ《to-day》って？と子供がもう一度訊く。

今日《トゥデイ》は木曜日だよ、とアートが言う。

違う、と子供が言う。トゥ・デイ《to-day》って？

何のこと、今日《トゥデイ》がどうした？とアートが言う。

これのこと。

子供はページに印刷されている言葉を指差す。

正解、とアートが言う。それで合ってるよ。今日は何月何日《フワッツ・トゥ・デイ》って書いてある。

何て書いてあるかは知ってる、と子供が言う。じゃなくて、知りたいのは、トゥ・デイって何。

今日《トゥデイ》は今日さ、とアートが言う。今が今日。

違う、と子供が言う。ここに書いてあるトゥ・デイは今日《トゥデイ》と同じなの？

ああ、これは昔のお話だからね、とアートが言う。ここに書いてある今日っていうのは、もう昔のことなんだ。それにこれは見ての通りクリスマスの話で、舞台となってるのもクリスマスの時期、でも今は六月だ。てことはやっぱり、そこに書いてあるのは今日のことじゃないね。物語とか本とかにはそういうことができるんだよ。一度にあっちの時間とこっちの時間を見せたりもできる。

全然話が通じてないね、と子供が言う。

通じてない？とアートが言う。

知りたいのは、言葉の途中にちっちゃい点が入ってるのはどうしてかってこと、と子供が言う。

点って？

アートは本を覗き込み、子供が指差している言葉をより注意深く見る。

トゥ・デイ《to-day》。

ああ。

昔はそういう書き方をしてたんだ、とアートは言う。意味が違うわけじゃない。こんにち《トゥデイ》では、ていうか最近では、今日《トゥデイ》の綴りが昔とは違うってこと。この本が最初に出版された頃は、みんなそんなふうに綴ってたのさ。ちっちゃな点のことは中黒って言うんだよ。

ついでに訊きたいんだけど、トゥデイってどういう意味？と子供が言う。

トゥデイってどういう意味っていうのはどういう意味？とアートが言う。

言った通りの意味、と子供が言う。

どういう意味かは知ってるだろ、とアートが言う。今日っていう意味さ。今日っていうのは、ええと、今日のこと。もう昨日じゃなくて、まだ明日でもない。だから今日。

けどどうして、発音は同じなのに、走る《トゥ・ラン》とか、する《トゥ・ドゥ》とか、食べる《トゥ・イート》とか、そういうのと違うの？と子供は言う。

ああ、なるほどね、とアートは言う（子供はtodayという単語を、存在しないdayという動詞のto不定詞形に解釈したがっている）。

もしもデイする《トゥ・ディ》って言えるんだったら、どんなふうにデイしたい？　できればデイしたいんだけど。てか、デイできるようになりたい。

言いたいことが分かったぞ、とアートが言う。

彼は今日《トゥデイ》のような名詞と動詞との区別を説明しようとするだろう。そしてこう考えるだろう。国や宗教によって異なる数字を付けられた年号の中で私たちは同時に存在している——多くの人は世界中でグレゴリオ暦に従うことで合意しているけれども——ということを理解できる年齢にこの子は達しているだろうか、と。グレゴリオ暦について、子供に説明できるくらいのことを覚えておけばよかった、と彼は思う。人間は無作為に時間が過ぎていくという感覚に歯止めをかけるため一日一日に名前を付けたのだ、と彼は説明しようとするだろう。もっと大きくならないとそんな話は理解できないかもしれないけれども。

とはいえ、子供の理解力をあなどってはならない。

彼は自分の体をジャングルジム代わりに使う子供を抱えながら考え始めるだろう。たとえ酒に酔っ払っていても、病気であっても、頭がおかしくなったり、ラリっていたり、忘れっぽくなったりしていても、あるいは忙しすぎてすっかり忘れていても、あるいは悲しみに沈んだり、喜びに浮かれたりしているときでも、今日《トゥデイ》が何日か知る必要があればその情報はすぐに見つかる、と。コンピュータ画面ならいちばん上のバーに、携帯電話なら画面に、曜日や日付が表示されるタイプの腕時計を今でも使っている場合には盤面に。あるいは新聞屋台か新聞屋かスーパーマーケットに並ぶ新聞の上端にも書かれている。

しかし今、彼はそれとは違うことを考え始める。

どんなふうにデイするか？

アートが何を考えていようとお構いなく、子供は部屋の反対側から庭に出て、庭木の枝で動いている何かを見ている。リスかもしれない。あるいは鳥か。

うん、あれはデイの仕方としてはなかなかいい。

アートはそこに座ったまま様子を見る。

そして考える。生きている——過去も現在も未来も含め——というのをどういう意味だと考えるにせよ、自分が置かれていた無力な状態あるいは無知な状態の深みから抜け出して水面に顔を出す瞬間ほど、人が生きていることはない、と。それに似た瞬間といえば——いえば何か？

それは鮭が川で飛び跳ねる瞬間に似ている。故郷《ホーム》とは何かも知らない鮭、他には何もすることがないということ以外、何も知らない鮭が川を遡り、いずこともしれない場所へ向かう姿。あるいは冬の水にくちばしか口を突っ込んで大きな魚を捕らえる鳥か熊。大きな魚を捕まえた自分の幸運に驚いた瞬間、大きく体をくねらせた魚が自由になり、再び水の中に落ち、また姿を消す。

アートは一人密かに笑う。子供が庭で、何でもないもの、木に止まっている鳥に喜び、叫び声を上げているのが見える。そして、その声が聞こえる。

デイ《トゥ・デイ》するって何？

真夜中をしばらく過ぎていた。クリスマス翌日の未明、ソフィアの屋敷の最上階だ。

アイリスが扉を開けた。

何?と彼女は言う。

大きな音を立てるのはやめてくれない?とソフィアが言った。私は眠りたいの。

私は今までぐっすり眠ってた、とアイリスが言った。うるさかったのはあなたが扉を叩く音よ。

そう言って、ソフィアの目の前で扉を閉めようと一歩前に出た。

じゃああのうるさい音を立てているのは誰?とソフィアは言った。

どの音?とアイリスは言った。何も音なんてしてない。

誰かがハンマーで石を叩いているみたいな音。家具を動かしているような音、とソフィアは言った。ホテルに泊まっているときに、上の階の人がハンマーで何かをコンクリートに打ち付けたり、椅子やテーブルをあちこち動かしているみたい。

じゃあ、あなた一人の睡眠を邪魔しようとして、成層圏にある惑星が暴れ回ってるんじゃないの、とアイリスは言った。アーティーは今どうしてる?

(アーサーはもっと早い時間に夕食の席で気を失っていた。風景について何かを叫んだかと思うと、いきなりテーブルに突っ伏した。夜はずっと皆で彼を正気づかせて、酔いを覚まさせた。）

アーサーとシャーロットは寝てる、とソフィアは言った。

いい年をしてあそこまで飲みすぎるとはね、とアイリスは言った。

あの子はすごく繊細なの、とソフィアは言った。遅くできた子だから。母親が年を取ってからできた子供は大人になってからいろいろなものに過敏になるらしいわ。アルコールとか。

あなたデイリー・メールに書いてあったくだらない記事を読んだんじゃないの、とアイリスは言った。

ソフィアは顔を赤くした（それは実際デイリー・メール紙で読んだ内容だった）。彼女は話題を変えた。

昔、この部屋で鳥を飼ってたっていうのは本当の話？と彼女は言った。

アイリスは扉をさらに大きく開けた。

入って、と彼女は言った。久しぶりに床で寝る私の姿を見てちょうだい。昔は何十年も床で寝てたんだけどね。でも最近は老人に区分される年齢になったから、一緒に働いている人たちがわざわざ私のためにベッドを探してくれる。他のみんなはベッドなんか使っていない場所でもね。ベッドが見つからないときは、あり合わせの材料で作ってくれる。ベッドがない場所、何もものがない場所でも、なんとかしてベッドみたいなものをこしらえてくれる。要するに、私がそれだけ年を取ったってことね。

それって、ここにベッドがないから私に嫌みを言ってるわけ？とソフィアが言った。

その通り、とアイリスは言った。私がここにいるのはそれが理由。それ以外に理由はない。あなたに仕返しをするため。私はあらゆる用事をほっぽり出してここに来た。仕事も、クリスマスにゆっくりするチャンスも投げ出して昨日の夜、ここまで車を運転してきて、お昼を用意した後は夕食を作って、ありとあらゆることをした。それも全部、あなたに仕返しをするため。

今は何の活動をしてるの？とソフィアが言った。

あなたに教えるわけないでしょ、とアイリスは言った。

彼女は寝床に腰を下ろし、隣に敷かれている毛布をぽんぽんと叩いた。ソフィアはそこに座った。アイリスが動かして音を立てるようなものは、部屋の中にはない。部屋の中にはまったく何もない。あるのは空《から》になった旅行カバン、畳んで重ねたアイリスの服、スプリング式アームランプ、そして壁際に積まれた寝具だけだ。彼女はランプを指差す。アイリスは部屋が落ち着く明るさになるよう、その角度をうまく調節していた。アイリスは昔から、そんな雰囲気作りが大の得意だった。

ランプは家から持ってきたの？とソフィアは言った。

納屋の箱に入っていたのをアーティーの彼女が持ってきてくれた、とアイリスは言った。つまりあなたのもの。昔のあなたは、チェーン店以外に失うものは何もないみたいに働いてたけど、今ではそれも失った。これでようやく自由《フリー》になった。

そのランプは無料《フリー》じゃない、と彼女は言った。売れてた頃は、たしかいちばん高いときで二百五十五ポンド。仕入れ値は一つ二十五ポンドだった。

へえ、いい商売ね、とアイリスは言った。

本当に、姉さんは最近何をしてるの？とソフィアが言った。それとも、理想主義にも定年退職ってあるのかしら？

私はギリシアに行ってた、とアイリスは言った。こっちに戻ったのは三週間前。一月にはまた向こうに行く。

休暇？とソフィアは言った。別荘《セカンド・ホーム》？

ああ、そう、第二の家《セカンド・ホーム》ね、とアイリスは言った。お友達にも教えてあげて。そして、ぜひいらしてって伝えておいて。みんなとっても楽しく過ごしてるから。シリア、アフガニスタン、イラクからバカンスで毎日何千人という人がやって来る。トルコとギリシアでいわゆる都市滞在型休暇ね。食べ物に困ったイエメンの人たちは休暇でアフリカに行く。アフリカなら、特にみんなが飢え死にしかけている国なんかは、食糧が有り余ってるから。でもサハラ以南に暮らす人たちが休暇で向かうのは大体がイタリアとスペイン。そこはリビアから逃げてきた人にも大人気のリゾートでもある。私の古い友達の多くもギリシアにいる。そのこともあなたのお友達に教えておいてあげないとね。もしも必要なら私の友達の名前をリストにしてあげる。みんなが生活したり寝たりする場所をゼロから作り上げた経験のある人がいればすごく助かるって言っておいて。新しくやって来た若い人もたくさんいる。エネルギッシュな若者。あなたのお友達なら名簿が欲しいと言いそうな人たちが向こうにはたくさんいる。

私の友達がそんな話に興味を持つわけがない、とソフィアは言った。

私からの話としてお友達に伝えておいて、とアイリスは言った。向こうでの生活がどんな感じか。向こうの人はみんな大変だって。何も持っていない人たちのことを教えてあげて。命がけで自分の国から逃げてきた人、命以外には何も持たない人のことを話してあげて。拷問に遭った人の人生がどうなるか、言葉がどうなるかを教えてあげて。何があったかを、人に説明するどころか、自分の中で言葉にすることさえできなくなるんだって。喪失ってどういうことかを教えてあげて。とりわけ、向こうにやって来る幼い子供のことを話してあげて。本当に幼い子供。本当に何百人という子供。五歳、六歳、七歳の子供たち。

アイリスはいつもと変わらない落ち着いた口調でそう言った。

そこまでみんなに話を伝え終わったら、と彼女は言った。今度はイギリスに戻ってきたときにどんな気分を味わうかを教えてあげて。世界のあちこちから来た人と生活をして自分は世界市民だと思っていたのに、イギリスの首相に「自分が世界市民だと思っている人間はどこの市民でもない」と言われる（本書のエピグラフにもあるテリーザ・メイ首相の二〇一六年の発言のこと）。世界とどこでもない場所は一緒なんですって。それからお友達にこれも尋ねてみて。どこの司祭、どこの教会の教えに従ったら、この現実世界で起きている出来事に対して、〝非常に〟と〝敵対的な〟と〝環境〟と〝難民〟という四つの単語を一緒に使うような子供が育つのかって（英国内務省は二〇一二年に、不法移民が英国内に居づらくなるような「敵対的環境政策」を打ち出した）。偉い立場に就いているお友達に訊いてみてよ。私がその答えを知りたがってるって。

私は誰にも何も言ったことがない、とソフィアは言った。

へえ、でもぜひそうしてほしいわ、とアイリスは言った。あなたのお友達にもう、それほどの力はないのかもしれないけど。でも、金融関係の新しいお友達がいるかもしれない。まあ、そんなのいなくても構わない。とにかく昔からのお友達に、そういう私からの質問を全部伝えてよ。昔からいろいろとあったけど、私はその人たちのことが好きなんだから。昔ながらの善意は嫌いじゃないんだから。

それから彼女は、右手にある窓の上の天井を指差した。

昔、鳥が出入りしていたのはあの梁《はり》の隙間、と彼女は言った。私たちがここに越してくるずっと前から屋根のスレートはたくさん剝がれていて、ロフトの床は抜けていた。鳥はそこから出入りしてた。鳩だったかしら。いえ、正確には白子鳩《しらこばと》。家族でここに棲んでた。数家族で長年。一時はかなりの数の鳥がいたのを覚えてる。静かにかわいらしい声で鳴くの。巣にしてもらおうと思って麦藁を詰めた箱を用意したんだけど、鳥は自分で集めてきた木の枝にその藁を少し編み合わせて梁の上に巣を作って、雨のときと寒いときにだけこの部屋を使ってた。あの鳥は死ぬまで同じつがいと暮らすんだって。

それはきっと神話だと思う、とソフィアは言った。

ここにはアマツバメもいた。家の反対側の軒下に。毎年同じアマツバメが戻ってきた。

それも神話っぽいわ、とソフィアは言った。

アマツバメは今も来る？とアイリスは言った。今年の夏はどうだった？

知らない、とソフィアは言った。

アマツバメが来れば気が付くはず、とアイリスは言った。高い鳴き声を出すから。いなくなってなければいいけど。昔はよく、裏の芝に寝転がって、ひなに飛び方を教えてる親鳥を見てた。

アイリスは腕を宙に構えた。それはソフィアに近くに来るようにという合図だった。ソフィアはおとなしくそうした。そしてアイリスの腕に抱かれて、その胸に頭を預けた。

姉さんなんて大嫌い、とソフィアはアイリスの体に向かって言った。

アイリスは熱い息をソフィアの頭のてっぺんの髪に吹きかけた。

私もあなたが大嫌い、と彼女は言った。

ソフィアは目を閉じた。

私は誰にも何も言ってない、と彼女は言った。それだけは勘違いしないで。

信じる、とアイリスは言った。

少なくとも、とても大事なことや本当のことは言ってない、とソフィアは言った。

アイリスは笑った。

ソフィアはアイリスの胸に頭を預けていたので、その笑いは体を通じてソフィアに響いた。

それからアイリスが言った。

あなたもここに寝る？　スペースはあるけど。

ソフィアは胸に預けたままの頭でうなずいた。

床は硬い、とアイリスは言った。そのやせた体だと痛いかも。また食べてないんでしょ。でも、上掛けが二枚あるから、一枚を敷くことにしましょう。

アイリスは寝床を用意した。ソフィアは姉と並んでそこに入った。姉は手を伸ばして明かりを消した。
おやすみ、とアイリスは言った。
おやすみ、とソフィアは言った。

途方もない形で時間を圧縮するツァイス社製のプロジェクターのおかげでそれはまるで本物のタイムマシーンのようです。今は、ソフィアのクラスが先生の引率でロンドンへ行った二日後の真夜中。クラスは歴史的現場に行き、王族がギロチンにかけられた事実を学び、前の年にオープンした最初のプラネタリウム——イギリス連邦初のプラネタリウム——を訪れる（一九五八年にオープンしたロンドンプラネタリウムのこと）。ロンドン大空襲でマダム・タッソー蠟人形館に加えられた爆撃の跡地に作られた。このプラネタリウムはロンドンに最初に落とされた四百五十キロの重さの爆弾でできたクレーターの上に建てられました、と一人の男が真新しい玄関ホールで生徒たちに説明した。

天体が演じる野外劇が魔法のような速度で目の前に繰り広げられます。わずか一分間で一日、ひと月、一年という時間が経過するのです、と家に持ち帰ったパンフレットには書かれている。時間を数世紀巻き戻し、キリスト生誕時のパレスチナに立ち、「ベツレヘムの星」を目にすることも可能です。一六一〇年、ガリレオ・ガリレイが初めて望遠鏡で天空を探ったときの興奮を私たちも共有することができます。今世紀末にまたハレー彗星が太陽の近くに戻ってくるときの天体の並びをあらかじめ眺めることもできます。

ソフィアは十三歳。彼女はこの夜寝付けない。巨大な昆虫みたいな形をしたプロジェクターによって生み出されたドーム状の偽の夜空の下に座っていたとき、彼女が考えずにいられなかったのは、そして今、ベッドの中で思いをいたさずにいられないのは――あまりにも眠れず何度も姿勢を変えている間に、上下ともにシーツが完全にめくれてしまったのだが――二年前にロシアが犬を閉じ込め、いわゆる宇宙に放り出したカプセルの小ささのことだった（一九五七年、ソ連が打ち上げたスプートニク二号で初めて犬が地球を回った）。

犬は一週間、地球を周回する軌道を飛んだ後、死んだ。安らかな死だった。新聞にはそう書いてあった。新聞の写真で見るカプセルの内側には、犬が立ち上がったり動いたりする余地《ルーム》はろくにないように見えた。ましてや寝る前に横に一回転する余地などない。母はそれを昔からの犬の習性だと言っていた。大昔、犬が丈の高い草の中で眠っていた頃、体を転がして草を倒して寝床を作っていたのだという。

犬はどんなふうに感じただろう？　目の前のガラスみたいな扉が閉じられて、何が起きているのかも分からないままにカプセルごと打ち上げられ、重力を乗り越え、それでも犬は何も知らずにいた。

重力は私たちが地球の表面から飛び出していかないためにある。

重力。重み。

ソフィアの頭と脳と意識の上には今ドームが存在しているかのようだ。そしてドームの中にいる何も知らない生き物が宇宙と呼ばれる場所に放り出されたかのよう。

どうして何も食べないの?とその夜、夕食の席で母が言った。小さな犬の命の重みを考えたら食べられない、と彼女は言った。

小さな犬って?と母は言った。

死んじゃったロシアの子犬のこと、と彼女は言った。宇宙に送り込まれた犬。

けど、それは何年も前の話だ、と父は言った。

その一分後、父が言う。

見ろ、この子は泣いてるぞ。泣くんじゃない。たかが犬のことだろ。

この子は本当に感じやすい、と母がかぶりを振りながら言う――〝感じやすい〟のはいいことではないから。

ソフが感じやすいことには構わないで、とアイリスは言った。ソフみたいに感じやすいのは貴重な才能なの。

アイリスはもう一つのベッドで眠っている。

アイリスは結婚するまでの数年間、役に立つ職に就けるよう、秘書専門学校に通っていることになっている。しかし学校からは、**長期間授業に出席しておらず、欠席が続いている**との手紙が繰り返し届いていた。同語反復ね、と、そうした手紙が届くたびにアイリスは言った。今日も手紙が一通来た。父がテーブルの反対側から手紙を振ると、アイリスがそれを奪い取ってまずは綴りの間違いを指摘し、次には余白のスペースの取り方が一貫していないと言った。この二つの事実からも私の方が秘書専門学校よりたくさんの知識を持っていることが明らかだから、私はもう学校に通う必要はない、と彼女は言った。

ロシアの子犬は、生きているときの写真を見る限り、賢そうな顔をしていた。ライカ。でもソフィアは感じやすすぎる。もっとしっかりしなければならない。彼女はシーツを目の上まで引っ張り上げる。彼女が目を隠そうと隠すまいと、その頭上数千キロのところを惑星が巡っている。そして、ブリキ缶みたいに薄っぺらい宇宙船に乗った生命そのものが、惑星と地球との間を漂っている。その顔全体に見て取れるのは、純粋で盲目的な信頼だ。

ソフィアは体の向きを変える。

さらにもう一度。

カーテンの下から差す街灯の明かりで、アラーム時計が四時を示しているのが見える。

彼女のベッドから六十センチ離れたところにアイリスの姿がある。アイリスはもう一つのベッドで、千六百キロ（スプートニク二号の楕円軌道の遠点高度）離れた場所で眠っている。

ソフィアはすっかり乱れたベッドを出る。そしてアイリスが寝ている枕元にひざまずく。

何？とアイリスが言う。

ソフィアは何事かをもごもごと言う。

どうしたいって？　いいよ。

彼女は上掛けを広げる。ソフィアはベッドのぬくもりの中に入る。そしてアイリスの肩と頭にもたれかかり、ビスケットと香水の混じるアイリスの匂いの中で横になる。

これで安心、とアイリスは言う。

そこから年月が経つ。三十年以上が経っている。世界は何度も何度も何度も回った。月面には人が立った。地球は漂う宇宙ごみ《デブリ》と人工衛星に取り囲まれている。ソフィアは真夜中に何かの気配で目を覚ます。

そして明かりを点ける。アーサーだ。彼は今七歳。クリスマス休暇で家に戻っているアーサーが泣きべそをかいている。

子供みたいに怖がったりしないように頑張ったけど、と彼は言う。やっぱり怖がらないのは無理だし、どうしても怖いんだ。だからここに来ちゃった。

一体何がそんなに怖いの?とソフィアが言う。そんなに怖いものなんてないわ。こっちへ来なさい。

アーサーは悪い夢を見たらしい。彼はベッドに腰を下ろす。夢の中では麦畑を走っていた。気持ちよく晴れた日。すると畑の途中で、農家の人が麦にまいた化学物質を吸い込んだり、それが肌に付いたりしたせいで彼も他の子たちも毒を取り込んだことに気が付いた。空は晴れたままだし、麦は黄色に美しく光っているのに、自分たちはみんな死ぬのだ、病気になるのだ、と。

そこで目が覚めたんだけど、息ができなかったの、とアーサーが言う。

やれやれ。アイリスみたいな悪夢。

ソフィアは体を起こし、アーサーを抱き上げる。そして自分のベッドに入れてやり、その横に座る。

いい、と彼女は言う。よく聞くのよ。世界中が毒だらけだとかいう嘘を信じるのはよしなさい。

爆弾の話も。化学物質の話も。あんなのは全部嘘っぱちだから。

そうなの？とアーサーは言う。

うん、とソフィアは言う。だって、世界でいろんなことをしている人たちは、みんな世界でいちばんいいことを望んでいるに決まってるでしょ？

でも、いろんなものをまいてる、とアーサーは言った。いろいろまいてるもん。見たことあるもん。

うん、でも、とソフィアは言う。でもね。ああやってまいてるのは、作物を安全にするためなの。畑で育つものを食べてもいい状態にするため。いろんなものを麦にまくことで、虫とかばい菌とか雑草をやっつける。そうしないと作物が食われたり、雑草に負けたりする。農家の人が無駄なく作物を収穫するにはあれが必要なの。

虫は死んじゃうの？とアーサーは言う。

うん。でもそれはいいこと、とソフィアは言う。

ただちょっと虫だけ捕まえて、虫が何を食べても誰も気にしない別の野原に連れて行ったら？とアーサーは言う。

虫なんて所詮、虫だもの、とソフィアは言う。

きれいな虫もいるよ、とアーサーは言う。大事な虫もいる。

うん、でもコーンフレークに虫が入ってたら嫌でしょ、とソフィアは言う。

うん、でも殺さなくてもいいんじゃない？とアーサーは言う。

パンの中に虫がいたら嫌でしょ、とソフィアが言う。小麦麦芽の中に毒蛾《どくが》が入ってたら嫌でしょ。

アーサーは笑う。

毒蛾麦芽だ、と彼は言う。

いいもの作ってあげる、と彼女は言う。

何?と彼は言う。

ホットチョコレート飲みたいでしょ? どう?

うん、とアーサーは言う。飲みたい。ありがとう。

その後、お話を聞かせてあげる、と彼女は言う。どう?

どんなお話?とアーサーは言う。

本当にあったお話、とソフィアは言う。クリスマスのお話。

アーサーは顔をしかめる。

その後、当てっこゲームをしましょう、と彼女は言う。クリスマスに何がもらえるかを当てるゲーム。

アーサーはうなずく。

オーケー、じゃあ、とソフィアは言う。一分で戻ってくるからね。一分間、一人でも大丈夫?

大丈夫だと思う、とアーサーは言う。一分以上じゃなければ。

うん、それくらいは辛抱して、とソフィアは言う。だって、キッチンでホットチョコレートを作るのに必要な時間をかけないとホットチョコレートは作れないから。でしょ？

うん、とアーサーは言う。そうだよね。

ちなみにその時間は、一分間よりももう少しかかるかもしれない。でも、できたらすぐに戻ってくる、と彼女は言う。オーケー？

アーサーはうなずく。

ソフィアは一階に下りる。

やれやれ。午前四時十分だ。

彼女はキッチンに立ち、頭を振る。

あの子。あまりに感じやすくて、敏感さが体から放たれているみたい。感じやすい息子のそばにいるだけでいつも頭痛が伝染してきて、体調が悪化する。しかもその上、アイリスみたいな悪夢。自分ではもう何年もアイリス風の悪夢を見ていなかった。遠くに見えるきのこ雲と閃光。特徴のない建物の中で心臓をバクバク言わせながら衝撃を待っていると突然、目の前が真っ暗になる。それはつまり、両目が融けて、顔を流れ落ちているということだ。

彼女は深く息を吸う。

そしてため息として吐き出す。

ホットチョコレート用のペーストを牛乳に混ぜてからマグカップに熱湯を足す。それは昔、彼女とアイリスが子供だった頃、牛乳を使いすぎてはいけないと言われていたときにやっていた方法だ。

それから？

それから約十年後。

ソフィアは父と電話で話している。父は彼女が働いている仕事場に電話をかけてきた。そんなことをするのはかなり珍しいので、きっと重大な用件に違いない。でも違う。それは重大な用件ではない。なのに父のせいで彼女は、何週間も前から準備してきた国際的戦略をめぐるテレビ会議を抜け出さなければならなかった。

犬、と彼は言う。ロシアの犬。

うん、犬がいたわね、とソフィアは言う。でも今、その話をする時間はないの。後にしてくれる？

今日電話をかけたのは、と彼は言う。本当のことがついに明らかになったからおまえも知りたいだろうと思ったからだ。例のかわいそうな犬。四十年以上前に宇宙で死んだ犬は、あのブリキの缶の中で一週間も地球をぐるぐる回ってから死んだわけじゃない。違うんだ。犬にとってはそれでよかった。犬は宇宙に打ち上げられてわずか数時間で死んだ。苦しんだとしてもせいぜい七時間だったそうだ。

そう、とソフィアは言う。それで、何か要るものある？ 必要なものがあったらジャネットに言って。今、ジャネットに電話を代わるから、何か必要なら言っておいて。

おまえが犬のことをすごく気に懸けていたのはちゃんと覚えてる、と父は言っている。だから今日は、こんな記事を見つけたからおまえにも教えないとと思って電話したんだ、今朝の新聞なんだが——

と彼が新聞をめくってその記事を探している音が電話越しに聞こえて——

ロシアの科学者たちはあの野良犬を街から拾ってきた。かわいい子犬で人なつこくて、頭がいい。写真でもそれが分かるだろ。賢い犬だ。それを実験のためにカプセルに閉じ込めた。どっちみちやっつけ仕事みたいなものさ。はげのフルシチョフはやたら虚栄心が強くて、とある日に何かを祝福するため、犬を宇宙に打ち上げて人目を引こうとしていた。犬を使って実験していた科学者の方はまだ準備ができていなかったのにだ。とにかくその科学者——実際に実験に携わった連中——が、昔からずっと当局が嘘を言い続けていた件について、ついに真実を明らかにした。あの子犬は打ち上げられてからわずか数時間後にカプセル内が高温になったことで死んだんだって。どのみち、生きて帰る予定はなかったんだが。というか、犬が死ぬことはみんな分かってた。打ち上げる前から、犬が死ぬことは承知の上だった。そして今回、初めて公式に謝罪をしたというわけだ。

おまえはきっと知りたがるだろうと思ってな。こういう話を聞いたら喜ぶと思ったんだ。今ではあんなことはしなければよかったと思っているんだそうだ。犬にあんなことをしなければよかったって、と父は言う。な？　そういうものだよな、うん、母さんがよく言ってたけど、人生って——

いい話だわ、とソフィアは言う。もう行かなきゃ。今晩、また電話する。

——時間もそんなものさ、

彼女が手を伸ばすにつれて父の遠い声が小さくなり、さらに遠ざかる。それから秘書に電話を切り替え、受話器を戻す。

真夜中、焼けたバターの匂いが家中に広がる。

ソフィアは、昔と変わらずいびきを掻きながら深く眠っている姉を起こさずに起きた。

こんばんは、とシャーロットが言った。

ソフィアはキッチンテーブルの前に座った。

こういう形で会うのはもうやめないとね、と彼女は言った。

私は好きですよ。どうしてやめないといけないんですか?とシャーロットは言った。

違うの、文字通りの意味でそう言ってるわけじゃない。意味が違う。ジョークよ。英語の常套句《クリシェ》、とソフィアが言った。でも、私自身よく分からないんだけどね、シャーロット、あなたはシェイクスピアのことはよく知っているのに、こういう普通の常套句は知らないってどういうことなの。

普通の常套句って?とシャーロットが言った。

私がさっき言った台詞。〝こういう形で会うのはもうやめないとね〟、とソフィアは言った。

でも、こういう形で会うの、私は好きですよ、とシャーロットは言った。

ああ、なかなか面白いわね、とソフィアは言った。

それと、私をシャーロットと呼ぶのはやめてほしいんです。ラックスと呼んでください、と彼女は言った。

私はやっと、頭の中であなたをフルネームで呼ばないことに慣れてきたばかりなのに、とソフィアが言った。あなたを、あなたのじゃない名前で呼ぶのは無理。

お会いしたときから呼んでもらっているその名前は私の名前じゃないんです、とシャーロットが言った。そういう形で会うのはやめないといけません。

どうして?とソフィアが言った。あなたは、あなたにとって誰であれ、私にとってはシャーロットだわ。私はそう考える。

私はシャーロットじゃありません、ラックスです、とシャーロットが言った。私にとっての私は、英語の常套句で言うと、生意気インテリ、気取り屋、頭でっかちのおたく。三年前にイギリスの大学に来たけど、お金がなくて卒業まで続けられない。出身はクロアチア。生まれた土地がそこってことです。その後、私が幼い頃に、家族でカナダに移住しました。遠かった。けど、充分に遠くはありませんでした。それが問題。問題は、私の家族はどれだけ遠くへ行っても、戦争の傷から逃げられないってことです。近い親戚が戦争で亡くなったということじゃありません、誰かが体に傷を負ったということでもありません、私が生まれたのだって戦争の後でした。でも、私たちは傷ついていた。私も戦争で傷ついていた。私は家族を愛しています、みんなを愛してる、でも、家族と一緒にいると、傷がまた開いてしまう。だから一緒には暮らせない。一緒にはいられない。それで私はイギリスに来たんです。でも、家族にはあまりお金がない。私もお金がなくなった。それに、私はもういい仕事に就けなくなった。だって、来年のこの時期に私がまだイギリスにいられるかどうか誰にも分かりませんからね、いつ出て行けって言われるか分からない。だから私は頭を低くして生きている《ビロウ・ザ・レーダー》。ちょうどそんなとき、偶然に息子さんと出会ったんです。それに実を言うと、私は彼と一緒にここに来ることでかなりのお金をもらえる約束になっています。シャーロットと喧嘩をした彼のために代役を務めるのが私の任務。彼が喧嘩をしたシャーロットの代役を務めるのが私の任務。この表現の方が堅苦しいけど、文法的には正確ですね。ね、私の英語は優秀。とはいえ、あらゆる常套句に通じているわけじゃありませんけど。クリーヴズさん、私たちは今夜、自分の考えに従って話をするということになっているみたいですから言わせてもらいますが、自分一人が何かを食べている状態でこんなふうにあなたと私、私とあなたが会い続けるのは嫌だ、というのが私の考えです。だから私は間違いを正したい。あなたのために何かを作らせてください、食べるものを、今。何でもお好きなものを。

本心を言うと、とソフィアが言った。私も今、少し食欲が出てきた。

すばらしい本心ですね。何が食べたいですか？とクロアチア人女性（いや、女性《ウーマン》というよりはやはり娘《ガール》だ、とソフィアは思った）が言った。

何が食べたいかは自分でもよく分からない、とソフィアは言った。

娘は冷蔵庫まで行き、マスクメロンを取り出して半分に切り、スプーンで種を取り除いた。

もっと小さい塊に切りましょうか、それともこのまま食べます？と彼女は言って、半分にしたメロンを差し出した。このタイプのメロンはこういうところが好きなんですよね。つまりこの果物には器が付いてくる、というか果物自体が器になってるところ。

あなたを見てると誰かのことを思い出す、とソフィアが言った。

その人、シャーロットっていう名前ですか？と娘は言った。

ハハハ、とソフィアは言った。

そしてスプーンを手に取った。

小さなメロンを半個食べ終わった後、彼女はスプーンを置いて言った。

息子の父親について少し話してもいいかしら。

いいですね、と娘は言った。

彼女は椅子に腰を下ろし、頬杖をついて話に耳を傾けた。

運命の人、とソフィアは言った。そういうものが本当にある。彼と過ごした時間はほんとうにわずかなんだけど。真冬の一晩。そしてその数年後、真夏の三、四日。それだけ。

どうしてそんなに短い付き合いなんですか？と娘が言った。

たまたまそうなっただけ、とソフィアは言った。

へえ、と娘は言った。たまたまそうなった。ありますよね、そういうの。

最初はクリスマスの晩だった、とソフィアは言った。そのときも、私たちが今いるこの家にいた。姉さんと姉さんの仲間たちと一緒に。当時はそんな人たちがここに住んでたの。たくさん。

私は三十代前半で、母が亡くなってからまだそんなに時間が経ってなかった。私はその日、散歩に出かけた。同じ小道に沿って、今、表門があるところまで行った。当時あそこに門はなくて、道路からうちへの小道が分かれるところに、屋敷の名前を示す看板があっただけ。私は真っ暗な中を散歩に出かけた。姉が一緒に暮らしている人たちのことは好きじゃなかった。私が散歩中に殺されたり、襲われたり、迷子になったりしたら、姉やその仲間のせいだ、と私は考えていた。

そんなくだらないことを考えながらうつむいたまま歩いていたら、暗闇の中で男の人とぶつかった。

その人は近所に住んでいる人のところに泊まりに来ていた。悲しいことがあったから私は散歩に出たんです、と彼は言った。

その前に海が荒れて、デンマークの船が沈むという事件があった。だから、この人はきっと地元の人で、そのことを心配してるんだろうと思った。それか、救助の船を出している地元の人のことを心配してるんだろうって。でもその人は、海で人が溺れたことも、救助の船のことも知らないって言うの。チャップリンが死んだというニュースを知って悲しいんだって。

誰です?と娘は言った。

チャーリー・チャップリン。サイレント映画時代にとても有名だった映画スター、とソフィアは言った。

ああ、知ってます。足の大きな人、と娘は言った。大きな靴を履いた人。面白い俳優さんですよね。私の故郷の街には彼の像があります。

つまり、何かを悲しむ二人が出会ったというわけ、とソフィアは言った。そして二人で歩きだして、村まで行った。彼は一軒の家の前でステップを上がって、玄関扉に掛けてあったクリスマスリースを外して、今夜はこれを額縁に使おうって言った。それから彼はリース越しに私を見て、おお、ぴったりだ、と言った。そうだ、完璧だって。だから今度は私がリースを持った。ヒイラギで作られたリース。そしてリース越しに覗くと、彼が見えた。というか、彼が見えた。

私たちはそのリースを持っていって木の下に腰を下ろして、一晩中、あらゆるものをリース越しに見た。

その後、おやすみなさい、おはようって言って、住所を交換して別れた。Eメールなんかが現れるずっと前の話よ、シャーロット、それにグーグルで人捜しをするようになる前。昔は人と連絡が取れなくなることはしょっちゅうあった。それも、あなたが思うほど悪いものじゃなかったんだけど。けど、その男と連絡が取れなくなることは望まなかった。彼には好感を持っていたし、興味があった。でも、その後しばらくして私はハンドバッグをなくした。タクシーに置き忘れたバッグの中に住所のメモがしまってあったの。向こうから私に連絡を取ってくることもなかった。だから再び会うことはなかった。何年もの間。正確には八年。

私はある日、ロンドンの街を歩いていた。その頃には全然違う人間になっていた。でもそこに、私に手紙を書いてこなかった男が現れた。私には彼が分かった。街ですれ違う瞬間、互いに目が合った。二人とも会えてうれしかったものだから、計画を立てた。一週間、パリに行く計画を。そして実際、パリに行った。

でも、うまくいかなかった。少なくとも私にとっては。パリでそれがはっきり分かった。当時の私はとても忙しくて寄り道してる時間はなかったし、行き当たりばったりの生活を送る余裕はなかった。

なぜパリに行ったかというと、彼が絵を見たいと言ったから。私たちは有名な美術館や画廊に行った。実は彼があのクリスマス、この土地に来ていたのも、このすぐ近所に暮らしていた芸術家、彫刻家に興味があったからなの。まあ、既に死んでいたんだけど。そのしばらく前に死んでた。でも、たくさんの作品を作ったその彫刻家のことが彼は好きで、どんな場所で暮らしていたのかを見たかったんですって。彼の家に彼女の作品が一つ置いてあるのを私は見た。正確には、二つのただの丸い石。でもびっくりするほど美しい石だった。二つの石から成る作品ってこと。二つで一つ。

でも、私たちは一つになれなかった。彼と私は。

彼は自分が年寄りすぎるって思ってた。実際、私より年上だった。当時の私の年と比べたら、古《いにしえ》の人って感じ。その頃で六十代だった。まあ、今になって考えると、六十代だって本人にとっては他の年齢と変わらない。七十代だってね。他人が外から見て何歳だと思おうと、内面はいつまで経ってもその人のままだから。

そして本当の話、年を取りすぎていたのは彼ではなかった。私の方だった。私には彼との人生を思い描くことができなかった。共通点が少なすぎた。到底無理って感じ。私にはすぐに分かった。実際的なことを考えても無理だって。その短い付き合いの間にたくさんのことを教えてもらったけどね。彼は何に関してもたくさんのことを知っていた。芸術《アート》について——

息子さんのこと?と娘は言った。

いいえ、写真とか絵画、とソフィアは言った。私だってモネやルノワールのことは知ってた。まあ、多少教養のある人ならそれくらいは知ってる。でも、ここに暮らしていた彫刻家のことはよく知らない。今は当時よりは少し知ってるけど。ていうかその彫刻家について、彼に教えてあげたかったとっておきの話が一つあるの。去年新聞で読んだんだけど。彼なら絶対に気に入りそうな話。

じゃあ、そのお相手はもう亡くなったんですね、と娘は言った。

亡くなってるでしょうね、と彼女は言った。私が今こんな年で、彼は当時でもかなりの年だったんだから。

それってゴドフリー・ゲーブルの話なんですよね、と娘は言った。納屋に切り抜きパネルがありました。でも、そうだとしたら、彼が生きていないことは既に知ってるはず。

ああ、やれやれ、違うの、とソフィアは言った。私が言ってるのはゴドフリーの話じゃない。そう言って笑った。

レイと寝る! レイと寝るなんて考えられなかった。彼も今、天国でこの話を聞いて笑い転げてるでしょうね。いえ、そうじゃない。私たちはそういうのじゃなかった。そういう関係じゃなかった。

じゃあ、と娘は言った。どうしてそんな話をしてるんです?

私がレイ――ゴドフリー・ゲーブルというのはレイの芸名なんだけど――に会ったとき、とソフィアは言った。私はシングルマザーになりかけていた。私は仕事を続けたかった。彼は家族を欲しがっていた。彼の支援のおかげで私たち母子は守られたし、自由でいられた。とてもいい関係だった。レイには一生感謝してる。ゴドフリーにも。

けど、と娘が言う。今のは秘密の話なんですよね。

赤の他人になら話しやすい秘密もある、とソフィアは言った。

それこそ真の常套句《クリシェ》、と娘は言った。

中には人に話してはいけない秘密もある、とソフィアは言った。アーサーは私の問題《ビジネス》だった。人ごとではなくて。

売ったり買ったりの仕事《ビジネス》ってことですか？と娘は言った。

そういうビジネスとは違う、とソフィアは言った。

じゃあ今、私は息子さんについて内々の話を聞いたってことですね、と娘は言った。彼の父親について。息子さん自身も知らないようなことを。

ええ、とソフィアは言った。

なるほど。私にそのことを教えて、どうしてほしいんですか？と娘は言った。私から伝えた方がいい？

どうしてあなたに話したのか自分でも分からない、とソフィアは言った。あなたが私に傷のことか、家族の話をしたからかもしれない。でも、それはやめておいて。あなたからは誰にも言ってほしくない。

じゃあ言いません、と娘は言った。

一つには、私の運命の人は私自身の家族ではとても受け止めきれない歴史を背負っていたから、とソフィアは言った。それに、息子には彼の歴史を引き継がせたくなかったから。

でも、あなたが望もうと望むまいと、息子さんはその歴史を受け継いでる、と娘は言った。

息子はそれについて何も知らない、とソフィアは言った。だから、何も受け継いではいない。

娘は首を横に振る。

それは間違い、と娘は言う。

この件について間違っているのはあなたの方よ、とソフィアは言った。あなたはまだ若い。

それで彼はどうなったんです？と娘は言った。あきらめたんですよね。運命の人を。

それは簡単だった、とソフィアは言った。運命の人と一緒にいるときは私の人生がおかしくなった。つまり、その、よく分からないけど、ハンドルの利かなくなった二階建てバスみたいなものになった。

コントロールできなくなったってことですね、と娘は言った。

ハンドルを右に切ったらバスは左に行く、みたいな、とソフィアは言った。

娘は笑った。

そして言った。結局、バスは元の路線に戻ったんですね、と。

その後、娘はチーズを添えたパンの小皿をソフィアの横に置いた。

じゃあ、代わりに私にその話を聞かせてください、と彼女は言った。

どの話を？とソフィアは言った。もう話はない。さっきので終わり。おしまい。

違います、アートの本当の父親に教えてあげたいけど、もうそれができない話です、と娘は言った。

ああ、とソフィアは言った。その話ね。うん、そう。彼ならきっと喜んだはず。偶然見つけたお話。でも、駄目よ。悪いけどあなたには話さない。私の胸の中にしまっておく。

彼女はパンを一切れ手に取り、チーズを載せた。

そして食べた。

それからもう一つ手に取った。

（ともあれ、ソフィアがおそらくとっくに死んでいるだろうと思った男――息子の父、運命の人――に話したかった物語は次のような内容だ。

二十世紀の芸術家、彫刻家であったバーバラ・ヘップワースが若かった頃、イギリス北部の工業都市に暮らしていた一家は毎年夏休みに、ヨークシャーの海岸にある村に泊まりで出かけていた。ヘップワースはそこが大好きだった。彼女の伝記を書いた人によると、彼女が年を取った後、コーンウォールの家を愛したのはそれが一つの原因らしい。この海岸が大のお気に入りだったのだ。

陸と海の間で暮らすことを彼女は愛した。縁《ふち》にいることを愛した。風雨を身近に感じる場所を愛し、予測できない荒々しい天気を愛した。彼女自身も頑固で気まぐれだったらしい。第一次世界大戦の終結が宣言されたときも、他の人と同じように帽子を振り回して祝うことはしなかった。あらゆる祝福の下に深く埋もれている多くの戦死者のことを考えたからだ。

彼女は既に芸術家になる決意を固め、両親にもそう話していた。十六歳でリーズの美術学校に進学し、すぐにロンドンに出た。その結果、彼女は他の多くの芸術家が夏を過ごす場所——驚くほど光のある場所——でくつろぐことができた。

夏にやって来る画家の一人——毎年夏にそこに家を借りる中年の画家——は女性にしてはしっかりとした地位を獲得し、非常に有名でもあった。実際、風景画と肖像画で名声を築いていたので、イギリス連合王国内にある公立美術館で彼女の作品を所蔵していないところはなかった（今では多くの作品が売却されてしまっているので、所蔵していなかったところはなかった、と言った方が正確かもしれない）。

画家の名前はエセル・ウォーカー。

特殊な美術史家でない限り、エセル・ウォーカーのことを覚えている人はいないし、そのほとんども、彼女についてあまり多くのことを知らない。

それはともかく、約百年が経って、アメリカの美術品収集家がネットオークションサイトのeBayを眺めているときに、〝若き貴婦人の肖像〟みたいなタイトルの見事な絵画を見かけ、大した金額ではなかったので購入した。

家に届いたものを開けてみると、それは青いドレスを着た若い娘を描いた魅力的な絵だった。

娘は賢そうに見えた。その手さえ、知的に見えた。

絵の裏側にはこう書かれていた。ミス・バーバラ・ヘップワースの肖像。

この人物はひょっとしてヘップワースと関係があるのだろうか、それともイギリス北部にあるヘップワース・ウェイクフィールドという美術館と関係があるのか、と収集家は考えた。

男は美術館に問い合わせの手紙を書き、絵を見てみますかと尋ねた。

そして絵を寄付した。

絵は今、ヘップワース・ウェイクフィールド美術館にある。

人生ってそんなもの、時間もそんなもの。）


私はクリスマス休暇でこの土地に来て、何人かの人と一緒に寝泊まりしてるの、とソフィアは言う。

私もです、と男は言う。あそこの農家。ちょっと外の空気を吸いに出て来たんです。

私のうちはこの道の先、とソフィアは言う。

男は懐中電灯で道路脇の看板を照らす。

チェイ《CHEI》・ブレス《BRES》、と男は言う。

私も外の空気が吸いたくて、とソフィアは言う。

これはどういう意味なのかな？と男は言う。

私にはさっぱり、とソフィアは言う。

私と同じところに泊まっている人たちにはコーンウォールとデヴォンという名前の子供がいるんです、と男は言う。正直、コーンウォールもデヴォンももうたくさんですよ。別にコーンウォールとデヴォンが嫌いなわけじゃありません、好きですよ、とっても、ご両親も。けど、今日は一日中クリスマスでしたからね、私にはクリスマスという豊かな伝統——一応、失礼のないようにそう呼んでおきますが——からの息抜きが必要でした。というのも、私にとっては悲しいことがあったんです。チャップリンが死んだ。知ってましたか？　でも、家に一緒にいるのは、チャップリンのことなんてあまり何とも思っていない人ばかりなんです。

昔のサイレント映画のスターの？とソフィアが言う。

彼の映画を知ってますか？と男は言った。

いいえ、あんまり、とソフィアは言う。子供の頃は面白い人だなあと思ってましたけど。

映画スター、と男は言う。ホームレス。放浪者。現代最初のヒーロー。世界中の人を同時に同じことでゲラゲラ笑わせた浮浪者。私は村まで散歩に行こうと思ったんです。ミクロマン（一九七〇年代後半に流行した子供向けの小型フィギュア）や新品のヤマハ・エレクトーンE70から離れたかった。誤解しないでくださいね。音楽は好きなんです。音楽は私の命だ。でも、八歳の子供が「ララのテーマ」（映画『ドクトル・ジバゴ』（一九六五）の主題曲）を繰り返し弾いたら、五十一回目には散歩に出たくもなります。

今年はエルヴィスが亡くなった年だからテレビは彼の映画を流してた、とソフィアは言う。ひょっとすると来年のクリスマスはチャップリン特集かもね。

革の上下を着た素敵なエルヴィス、と男は言う。

男がそんなことを言うのは珍しい。

彼がいないクリスマスはとてもとても憂鬱《ブルー》だ、と彼は言う。すごくいい歌も歌ってたのに、死んでしまった。サーカスのパレードみたいな若さで。

ええ、四十代ね、とソフィアは言う。

男は少し笑う。

さっきのは歌詞ですよ、と彼は言う。サーカスのパレード云々っていうフレーズ。『青春カーニバル』という、旅回りのカーニバルを舞台にした映画で使われた歌です。世界は鼻を真っ赤に塗った道化師。すばらしい世界《ワンダフル・ワールド》。これが歌のタイトルです。

私と一緒に寝泊まりしている人たちはみんな世界を救うのに熱心、とソフィアは言う。でも私たちの母は、ていうか私の母は今年亡くなったばかり。だからすばらしい世界と言われても、私にはあまり共感できない。

ああ、と男は言う。それは気の毒なことでした。ご愁傷様。

ありがとう、とソフィアは言う。

男にそう言われると涙が出てくる。彼は彼女が泣いていることに気づかないだろう。彼女は気を取り直してしっかりした声で話す。

そして父は今海外。クリスマスはニュージーランドの親戚のところにいます、と彼女は言う。私は仕事があって行けなかった。だから今ここにいるんだけど。でも、今度のクリスマスは絶対に一人で過ごすつもり。

私もそうしたいから、次のクリスマスが近づいてきたら私にも〝一人で過ごすんだぞ〟って声を掛けてください、と男は言う。それはそうと。今年のクリスマスを何とかやり過ごすことにしよう。一緒に村まで歩いてもらえませんか？　遠くはありません。

暗闇の中の彼はいい声をしている。彼女はイエスと返事をする。

街灯の下まで行ってみると、彼は見た目もいい。

男は彼女がいつも好むタイプとは違う。年は彼女より上で、おそらく父の年齢に近い。服はとても上品で、仕立てがいい。シャツは高価に見える。きっとお金持ちだ。

周りには誰もいない。寒くはないが、風はかなり強い。二人は小さなフェンスを乗り越え、村の真ん中にある草地を横切る。そこには大木があって、木を囲むように木製のベンチが作られている。木の幹はとても太いので、少なくともエリザベス朝時代（一五五八－一六〇三年）から生えているのではないか、と男は言う。

彼は彼女のためにハンカチでベンチを拭く。二人は木の幹にもたれるようにして座る。幹はとても太いので、二人にはまったく風が当たらない。

彼女はコート越しに、幹の凹凸を感じる。

寒くありませんか？と彼は言う。

この土地の冬は気候が穏やかすぎる、と彼は言う。私はどうしても、あの空にある氷の塊から小さな削りかすが雪になって落ちてくればいいのにと思ってしまう。

最近、私の頭からなかなか離れない問題が一つあるんです、と彼は言う。私たちは――男も女も――創造的な人生を送るにはどうしたらいいんでしょう？

彼は、演芸場《ミュージック・ホール》でかわいい娘について歌を歌い、酒が原因で若くして死んだチャーリー・チャップリンの父親の話をした。同じく演芸場で歌を歌い、徐々に正気を失った挙げ句、仕事ができなくなった母親の話。そしてある夜、まだとても幼かったのに、母の代わりに舞台に立ったチャップリンの話。彼は母がいつも歌っている歌を聞き覚えていた。一方で母は同じ舞台の上で、歌詞を忘れたかのように、あるいは今いる場所がどこで自分が誰なのかを忘れたかのように宙を見つめていた。だから幼いチャップリンが歌を歌い、踊りを踊り、母に対してブーイングを浴びせていた客は彼に小銭と喝采を送った。

チャップリンはクリスマスを嫌ってた、と彼は言う。クリスマスに死んだというのもうなずけます。彼は子供の頃、母が精神科の病院に入った時期には孤児院で暮らしていて、施設の人がクリスマスに子供たち全員にリンゴを一つずつ配っていたんですが、彼には与えなかった。そして施設の男は彼にこう言ったんです。おまえにはリンゴをやらないぞ、チャーリー。おまえは他の子たちに話を聞かせて一晩中眠らせなかったりするからな、と。彼はその後、決して自分が与えられることのないリンゴをずっと欲しいと思い続けて、それを〝幸福の赤いリンゴ〟と名付けた。

悲しい話、と彼女は言う。そんな現実を突きつけられるなんて。

悲しみを伝染させて申し訳ない、と彼は言う。

すべては私が悲しんでいるのが原因だ、と彼は言う。

そして話を続ける。チャップリン少年がロンドンのヒッポドローム演芸場のおとぎ芝居で猫の役も演じていたという話。ヒッポドローム演芸場は当時まだできたてで、水をたっぷり入れられるプールがあった。昔の騎士みたいに鎧をまとった踊り子たちがダンスをしながら水中に消え、その後に、釣り竿を持った道化が現れてプールの縁に腰を下ろし、ダイヤモンドのネックレスを餌にして、コーラスガールを釣ろうとする――そんな演出もあった。

彼は詩人ウィリアム・ブレイクが描いた絵を彼女に説明する。ダンテの文章――彼女はまだそれを読んだことがないが、今後読もうと思う――に出てくる二人の恋人が天国で出会う場面。女の髪はまるで幸福な幼児の魂で編まれたみたいになっていて、絵の中の天使が持つ翼にはたくさんの見開かれた目が付いている。希望を体現する女性は緑色の服を着て脇の方に立ち、微笑みながら両手を天に掲げている。

彼はその希望を示すために木の下で自分の両腕を挙げる。

彼女は声を上げて笑う。

美しくて幸福な希望、と彼は言う。

二人は木でできた村のバス停小屋に入る。男はまた、扉の前から盗んできたヒイラギのリースを掲げ、その穴を通して彼女を見る。男は彼女が今までに付き合いのあった連中とは全然違う。話をしたがる年上の男たちが興味を抱いているようなことにはまったく興味がないようだ。

でも私はもう年だ、と男は言う。あなたは若い。きっと私のことなんか、老いぼれだと思っているでしょう。それは反論できない事実だ。今となっては扉の前の小川のように、美しいものが私の気づかぬうちに通り過ぎていく。

扉の前の何？と彼女は言う。

彼は笑う。私の言葉じゃありません、キーツの詩ですよ、と彼は言う。

じゃあ、馬鹿なことは言わないでってキーツに伝えておいてね、と彼女は言う。

数人が草地を横切る。メリー・クリスマス！と彼らは大きな声で言う。メリー・クリスマス！と二人は大きな声を返す。教会の時計を見ると時刻は二時半。そろそろ西の土地を名前にした子供たちのところに戻った方がよさそうだ、と彼は言う。私が外にいるのに玄関の鍵を掛けてしまったかもしれない。

二人はヒイラギのリースを元の扉に戻す。男はそういう人物だ。彼は風の中、屋敷に続く小道が始まるところまで彼女を送る。チェイ・ブレス《CHEI BRES》。そこまで来ると、彼は玄関まで送ると言う。そして根上がりのした暗い小道を家まで一緒に歩く。

大きなお屋敷だ、と家に着くと彼は言う。こりゃすごい。

明かりはまだ点いている。みんな起きている。当然と言えば当然だ。彼らは吸血鬼のように昼間に寝ているのだから。

鍵は開いてる、と彼女は言う。ここのみんなは鍵を掛けるタイプじゃない。

懐が広い、と彼は言う。

いつか、と彼女は言う。この家は私のものになる。いつか私が買い取る。

きっとそうなる、と彼は言う。きっと君はそうする。

彼は彼女の唇にキスをする。

もしも家に鍵が掛かっていたら、ここに戻ってきて、と彼女は言う。ここで寝ればいい。

親切にありがとう、と彼は言う。

彼はクリスマスおめでとうと彼女に言う。

足音が聞こえなくなると、彼女は玄関の扉を開け、中に入る。そして階段の下に立ち、このままベッドに入ろうかと考える。しかし考えを変える。彼が戻ってくるかもしれない。起きたまま三十分、待っていよう。彼女はその足でキッチンに入る。そこにはマリファナの煙が充満し、煙に酔った人がたむろしている。午前三時十五分という時刻に、誰かがギターをつま弾き、女の子が皿を洗っている。

ソフィアがどこに行っていたか、誰も訊かない。

彼女が外に出ていたことにおそらく誰も気づいていないのだろう。

彼女は湯たんぽを用意するため、やかんを火にかける。

男の人に会った、と彼女はアイリスに言う。

神に感謝しなくちゃ、とアイリスは言う。

こんな辺鄙な場所に来たのは、穴の開いた石の彫刻を作った芸術家が大好きで、その人がセントアイヴズに暮らしてたからなんだって。セントアイヴズってこの近く?と彼女は言う。彼は落ち込んでた。チャーリー・チャップリンが今日死んだそうよ。ていうか、昨日だけど。クリスマスに。

チャップリンが死んだ?

テーブルを囲む人の間にその知らせが行き渡る。

ああ。

アメリカに食い物にされた男。

すばらしい同志。

『独裁者《グレート・ディクテーター》』、とアイリスは言う。偉大なる映画《グレート・フィルム》。

アイリスはマスコミによる新たな独裁について語り始める。そして読者をプロパガンダの奴隷としてタブロイド紙が搾取する新たな封建制度についても。

ソフィアはあくびをする。

男の一人——シャツの襟が汚れて、髪の毛は長くてよれよれで、頭頂がはげているせいで少し中世の修道僧みたいに見える——が、この近くに住んでいた芸術家の名前はヘップワースで、彼女も核兵器に反対していたと言う。ソフィアは心の中であきれた顔をする。この人たちは誰の話をするときでもそう言うのだろう、と彼女は思う。特に亡くなった人の場合は。この人たちは、偉い人やいい人が自分で信条を口にできなくなった途端に、みんな自分と同じ側の人間ということにしてしまうのだ。

普通に論理的思考と理解力を備えた人なら誰でも核兵器の必要性が分かるはずだから、正直、それは嘘だと思う、と彼女は声に出して言う。

部屋にいる全員が彼女の方へ顔を向ける。その様子はまるで、体をまったく動かさずに頭だけを不自然に回転させるフクロウのようだ。

当たり前でしょ、と彼女は言う。よその国が核兵器で攻撃してくるのを防ぐには、私たちにも核兵器が必要。簡単な数学よ、同志の皆さん。

彼女は数か月ぶりに、自分に勇気と機知が具わっていると感じる。面と向かって彼らを〝同志〟と呼んでやった。

どっちにしても、その死んじゃってもう口の利けない芸術家が、生きてたときに反核兵器の信条を持っていたことなんか証明のしようがないと思う、と彼女は言う。

彼女が核兵器に反対してなかったという主張はありえない。僕らには君の言ってることは間違いだとしか言えない。実際そうだったんだから、と彼らは言う。作品を見ても明らかだ、と。

そして有名人の名を他にも挙げる。一人の女性はマウントバッテン卿（ビクトリア女王の曾孫で英国の海軍元帥（一九〇〇―七九））の名前まで持ち出す。まるで軍人であったマウントバッテン卿自身が核兵器反対であったかのように。王族で軍人だった人物がそこまで愚かで近視眼的で盲目なはずがない（マウントバッテン卿は実際、核武装の効力に懐疑的だった）。

この子にもいずれ分かる、とアイリスは言う。長い目で見てやって。

ソフィアは先ほどキスをしたばかりの唇を尖らせる。

彼女は湯たんぽに湯を入れ、やかんをコンロに戻す。列になって温かい飲み物を待つ一人がやかんを振り、お湯の残りがほとんどないことを皆に音で教える。

ソフィアは気にしない。

期待していなかったにもかかわらず、今までいちばん素敵なクリスマスを過ごすことができたのだから。

彼女はダンテ、ブレイク、キーツについて知っている男に出会った。男は言葉そのものが魔法であるかのようにしゃべり、彼女に謝った。彼女の感情を悟り、それに対して頭を下げた。男はヒイラギの葉越しに彼女を見て、いろいろなことを語った。芸術、詩、劇場を語り、希望を体現する緑色の服を描写した。

彼女はエリザベス朝時代から生えている木にもたれて座った。彼女の頭は、鎧をまとって踊りながら頭の先が浸かるまで水の中に進んでいく踊り子のことでいっぱいだ。娘たちは水面下で、釣り針の先に付いた一閃の光を待ち構えている。

まだ時間は早いので外は暗かった。外国人の娘は一眠りするために納屋に戻った。アーサーも同じ場所で寝ていた。姉は最上階で眠っていた。

ソフィアは自分の部屋に戻り、扉を閉めた。それから衣装部屋を開け、床に並べられた靴を一足ずつ取り出した。それだけでかなりの時間がかかった。彼女は靴が好きだ。たくさんの靴を持っている。靴大好き人間だ。

彼女は衣装部屋の床板をめくった。

そして両手で石を取り出した。ずっしりと重い。暗闇から朝日へと移行する薄明かりの中では、血管が滑らかに走っているように見える。色は淡い赤／茶色。ローマのパンテオンで上部の内壁に用いられている素材とよく似ている。ソフィアは実物を見たことがある。ルネサンスの芸術家ラファエロの亡骸《なきがら》を収めた石棺が片隅に置かれている古代の教会。建物の扉が開いた瞬間から一日中、たくさんの人が携帯とカメラでその石棺を写真に撮る。扉は背が高く重いので、開けるときにはいつも不自然な静けさが漂う。常ににぎやかな建物だが、扉を開けるときだけは静まり返らざるをえない。普段はいつも人でごった返し、ソフィアに言わせれば、下層の装飾もうるさいくらいごてごてしているのだけれども。

しかし、視線を上げ、建物の上の方を見るとすべてが簡素化されて、最後はほぼ何の飾りもない、四角の中に四角が彫られただけの白い石に至る。そしてドームの中心には幻のような丸い開口部がある。外そのもの。光。屋根代わりになるのは空だけ。

パンテオン。

万神殿。

あれは何だったたっけ？　美しい昔の詩にあったフレーズ。五月の雪のように融けるもの。まるでそんな冷たいものはなかったかのように（ジョージ・ハーバートの詩に「悲しみは融ける／五月の雪のように／まるで……」というフレーズがある）。石が冷たいのは確かだ。ぬくもりが伝わるまでは。この石の玉は元々暖かい国から来たものだろう。違うのかしら？　イギリス北部でも大理石に似た石が取れると誰かがラジオで言うのをソフィアは聞いたことがある。ラジオの女は石には匂いがあるのだと言っていた。北の方で取れた石は腐ったような匂いがすることがある。なぜなら石の一部は昔生きていた貝が腐敗してできたものだからだ。だから石を割ったとき、匂いが空気中に放たれるのだ、と。

彼女は石を鼻に近づけた。衣装部屋と自分の香水の匂いがした。

彼女は石を頬に当てた。

その表面には傷がなかった。

窓の向こうに見える早朝の空は既に明るかったが、車の音は聞こえなかった——時間が早いのでまだ。代わりに聞こえたのは冬のカラスの声と、その合間に聞こえる鳥のさえずり。鳥の声はまるで二つの前線が出会ったかのようで、古い季節の半ばで準備を整えつつある次の季節が最初の挨拶をしているみたいだった。

彼女は石を薄葉紙《うすようし》に戻した。薄葉紙はかなり新しいものだった。クッション代わりの最後の薄葉紙は金色の小さな蛾の群れの餌になっていた。そのことを思い浮かべるたびに彼女は笑った。顔を上げて衣装部屋にかかる服を見て、振り返って部屋を見回した。蛾が紙を食べたいなら好きなだけ食べればいい。この家全体もいずれは倒れ、ぼろぼろになるだろう。そうなったとき、残骸の中心には何があるか?

石。美しく、変わることのない石。

彼女は床板をはめ、まず靴を一足戻し、次の一足、さらに一足と片付けていった。


一九八五年七月、爽やかな火曜日の昼前。ロンドンのグレートポートランド通り。

君かい?と彼は言う。君か!

あなた、と彼女は言う。ダニー。

ソフィー、と彼は言う。あのときもらった住所。あれはなくしてしまったんです。

私もあなたの住所をなくしてしまった、と彼女は言う。

あのメモはポケットに入れてたんですが、次に見たときにはなかった、消えてたんです、と彼は言う。あのときは参りました。

きっと犯人はコーンウォールね、と彼女は言う。

犯人?と彼は言う。

それかデヴォン、と彼女は言う。

ああ。ハ!　ハハ、と彼は言う。よく覚えてますね。それにしても、君は全然変わらない。というか、記憶の中にある君よりも君らしくなってる。とてもきれいだ。

いいえ、そんなことはない、と彼女は言う。あなたこそ。

私は年を取った、と彼は言う。

変わらないわ、と彼女は言う。

デヴォンは大学に進学して、コーンウォールはつい先日、大学進学試験を終えましたけどね、と彼は言う。

彼女は笑う。

あなたはまったく変わらない、と彼女は言う。

チェイ《CHEI》・ブレス《BRES》の意味も分かりましたよ、と彼は言う。

何の意味ですって?と彼女は言う。

屋敷の名前ですよ、と彼は言う。コーンウォール語です。当たり前ですけど。

コーンウォール語まで勉強したんですか？と彼女は言う。

ああ、いいえ、と彼は言う。昔と同じ、ドイツ語とフランス語とイタリア語だけ。頑張れば少しはヘブライ語も読めますが、コーンウォール語はできません、全然。でも、調べてみました。精神の家、頭の家、魂の家みたいな意味です。魂の館。当時、一九七八年に調べました。いつか話そうとずっと思ってたんです。

うん、と彼女は言う。

うん、と彼は言う。

聞かせてもらいました、と彼女は言う。

ええ、と彼は言う。

ありがとう、と彼女は言う。あなたがそれを覚えていたというだけで驚きだわ。

忘れられるわけがありません、と彼は言う。今、どこに向かってるんですか？　できれば一緒に、その、コーヒーか何か一緒にどうです？

会議があるんです、と彼女は言う。でも、まあ——。

ああ、そうですか、と彼は言う。まあ、それなら、またいつか——。

いいえ。大丈夫です。ていうか、会議は出なくても大丈夫、と彼女は言う。

二人はタクシーに乗る。私の家はクロムウェル通りにあります、と彼は言う。一九六〇年代に安く買いました。今なら驚くほどの値段だろう、と彼女は思う。窓は大きく、間仕切りの少ないスペースにいろいろな部屋が詰め込まれていた。リビングの上が寝室、下がキッチン。棚には本と美術品がたくさん並び、隅々まできれいに整えられていた。二人がしたセックスは（玄関の扉を閉めた途端に始めたのだが）彼女がそれまでに経験した中で最高のものだった。それはセックスと似ていなかった。やられてるとか突っ込まれてるとかいうのではなく、声を聞いてもらい、姿を見てもらい、注意を向けてもらっている感覚。単なるセックスではなく、今までに体験したことのない、それを表現する言葉をまだ知らない何か。彼女は言葉にできない何かを経験する。

この言い方はずいぶん乱暴だ。経験した出来事を言葉で理解する？　彼女が言いたいのはそういうことではない。彼女が言いたいのは、言葉にするとそれがつまらないものになってしまうということ。あるいは別物に変わってしまうということ。

その後、通りを歩いて家に帰る途中、頭に再び言葉があふれてきて、彼女はそれに圧倒され、破壊されるだろう。突風で屋根を吹き飛ばされ、壁が倒れ、開けっぴろげになった気分。ひょっとすると開けっぴろげになりすぎたかもしれない。というのも、今歩いているところはずいぶんくたびれた通りだけれども、彼女にとっては生命に満ちあふれているからだ。足元にはただの舗道しかないが、その舗道は美しい。普通、舗道なんて美しくないのに。そしてバス停小屋も美しい。みすぼらしい建物も美しい。美しいファストフードの店。驚くほど美しいコインランドリーには見知らぬ人がたくさんいて、夕日に照らされた彼らの顔は、そう、実際にはそうではないことは分かっているのだけど、でもこの瞬間は、信じられないほど美しい。

しかし彼女は今、裸でソファーに横になって、部屋の壁に並べられた美術品を眺めている。彼は何か食べる物を作りに下のキッチンへ行った。美術品の一部はとても現代的に見える。原始的に見えるものもある。立っているように見える、穴の開いた小さな石もそうだ。『ふくろう模様の皿』に出てくる石みたい（アラン・ガーナー『ふくろう模様の皿』には、ウェールズに実在する穴の開いた石が登場する）。彼が部屋に戻ってきたとき、彼女はそう言った。

ええ、と彼は言う。彼女らしい技法です、ヘップワースの。作品に穴を開ける。今君が言った通りのことを皆に考えさせるために。時間とか古代のものとか。でも同時に、作品に実際触れてほしいという考えも持っていた。作品が物理的で、感覚と結び付いた、直接的な存在だと皆に感じてもらうために、と彼は言う。

美術館は作品に触れることを絶対許さない、と彼女は言う。

なおさら残念なことだ、と彼は言う。

高いんじゃないですかこれ？と彼女は言う。ていうか、この二つのセット。高いんでしょうね？

分からない、と彼は言う。こういうものは芸術家が死んだ後、決まって値が上がる。彼女が死んでから十年になりますからね。私はただこれが気に入っただけです。それだけで世界と同じ価値がある。

これは母親と子供のペアなんです、と彼は言う。小さい方が子供の石、大きい方が母親。大きい方には穴と平らな面があって、小さい方の石がそこに収まるようになってる。

ヘップワースは顔や劇《ドラマ》には飽き飽きしていて、普遍的な言語を探していたんです、と彼は言う。

世界そのものが使っている言語をね、と彼は言う。不必要なことをくどくど議論している人類だけじゃなく、地上であらゆるものが話しているさまざまな言葉と共通する言語。

彼女は石の方に手を伸ばす。

いい？と彼女は言う。

ええ、と彼は言う。ぜひ。

彼女は丸みのある小さい方の石を手に取る。乳房のような曲線に囲まれ、重い。彼女はそれを両手で大事に持って元の場所に戻す。次に大きな方の石に開いた穴を指でなぞる。それはただの、石に彫られた丸い穴だ。でも何かすごい。意外にも、触るだけで楽しい。

穴がたくさんあったらいいでしょうね、と彼女は言う。そうしたら、口には出せないありとあらゆることが、放っておいても流れ出るから。

深い解釈だ、と彼は言う。

自分の考えを深いと言われて、彼女は赤面する。

彼女は彫刻の周囲を歩く。それは人に周囲を歩かせる。違う側から穴を覗かせ、違った角度から違うものを見せる。何かの内側と外側を同時に見るのにも似ている。

しかし彼女はそうは言わない——分かったふりをしていると思われるのが嫌だから。

それは石だ。片方に穴の開いた、ただの二つの石。

彼女は再び腰を下ろし、彼の体を肘掛け椅子のようにしてその腕に抱かれる。

あの話を知ってるかしら、と彼女は言う。傑出した芸術家と王様の話。王様が芸術家のもとに使いの者をやって、完璧な作品をこしらえてくれって言ったら、芸術家は円を描いた。ただの円、それだけ。でもそれは完璧な円だった。彼はそれを使いの者に渡して、これを私からと言って王様に渡してくださいって言ったという話（実際にジョットに使いを出したとされるのは教皇ベネディクト十一世。本書四〇―四一頁も参照）。

ジョットという芸術家に関する昔話ですね、と彼が耳元で言う。

ああ神の祝福を《ブレス・ユー》、と彼女は言う。

さっきのはくしゃみじゃありません（イギリスでは、くしゃみをした人を気遣って「お大事に」の意で「神の祝福を」と言う習慣がある）、と彼は言う。芸術家の名前がジョットというんです。

分かってる、と彼女は言う。ていうか、くしゃみじゃなかったことは分かってる。私が神の祝福を《ブレス・ユー》って言ったのはそのままの意味。一種の〝ありがとう〟よ。

何に対する〝ありがとう〟？と彼は言う。

私が話していることを知っててくれたことに対して、と彼女は言う。それが第一。第二に、その話が本当だと教えてくれたことに対して。単なる伝説じゃなくて、本当にそういう人がいたってことを。小さな頃から知ってた話だけど、本当だとは知らなかった。

本当だと知ってるわけじゃありません。おそらくは作り話《アポクリファ》、と彼は言う。でも誰だってそうじゃないかな？　私たちはみんな作り話《アポクリファ》だ。

彼女は彼に、やって来る彗星や星の写真を撮るために科学者がジョットという名前の探査機を宇宙に打ち上げたと話す。

ちょっと待ってて、と彼は言う。

そしてさまざまな言語の本がずらりと並ぶ窓際の本棚まで行く。太陽の光が何も羽織っていない彼の肩に当たる。

ジョット、と彼は言う。

そして微笑む。

私に神の祝福を、と彼は言う。

ついさっきまで睦まじくしていた人が立ち上がって本棚に本を取りに行き、それを読まされるなんて本当に興ざめとしか思えない。でも実際にはその逆だ。彼はソファーの横にひざまずき、本を開く。

七月にクリスマスの絵も妙ですが、と彼は言う。

青がきれい、と彼女は言う。

それに赤も、青の中の金も、と彼は言う。あの星。火をまとった氷。氷と埃と核。マリアの外套も全部青だったはず。色が剝げ落ちてますがね。星もおそらくもっと明るい色だった。元々は。最初がどうだったか、想像するのは難しい。このショーの花形《スター》は星《スター》です。つまり、彗星。これはハレー彗星を描いた最初期の絵だと言われています。

また戻ってきますね、と彼女は言う。来年。私は十三歳の頃からずっとこの彗星を待ってた。

彼女は完璧な円を描いた芸術家の作品が掲載されたページを見る。絵の中には、うれしくて笑っているように見えるラクダがいる一方で、人間と天使は皆、とても深刻な顔をしている。贈り物を携えた王たち。王の一人は幼子の足に口づけをしている。

皆が狭い崖の上でバランスを取っているように見えることに彼女は気が付く。そして絵の縁に沿って指を動かす。

見て、と彼女は言う。ここはコーンウォールなんだわ。

彼は笑う。

実は彼らがいるのはパドヴァなんです、と彼は言う。というか、絵があるのはという意味でね。行って実際に見ないと駄目ですね。新たなジョットがハレー彗星を見つける前に、私たちが最初のジョットの彗星を見よう。そうしよう。見に行こう。イタリアに行こう。

イタリア?と彼女は言う。

明日、と彼は言う。今晩でも。

イタリアなんてそんな急に行けない、と彼女は言う。

うん、オーケー、と彼は言う。じゃあフランス。パリに行こう。一日か二日。本気です。ぜひ見たいものがいくつかあるんです。

パリ、と彼女は言う。

どうです?と彼は言う。遠くありませんよ。イタリアほど遠くはない。一緒に行きませんか?　どうです?

仕事がある、と彼女は言う。

仕事なら私もある、と彼は言う。

そして彼女に微笑みかける。

あなたって、瞬間瞬間に生きる人なのね、と彼女は言う。
そうですね、と彼は言う。それって褒められてるのかな？
イエスでもありノーでもある、と彼女は言う。
二人は本を開いたまま、下に置く。
そして再び、言葉を使わないことをする。
それは彼女の体の隅々まで行き渡る。
それはあまりによすぎてぞっとするほどだ。
この人との関係には注意しないといけない、と彼女は思う。正気を失わないために。

一九八一年の、昼間がいちばん短い日。一九七八年以来で最も雪の多い十二月。そして湿度が高く冷え込み、靄のかかった月曜の朝。空軍基地メインゲート前でキャンプしていた人たちは、ブルドーザーの音で目を覚ます。

キャンプ地の周辺はすっかりならされている。抗議者を無視してその足元で新しい下水設備を整えることを当局は決めていた。

冗談じゃない。

キャンプのメンバーの一部はブルドーザーの前と後ろの地面に座り込み、動くことを拒む。

作業は止まる。

抗議者は基地の司令官に、下水道整備はさせないと伝える。

彼らは互いにこっそりと、不意打ちを避けるために明日からはもう少し早起きをしようと言う。

キャンプに暮らす抗議者の数は今おおよそ六名から十二名の間で変動し、まだ男も女もいるが、まもなく女ばかりになる。この決定はこの後数か月間から数年間、さまざまな議論を生むことになる。

緊急避難所として青いプレハブ小屋《ポータキャビン》がある。しかしそれは長続きせず、遠からず解体され、運び去られる。

プラスチックと防水シートと木の枝で作られた共用エリアがある。人は外部からそこに来て、話をする。そこは他よりも少しだけ風雨が当たらないので、人が座れるようになっている。しかしそれも長続きはしない。

地元に何人か親切な人がいて、抗議者にバスルームを使わせる。道の反対側から引いていた水道を基地の司令官に止められたときには、それが命綱となった。そこで抗議者たちは水道局に手紙を書いた。水道局は今、毎月の料金を請求している。

まもなく抗議者の数は想像を超えるだろう。女たちはカラフルな毛糸とリボンをフェンスに結び付け、複雑に編んでゲートをふさぐ。毎晩のようにワイヤーカッターで境界のフェンスに穴を開けて基地に侵入し、迷惑行為の罪で裁判所に送られて、罰金と禁固を科された後でキャンプに戻り、またフェンスに穴を開ける。

まもなくフェンスにはほぼ常に穴が——抗議者が新しく作り、歌う歌と同じ数だけ——開いている状態になる。実際、キャンプでは数多くの歌が作られるので、それを書き留めようとすると百ページを超える。ねえ少佐《メイジャー》、ねえ少佐《メイジャー》、フェンスに穴が開いちゃった（「ねえライザ、バケツに穴が開いちゃった」で始まる既出の童謡の替え歌）。じゃあ直せ、なあ兵卒。でも女たちがフェンスを切るんです、ねえ少佐《メイジャー》、ねえ少佐《メイジャー》。じゃあ逮捕しろ、なあ兵卒。それでもやめません、ねえ少佐《メイジャー》、ねえ少佐《メイジャー》。じゃあ撃て、なあ兵卒。でも女たちは歌を歌っています、ねえ少佐《メイジャー》、ねえ少佐《メイジャー》。軍と警察はまもなく、歌を歌う女の集団による抗議に対して自分たちが打てる手はほとんどない——そんなことをすれば、自分たちの行動の核にある野蛮さと恥を表に出すことになる――と悟るだろう。
このときからわずか二年足らずで、最初の巡航ミサイルが配備される。
このときからわずか一年足らずで、みぞれの降る十二月の日曜に、イギリス中から集まった三万人の女たちが基地のフェンスを取り囲むことになる。十四キロにわたるフェンスと十四キロの人間。女たちは手をつなぎ、人間のフェンスを作る。

チェーンメールがこの活動を組織する。基地を囲もう。この手紙を十人の友達に送ってください。その友達にもまた、十人に手紙を送るように頼んでください。

抗議者は自分たちのことを、〝人々に目を覚まさせる役〟と考えている。

危険を見ることができない数百万の世界の人たちは雪の反射で目が見えなくなっている、あるいは極地を旅している途中で誤って横になり雪の中で眠りそうになっている探検家みたいな状態だと、女たちは考える。抗議者は後に、自分たちがやっていることの切迫性を世界に説明しようとする際、特に好んでこのたとえを用いるだろう。

目を閉じたらもうおしまい。

しかし今はまだ、最初のクリスマスの一週間だ（そしてこの場所では、二十一世紀に入るまでクリスマス週間の抗議が続くことになる）。郵便配達員は郵便を届けてくれる。抗議者はお湯を沸かして、配達員にお茶を淹れる。彼がお茶を飲むとき腰を下ろす椅子はまもなく、執行吏の粉砕機でこなごなになる。しかし今はまだ椅子だ。

椅子がなくなったら？

地面に座るだけのこと。

メインゲートへ続く道路を拡幅して基地に出入りする車両のアクセスを改善するという名目で軍当局がこのキャンプを完全に潰し、再建を不可能にするときがいずれやって来る。

抗議者たちは最初のキャンプがあった場所から少しだけ移動して、新たな場所に拠点を構える。

年が明けて数日が経ったロンドン。アートはがらんとしたアパートでベッドに横たわり、シャーロットから夢の話を聞かされたときに自分が何の役にも立たなかったことを思い起こして小さくなっているだろう。シャーロットは鶏肉用のはさみで胸を切り開く夢を何度も見ていた。普段から何の役にも立たない彼だが、そのとき役に立たなかったことは特にこたえるだろう。そう、はさみで胸を切り開かれるような気分だ。

彼は画面を見るのをやめて立ち上がり、部屋の反対側まで行って、夢を見たという彼女をそのたびに抱き締めればよかったと思うだろう。そのときその場で抱き締めるだけでよかった。実際には何もしなかったのだけれど。何もしなかったというのより、もっとひどい。彼女が何かを感じたことに対して、彼女がそれを言葉にしよう、イメージにして表現しようとしたことに対して軽蔑を覚えていたのだから。

彼はパートナーがそんな夢を見たと言ったときには、**心配しなくていいよ、僕が治してあげる、ちょっと待ってて**と言って、外科医のまねをして架空の針と糸で傷口をジグザグに縫うふりができる男でありたかったと思うだろう。せめて傷を縫うしぐさだけでも。

そうすれば少なくとも、自分に目が向けられていると彼女は思っただろう。

一月の半ばに彼が実際にするのは、シャーロットに手紙を書くことだ。彼はその中で、〝自然《アート・》の中のアート《イン・ネイチャー》〟のブログのドメイン、管理、作業をもしよければぜひ君に譲りたいと言う。実はこのブログは自分には向いていない、君にはその力があるし、今後も続けていける、と彼は書くだろう。君には優れた才能がある、と。そして彼は〝愛してる〟という言葉で手紙を締めくくる。

彼はＳＡ４ＡエンタにもＥメールを書いて、一度会社の人と直接話を——会社と社内における自分の役割について、ざっくばらんに——してみたいと頼むだろう。

シャーロットはとても優しい返信の中で、ノートパソコンに対して自分がやったことについて謝罪し、新品を買うことを申し出るだろう。彼は返事を書いて礼を言い、新しいノートパソコンはありがたいと言う（彼は失礼のないよう、メーカー、モデル、ＯＳを指定したい衝動にあらがう）。

数日後、シャーロットはブログを投稿するだろう——テレビや映画のドラマで神の目としてドローンカメラがクレーンショットに取って代わった、と。それは本当に優れた記事だ。〝自然《アート・》の中のアート《イン・ネイチャー》〟の閲覧回数は爆発的に増えるだろう。彼女が次に投稿するブログは、服から唾液にいたるまですべてのものにマイクロプラスチックが混じっているという内容だ。その次には、国会における女性差別に関するブログ。

ＳＡ４Ａにメールを送ってから三十分もしないうちに、いつものようにフレンドリーなＳＡ４Ａのボットからいつもの返事が来るだろう。それはフレンドリーに彼に呼びかけ、ＳＡ４Ａのエンターテインメント部門の連絡先に関する情報としてＳＡ４Ａのウェブサイトのリンクを送ってくる。

彼はまた返事を書き、上司に直接挨拶をしたいので、ボットから現実の人間に話を回してほしいと依頼する。

それから三十分もしないうちに、いつものようにフレンドリーなSA4Aのボットから、SA4Aのエンターテインメント部門の連絡先としてSA4Aのウェブサイトのリンクを含んだ、いつもの返事が来るだろう。

彼はそのウェブサイトに行く。そして〝連絡を取る〟をクリックする。

すると彼が先ほどからずっとやりとりをしているフレンドリーなボットのEメールアドレスが表示される。


不可能なことをやってみよう。冬の結露で物理的にはまったく向こうが見えない納屋の窓ガラスの奥を覗いてみると、ラックスが間に合わせに作った寝床でアートが寝転んでいる。ラックスはその脇に置かれた木箱の上であぐらをかいている。

十二月二十六日の朝、もうすぐ十時だ。アートは目を覚ましたばかり。ラックスがマグカップに入れたコーヒーを持ってきてくれている。伯母さんがキッチンで朝食を用意している、とラックスは言う。お母さんと伯母さんは口喧嘩をせずに同じ部屋にいる、と彼女は言う。それから、ダイニングには海岸線の風景なんてない、ダイニングにもキッチンにも、今朝見てきたどの部屋でもそれらしき海岸線は見えなかった、と。

　でも見えたんだ、とアートは言う。部屋の中に。僕らがいた場所で。頭の上に。まるで誰かが海岸の一部を切り取ってきて、僕らのいる部屋に上からちゃぽんと突っ込んだみたいに。僕らがコーヒーで、海岸がビスコッティ（イタリアの焼き菓子で、コーヒーに浸して食べることが多い）みたいに。その下であの二人は口喧嘩をして、君はただそこにじっと座ってて、頭の上にそんなものがあることに誰一人気づいていなかった。

　海岸線が夕食をとりに来た、と彼女は言う。

　彼は頭を掻く。そして親指を他の指とこすり合わせて、彼女に指先を見せる。

髪の中にまだ少し砂利が残ってる、と彼は言う。な？　酔っ払ってたわけじゃない。本当に見たんだ。本当にそこにあった。

　まるで世界に頭をぶつけちゃったみたい、とラックスは言う。例の辞書博士みたいね。

　例の何？と彼は言う。

　足で大きな石を蹴って現実が現実だと証明した人、と彼女は言う。現実は物理的に存在してるって証明した。〝かくして私は論破する〟って言った人。

　誰？とアートは言う。

　文学博士、と彼女は言う。辞書を書いた人。ジョンソン。ボリスじゃないジョンソン。ボリスの正反対（ボリス・ジョンソンは現英国首相。ラックスが言っているのはサミュエル・ジョンソン（一七〇九―八四））。自分の利害《インタレスト》のせいで言葉から意味が失われてる人じゃなくて、言葉の意味に興味《インタレスト》を持った人。

どうしてそんなに何にでも詳しいの?と彼は言う。本とか辞書とか。シェイクスピアとか。シェイクスピアについては僕より詳しい。

私には半学位がある、と彼女は言う。

はんがくい?と彼は言う。

学位の半分、と彼女は言う。毎日図書館で過ごしてるし。いや。以前は。過ごしてた。

それで、君は何も見なかった?と彼は言う。本当に何も見えなかった?

私の知る限り、地球は動かなかった。と彼女は言う。私に見えたのは部屋と、そこにいた私たちだけ。私は部屋にいたけど、海岸も、陸地も、あなたが言っているようなものは部屋の中で見なかった。うん。

医者が要る、と彼は言う。

医者がいるのが見えるの?と彼女は言う。

彼女は箱の上で立ち上がり、納屋の中を見回す。

いや、医者に診てもらわないといけないってこと。休みが終わって病院が開いたら、電話で予約を取るよ、と彼は言う。

そんなに時間はかからない、と彼女はまた腰を下ろしながら言う。イギリスでは今、深刻な精神的な悩みを聞いてもらうのに平均六か月しかかからないから。

でもこの調子だと頭がおかしくなりそうだ、と彼は言う。

そして再び体を丸くして、頭から上掛けをかぶる。ラックスは箱から下りてそのそば——彼女がそこにいることをアートが感じられる場所――に座る。上掛けの上から足を握られて、彼は落ち着く。

　昨日の夜、あなたの伯母さんに私は言ったの、と彼女は言う。あなたが納屋に来て、眠った後の話。アートの目には不思議なものが見えてる、って私は言った。すると伯母さんは、それって芸術《アート》の説明として上出来だって言った。

　その後伯母さんはこう言った。アートの目に不思議なものが見えてるのは驚くべきことじゃない、私たちが生きてる時代自体が不思議なんだからって。それからこんな話をした。伯母さんは先週、駅を歩いているときに、マシンガンを持った黒ずくめの警官が四人いるのを見たんですって。警官たちはコンコースで地図を見ているお年寄りたちに、道案内が必要ですかって訊いてた。お年寄りは本当に小柄で弱々しくて、隣にいる警官の方は巨人みたいに大柄だった。それを見て伯母さんは、幻覚を見ているのか、あるいは世界がおかしくなったのか、どちらなんだろうと思った。

　でも、そこでまた考えた。これって別に新しいことじゃないのかも。実際、ずいぶん前からこの狂った世界でいろいろなものを見てきたじゃないかって。

　そこで私は違うって言った。アートが見たものは幻覚で、本当のものじゃないって。すると伯母さんはこう言った。

　目の前にあるとされているもの以外を見る能力のない人間なんて意味ある？って。

　君はどう？とアートは上掛けの中から言う。見たことある？

海岸を？と彼女は言う。さあ。代わりに私の知ってる海岸の一つを少し案内してあげる。

私が十歳の頃、母のおじの一人が家系図みたいなものを作って見せてくれたことがある。おじさんが作った人物地図の中で私はいちばん下にいた。私は自分より上にいる人たちの名前を見ていった。名前とともにどんどん時間を何世紀も遡って。そして思った。私の頭の上にこんなにたくさんの人がいる。現実に存在した人間で、みんな血がつながってて、全員が私の一部になってる。なのに私はこの地図の上にいる人たちほとんど全員のことをまったく、完全に何も知らないって。

それから何年かして、こんなことがあった。私が十七歳のとき。トロントで街を歩いている途中、クイーン通りの真ん中でふと足が止まって、そこにじっと立ってた。なぜかというと、真っ昼間なのにあたりが急に暗くなったから。そのとき初めて分かったの。私は洗濯女みたいに頭の上に入れ物というか籠《かご》を、一つではなく何百も載せてバランスを取ってるんだって。どの籠にも骨が入ってて、全体は高層ビルみたいな高さがある。頭と肩にかかってくる重さはあまりにもすごくて、どうしても荷物を降ろしたくなる。そうしないと、舗装を突き破ってそのまま地面にめり込みそうになる。アスファルトを壊すための機械があるでしょ、あんな感じ。そのとき頭の中にあったのは、とにかく暗いから懐中電灯が欲しいっていうことだけ。箱入りのマッチでもいい。小さなマッチの光があれば足元が見える、どうにかなる、バランスを整えて、頭の上の荷物を降ろして、籠の中を覗いて、敬意を払って、正しく取り扱う。誤解しないでね。そんなものが頭の上に載っていないことはちゃんと分かってた。骨もないし、籠もない。頭の上には何もない。でもとにかく。それがあったの。そこに。というか、ここに。

うん、とアートは言う。

けど、それはそれとして、とラックスは言う。あなたが昨日の夜見たものについて話をしたら、あなたのお母さんは面倒くさそうな顔をして、あなたは寝ぼけてたんじゃないかみたいなことを言ってた。お母さんはきっと毎日、地の果てで生きている数百万の人々のうちの一人なんでしょうね。

しかし上掛けに潜ったままのアートは母についての話を聞いていない。というのも、彼の耳にはごろごろいう音が聞こえ、床から伝わる脈動を感じ始めていたからだ。

ああ、大変だ。

彼は頭を覆っていた上掛けをめくる。

そして話を続けようとするラックスをしぐさで制止する。

何?と彼女は言う。

また起ころうとしているみたいだ、と彼は言う。

そうなの?と彼女は言う。

空気が震えてる、と彼は言う。地面が震動してる。

そうね、と彼女は言う。車かな。それか飛行機。

君にも聞こえる?と彼は言う。

彼女はうなずく。

彼は立ち上がり、入り口まで行って、少しだけ扉を開ける。たくさんの人を乗せた一階建てバスが一度バックをした後、がくんと前進し、納屋の前の道をじわじわと進み、家の方へ向かっている。

　バスが見える、とアートは言う。

　私にもバスが見える、とラックスは言う。

　アートは急いで服を着る。二人が家に着いたときには、バスは既に車寄せに停まり、その扉も開いている。ラックスはバスの側面を拳でとんとんと叩く。

　〝かくして私は論破《バ》スる〟、と彼女は言う。

　運転席にいる男は窓から手を出して、できるだけたばこを体から遠ざけるようにしている。

　このバスは禁煙なんでね、と男は言う。

　家には人があふれている。玄関ポーチには山のように積まれたコートとブーツ。廊下にある小さなトイレの前には人の列ができている。

　母の書斎では見知らぬ人が椅子に座り、母のコンピュータをいじっている。

　話しかけないでくださいね、と男は言う。今、テレビ電話《FaceTime》でしゃべっている最中なんで。

　女が一人、退屈そうな顔でその後ろに立っている。男は地図の座標について画面の向こうにいる誰かとしゃべり始める。

　この人は私の旦那、と女は言う。ねえ、聞いてくれます？　このクリスマスは私の人生で最悪のクリスマス。昨日は一晩中、バスの中で眠れなかった。珍しい鳥なんて私は全然興味ないのに。

女はシーナ・マッカラムと名乗り、自分と夫、そして大きくなった三人の子供、そのパートナーが全員でバスに乗り、昨日の夜、エジンバラを出発したのだと説明する。バスは途中で熱心なバードウォッチャーを拾ってきたらしい。バスの手配をしたのは彼女の夫。彼女自身は死ぬまでにカナダムシクイを見ることができてもできなくても、どうでもいいと思っている。しかし夫の方はそこに、珍しい鳥を見る可能性だけでなく金儲けのチャンスもあると見た――もしもそんな可能性があるのなら、旅でクリスマスが潰れることになっても喜んでツアーに参加する人はきっとたくさんいるだろうし、手配する人さえいれば、金に糸目は付けないだろう、と。

確かにこの人の予想通りだった、と彼女は言った。私にはよく分からないわ。イギリスには生息しない鳥が現れたというだけのことに意味を探し求める人が世間にはたくさんいるってことみたい。

夫はパソコンの画面から目を逸らしてアートにウィンクをし、お金を数えるしぐさをする。

私にとってはすごく幸せなクリスマス、とマッカラム氏は言う。

シーナという名前の女がラックスに子供たちを紹介する。アートはキッチンに入る。靴を脱いでソックスだけになった人々が中にひしめき、キッチンテーブルを囲んで温かいものを飲んでいる。アイリスはコンロの前に立って卵をゆで、別の女はトーストにバターを塗っている。

アートは勇気を出してダイニングに入る。

海岸線らしきものはダイニングのどこにもない。

オーケー。

よかった。

ダイニングテーブルの上には昨日の食事の残りが置いたままになっていて、人々は勝手にそれに手を伸ばしている。テーブルを囲む人たちはアートの正体を知ると大喜びして、彼と握手をし、礼を言う。彼と会えたことに興奮している様子だ。ある種の有名人に会えたと思っているらしい。

その鳥はどんな感じでした?と一人が言う。写真は撮ったんですか?

いいえ、とアートは言う。

でも、鳥は見たんですよね、と男は言う。

アートの顔が赤くなる。

僕は――、と彼は言う。

そして正直にすべてを話そうとする。ところがその男は、あちこちにインクで×印が付けられたコーンウォールの地図を取り出してこう言う。

分かってます、分かってます。鳥は飛んでっちゃったんですよね。ベテランの私たちでもよくあることです。でもあなたはその目で見た。とにかく、あなたがどこで目撃したのかをぜひ教えてもらいたい。具体的な場所をね。念のため。何があるか分かりませんから。私たちはこの後、マウスホールの村で、ロンドンからバスで来たグループと合流して、他の場所について情報を交換する予定です。

他の場所って?とアートは言う。

目撃情報があった場所について全部チェックするんです、それっぽい情報があった場所とか、確実な情報のあった場所とか、と男は言う。

確実な目撃情報があったんですか？とアートは言う。本物のカナダムシクイについて？

あなた今までどこにいたんです？と男は言う。ネットを見たら、そこら中にありますよ！

電波が悪くて、とアートは言う。

男は地図の上で、それっぽい情報があった四箇所と確実な情報があった三箇所を指差す。

そして携帯でアートに写真を見せる。次の一枚、さらにもう一枚。

確かにカナダムシクイに見える。背後の風景もこのあたりに似ている。

本当だ、とアートは言う。何てこった。

で、あなたは実際に見たんですよね、と男は言う。ラッキーな人だ。伝説のカナダムシクイ。大西洋のこちら側でそれを実際に見た数少ない人間の一人。

まあ、とにかく、と言いながらマッカラムという名の男が部屋に入ってきて、アートの肩に腕を回す。私たちはあなたほど運がよくはないかもしれませんが、海の方にはもっとたくさんの鳥がいますからね。マウスホールという村に行けるだけでもとても楽しみですよ。

シーナという名前の女があきれた顔をする。

力を貸しましょうか、とアイリスが彼女に言う。私の中にはまだクリスマス気分が残ってるから。付いてきて。

ああ、よかった、起きてたのね、アーサー、と母が言う。せっかくだからこのお客さんたちが海の方に向かう前に、納屋にある商品を見てもらおうかと思うの。

かなりの人数が母の後に続いて外へ出る。

しかしアートは急に心配になる。それほどの自然愛好家、自然思索家だということになっているのなら、僕はみんなと一緒にバスに乗ってカナダムシクイを探しに行くべきではないのか？大西洋を命からがら渡ってきた珍しい鳥が一生に一度見られるかもしれないというのに、どうしてもっと興奮しないのか？

しかしバスとバードウォッチャーたちに関して彼が頭を悩ませているのはそのことではない。彼が本当に心配しているのは、北からバスに乗ってきたこの人たちがロンドンから来るグループと会うということだ。もしもラックスが何かの拍子に、ロンドンから来たグループに声を掛けて、一緒にバスで向こうに帰ってしまったらどうしよう？

彼女はきっと、彼らと一緒に帰りたがるはずだ。

明日を待たずに今日、ここを出ていくチャンスなのだから。

彼女だって、実際には存在しない海岸線を幻視するようなネジの外れた男とこれ以上関わり合いにはなりたくないだろう。客に向かって〝お呼びでない〟と言うようなネジの外れたその母親とも。

そもそもここではベッドさえ与えてもらえなかったのだから。

僕が彼女なら、きっと出ていく。

ラックスが今どこにいるのか、彼にはまったく分からない。二人で家の方に戻ってきてから、彼女の姿は見ていない。ひょっとしてもうバスに乗ってしまったのか？

あまりにもリアルなバスに？

彼はそこまで行って中を覗く。

バスの中に彼女はいない。バスの中にいるのは運転手だけで、アートにたばこを差し出してくれる。いいえ、結構です、とアートは言う。でも、マッチが二、三本あったら分けてもらえませんか？

彼は家の階段を上がって天井裏部屋を調べ、すべての空き部屋をチェックする。それからまたダイニングと書斎を覗く。そして窓から裏庭を見て、庭と野原を区切るフェンスのところまで行く。彼は人の声がする家の方へ戻り、ロビーを覗き、最後にキッチンに行く。そこではアイリスが流し台の前に立って、シーナという名前の女が差し出す携帯用酒入れ《ヒップフラスク》に甘い匂いのする酒を注いでいる。

アイリスがそんなことをしているのを見た人の間ですぐに噂が広まり、皆が携帯用酒入れ《ヒップフラスク》と空《から》のペットボトルを手に、行儀よくアイリスの前に列を作る。

バードウォッチャーたちはそれからさらに三十分ほど屋敷にとどまる。その後、カメラを持ち、コートを羽織り、ブーツを履き、大きな声で礼を言って、バスに戻る。バスは車寄せで何度かハンドルを切り直して、家の壁には二度ぶつかっただけで向きをすっかり変え、木々に囲まれた小道を車体を揺らしながら戻っていく。中に乗った人々は家が見えなくなるまで後部の窓越しに手を振る。

シーナという名前の女は納屋に置かれていたスプリング式アームランプを振っている。

扉の前でアートの横に立っていた母は、バスが去ると、握っていた手を開く。そしてアートに札束を見せる。

ボクシングデー（かつて使用人などに贈り物を与えていた十二月二十六日のこと）の大売り出し、と彼女は言う。閉店特価。あなたの恋人にはバイオリンばかりじゃなく、商売の才能もあるって知ってた？

ボクシングデーの午後遅く。外はもう暗い。だからもう夜だ。部屋には冬が夢見るぬくもりがある。アートは椅子でまどろんでいる。ラックスは床に座り、彼の脚にもたれている。その様子はまるで、居間の暖炉の前でくつろぐ恋人か本物のパートナーのようだ。頭の中のクリスマスを再現したようにさえ感じられる。

アートの母は子供の頃クリスマスの朝一番にどのテレビチャンネルでもやっていた番組のことを伯母と（ごく理性的に）話している。病院の子供病棟からの生中継。まるで自分より不幸な人がいると思い起こさせるかのような、あるいは入院していない自分は運がよいと思わせるような、あるいはクリスマスに病院にいる子供を心配できるのは幸運だと感じさせるような番組。

別に私たちがそういう番組を観ていたわけじゃないけど、と母は言う。でも、たとえテレビを消していても、それでも頭の奥の方で、自分は病院と縁のないクリスマスを過ごしているけど中には入院している子供もいるんだとは思ってた。そんなふうに思うことにはいい部分もあった。

相変わらずカトリック的、とアイリスは言う。

それはイエスでもありノーでもある、と母は言う。だって、ああいう番組はみんなの役に立ってた。私たちが望もうと望むまいと、他人のことを考えるきっかけにはなったんだから。番組としてはかなり出来が悪かったかもしれない。クリスマスにテレビカメラやマイケル・アスペル（英国のテレビ司会者）が来る病院にたまたま知り合いがいるとかじゃなければ。もしそうならもっと関心を持っただろうけど。そして本当に気に懸けただろうけど。

私たちが小さかった頃、父さんが話をしてくれたのを覚えてる、とアイリスは言う。あなたはまだ小さかったから覚えてないかもしれない。第一次世界大戦の後、クリスマスに父さんがお爺さんに連れられて退役軍人たちのいる病院に行った話。昔のテレビ番組の気風みたいなものは、ひょっとするとああいう戦後の病院見舞い——戦後という時代——に起源があるのかもしれない。

基本的に、とアートは半分眠っている頭で考える。今では誰も敢えてそんなことは口に出さないけれども、戦争に行っていた人はきっと狂気に近い状態だったのだろう。パイロット用ヘルメットをかぶって威勢よく戦闘機のコックピットに乗り込むケネス・モア（従軍経験もある英国の俳優で、『殴り込み戦闘機隊』（一九五六）ではは両脚を失うパイロットを演じた）——両脚は切除したけれども——みたいな人間というより、どちらかというと、『カンタベリー物語』という映画に出てくる狂人——軍隊にいるなよなよした兵隊の頭に次々と糊をかけて回る男——に近かった。

そういえば、父さんがこんな話をしてくれたのも私は覚えてる、とアイリスは言っている。最近では誰も言わなくなった話だけど。あの戦争の後、政府はマスタードガス攻撃の犠牲になったたくさんの人とその家族に対して嘘をつくようになった。みんなが病気になったのはガスのせいじゃない、原因は結核だったって。傷痍軍人やその家族に国が年金を払わなくても済むように、政府はそんなことを言った。

　母は鼻を鳴らす。

　そして言う。いかにもアイリスらしい反政府的おとぎ話ね、と。

　アイリスは軽く笑う。

　ソフ、知恵とビジネスセンスと生まれつきの知性を具えたさすがのあなたでも、ただ〝嘘だ〟と言うだけで真実を否定することはできない。

　懲りない人ね？と母は言う（しかし言い方には愛情がこもっている）。姉さんはまったく歯が立たない建造物に対して、ずっと昔から刃向かって、刃向かって、刃向かってきた。本当のことを言ってよ。もう飽きたでしょ？　無駄だって分かってるはず。姉さんの人生。果てしない徒労。

　ああ、昔と比べると最近は夢がずっと小さくなった、とアイリスは言う。年を取って、利口になって、体も自由が利かなくなってきたから。本当のことを言えって言うからそうさせてもらうけど、最近は〝立ち入り禁止〟〝進入禁止〟〝監視カメラ作動中〟みたいな看板をよく見かけるようになった。考えてみたら、私は太陽の光と雨の当たる場所でじっと時が経つのを待って苔になるだけで充分満足な気がする。ああいう看板の表面に生える苔になり、ああいう言葉を覆う植物になるだけで満足。

　本当のことを話しているついでに、とアートが目を閉じたまま言う。お二人に訊きたいことがある。

へえ、質問、と母が言う。

私たち二人に、とアイリスが言う。どうぞ尋ねて、坊や《サン》。

違うでしょ、と母が言う。この子はあなたの息子《サン》じゃない。

彼は二人に、幼い頃に聞かされた物語の記憶があると言う。クリスマスに雪の中で道が分からなくなり、地下世界に迷い込んでしまう少年の物語だ。

ああ、とアイリスが言う。それ。それは私が教えた話よ。

違います、と母が言う。

いいえ、私が教えたわ、とアイリスは言う。

姉さんが教えたんじゃないことは間違いない、と母は言う。だって、本当は私だから。あなたにその話を教えたのは私。

あなたはそのときニューリンのコテージで私の膝に座ってた、とアイリスが言う。二人で船着き場まで散歩に行ってきた後だった。あなたは雪を見たことがないって落ち込んでたから、見たことはあるんだって教えたんだけど、まだ幼かったから覚えてなかった。だからその話を聞かせたの。

そんな話に耳を傾けちゃ駄目、と母は言った。あなたは私と一緒にベッドに入ってた。悪い夢を見たって言ってね。だからホットチョコレートを持ってきてあげた。あなたは〝不適切な種類の雪〟って何？って訊いた（一九九一年冬、英国鉄道の運行が悪天候で大幅に乱れた際、当局が「不適切な種類の雪」の影響と発表し、それが頓珍漢な言い訳の代名詞となった）。テレビで誰かがそう言ってたってね。その後、私がさっきの話をした。

私があなたを膝の上に座らせてその話をした、とアイリスは言った。はっきりくっきり覚えてるわ、だって私はそのときわざわざ、物語に出てくる子供の性別を曖昧にしたんだから。

　この子の記憶では男の子なの、と母は言う。てことは、この子が覚えているのは私が聞かせた話の方ね。私は男の子という設定にしたはずよ。うん、そう、私もそれははっきりくっきり覚えてる、だって私はアーサーが気に入りそうな要素をたくさん盛り込んだんだから。哲学者の話とか。当時はロンドンの映像博物館《MOMI》に行ったばかりであなたはそこがすごく気に入ってたから、カメラのトリックとか。宇宙飛行士の話も入れた。雪の結晶の形を研究した人の話も。覚えてるでしょ。

　いいや、とアートは言う。でもＭＯＭＩに行ったのは覚えてる。誰かから星と雪の話を聞いたのも。

　ケプラー、と母が言う。私があなたにケプラーのことを教えた。ケプラーと彗星と雪の結晶の話。姉さんはケプラーなんて知りもしない。

　私が物語の主人公――つまり少年でも少女でもいい人物――をただの〝子供〟にした理由はね、とアイリスは言う。私たちが幼い頃に母さんが同じ話をしてくれたからなの。母さんの話では主人公は少女で、ガロッシュ（防水・防寒用に靴の上に履くオーバーシューズ）を履いた女の子が地下世界の氷の床を融かして突き抜けたりする。でも、私はあなたが物語に入り込みやすくしたかった。

　履いてたのはガ、何?とラックスが言う。

　ガロッシュ、とアートは言う。

素敵な言葉、とラックスが言う。

興ざめで悪いけど、全然異国風なものじゃないわよ、シャーロット、と母が言う。本当の話をしているついでに言わせてもらうけど、アーサー、あなたが姉さんと一緒に暮らしていたという果てしない嘘にはこれっぽっちの真実もありませんからね。はっきり言っておくけど、あなたが姉さんと暮らしたことは一度もない。あなたが幼い頃に一時期だけ一緒に暮らしたのは私の父さん。

その人はあなたから孫を預けられるたびに、私に預けてた、とアイリスは言う。幼い子供の世話なんてどうしたらいいのか、全然知らない人だったから。

私たちのことはちゃんと育ててくれたと思う、と母が言う。

私たちを育てたのは母さんよ、とアイリスが言う。父さんは五時四十五分に家に帰ってきて、夕食をとってただけ。

夕食のためのお金は父さんが稼いでた、と母が言う。

そうかもしれない。でも幼い子供の相手をすることなんて父さんには無理、とアイリスは言う。あなたの息子の歴史から私を消すのも無理な話よ。本人が覚えていてもいなくても、記憶の銀行にしっかりしまわれているんだから。記憶の銀行はあなたが得意とする現代の金融機関やヘッジファンドとは違ってもっと安定しているし、もっと物質的な基盤がある。アーティー、覚えてる、抗議集会に連れて行ったときのことを？　アルファベットの大きな文字を掲げながらみんなで踊ったことを？

アートは目を開く。

うん！と彼は言う。確かにそんな感じのことを覚えてる。僕が持ってたのはAだ。

あなたが持ってたのは「減額じゃなくて現金を《CASH NOT CUTS》」のA、とアイリスは言う。

そうだっけ？とアートが言う。

次はちょっと移動して、振りを付けて、今度は「人頭税反対《NO POLL TAX》」のA、とアイリスが言う。

この子が姉さんと暮らしたことはない。あなたは姉さんと暮らしたことはない、と母は言う。

ああ、フィロ、あの数年、怒りの夏を経験できた私たちの世代は運がよかった。感情の強さを感じた夏。愛に満ちあふれた夏、とアイリスは言う。

確かにね、と母は言う。

でもこの子たちの世代と来たら、とアイリスは言う。スクルージ（『クリスマス・キャロル』の主人公の守銭奴）の夏。加えてスクルージの冬。さらに加えて春、そして秋。

悲しいかな、それも本当、と母が言う。

私たちには戦争のない世界を望むだけの知恵があった、とアイリスは言う。

私たちは別のものを求めた、と母は言う。

私たちは最前線で戦った、とアイリスは言う。私たちは体を張って機械に対抗した。

心は特別なものでできていると私たちは知ってた、と母は言う。

このとき奇妙なことが起こる。母と伯母は歌を歌い始める。二人は自然に、よその言葉で歌いだす。最初は声をそろえて滑らかに、途中から別々のメロディーに別れてハーモニーで。母は低音部、伯母が高音部。まるで練習していたかのように、互いのメロディーがどこで変化し、どこでバトンタッチするかが分かっているみたいだ。二人はドイツ語らしき歌詞と英語との間を行ったり来たりして、また外国語の方に戻る。

初めから君だけを愛してた（既出のプレスリーの歌「さらばふるさと（ウドゥン・ハート）」の歌詞の引用）、と二人は歌う。

ハーモニーで歌ってから再び外国語に戻り、最後の締めくくりはまた英語だ。

この二人、やっぱり血がつながっているんじゃないかしら、とラックスが言う。

うん、しかも僕ともね、とアートは言う。困ったことだ。

母とその姉は同じ部屋で椅子に座ったまま、再び互いから目を逸らしている。二人とも顔は紅潮し、勝ち誇ったような表情だ。

この子にあの話をしたのは私で、姉さんじゃない、と母は言う。

私もこの子にあの話をした、とアイリスは言う。

例えば四月に冬のことを考えるというのは、やはり少し不思議なことだろう。鳥がさえずり、花が咲き、木々が芽吹く、爽やかな四月。そんな晴れた日のこと。気温は今年に入ってからの最高に達し、四月にしては記録的な暑さだ。

しかしアートはそんな予期せぬ暑さの中、列車に乗っているだろう。彼が頭の中で見ているのは、古いコンピュータのキーボードが雪の中に放り出されている光景だ。偶然任せの自然の秩序に従って、文字や数字や記号の上に雪が柔らかに空気を含みながら降り積もる様子。そして彼はこんなことを考えている。

かくして私は論破《パ》スる、みたいに込み入ったジョークを考えるなんて、あの子の知識はどうなってるんだろう。

あの子は僕よりもイギリスの文化に詳しかったし、興味深いことも知っていたし、単に知っているだけじゃなく、ジョークにできるくらい詳しかった。自分のものとは違う文化について、第一言語でない言語でジョークを言うなんてどうしてできたのか？

彼はこのとき既に、サミュエル・ジョンソン博士についてネットで調べを済ませているだろう。精神と物質、現実の構造に関して博士が主教と行なった論争についても。

彼はチキン・コテージという名前のファストフード店の前を何度も通り、雨で舗道に貼り付いたチキン・コテージのチラシを何度も見かけ、精神と物質の神秘性とその二つが合体したときの恵み深さについて何度も思い知らされていた。

しっかりしろ、と彼は自分に言い聞かせるだろう。目を覚ませ。鳥が一羽飛んで逃げたからと言って、そこら中にいる鳥が一斉にさえずることをやめるわけじゃない。鳥が一羽いなくなったというだけのことだ。

それから彼は、若い女のことを鳥にたとえるのは少し女性差別的かもしれないと考えるだろう。でも実際に、今回のことには鳥が絡んでいた。珍しい鳥が。結局、彼がそれを見ることはなかったけれども。

だから僕は鳥のことを考えているんだ、と彼は自分に言うだろう。

海の方にはもっとたくさんの鳥がいますからね、とあの男は言った。

もっとたくさんのペットボトルも。

彼はコーンウォールで、三日間シャーロットを演じた報酬として千ポンドを現金でラックスに支払った朝のことを思い出すだろう。

彼女は札を数え、いくつかの束に分けて、コートとジーンズの別々のポケットに入れた。

ありがとう、と彼女は言った。

それから彼は左右の手を出した。片方の手には五ポンドの紙幣と一ポンド硬貨が三枚。反対の手には未使用のマッチが三本載っていた。

彼女はお金が載っている方の手に触れ、微笑んだ。

大将は粋なお方だ、と彼女は言った。またいつでも雇ってくださいな。

彼女はマッチが載っている方の手に触れ、再び微笑んだ。

そしてとても素敵な男、と彼女は言った。

彼女は寝床の上に座り、最初の鋲を付け、リングを通し、小さな鎖を元に戻してから、銀の棒を通した。そうして肌に開いた穴に手探りで銀のアクセサリーを通す(その優しい手つきを見ていると彼は勃起し、何か月も経った今でも思い出すと勃起することがある)間、彼女は納屋の中を見回し、メイク・ドゥの在庫を眺めた。前日に例の人々が買いあさった後、封を開けたままいろいろなものが木箱の上に置きっぱなしになっていた。

私たちがものを所有することはない、と彼女は言う。ほら見て、ものの方が私たちを見つめ返してる。私たちはそれが自分のものだと考えて、売ったり、所有したり、用が済んだら捨てたりする。ものは別に知能なんて持ってなくても、人間こそが使い捨て商品だと知ってる。

君は本当に商売がうまいって母さんは言ってる、と彼は言う。

そうね、と彼女は言う。それは私の数ある才能の一つ。

それから彼女は上着を羽織り、彼と母に別れのキスをして、早い時間の列車に乗るためアイリスの車に乗せてもらう。そして去る。

彼は手を振る。母も手を振る。二人は扉の前から手を振る。

彼はくだらないものが詰め込まれた納屋に戻る。胸が急に空っぽになったようだ。

彼女は寝床の脇に半分だけ中身の残った水のペットボトルを忘れている。彼は寝床に腰を下ろし、残りを飲む。**スコットランドの中心部で保護されてきたグロラト地所の持続可能な水源から採取したスコットランドの山の水。**

汚染されていない水。

彼は空いたペットボトルをジャンパーでくるみ、リュックサックにしまう。

そして自分のアパートに戻ると、リュックから出してサイドテーブルの上に、iPodのドック、〝自然の中のアート《アート・イン・ネイチャー》〟のノート、携帯の充電器と並べて置く。

彼は来《きた》るべき春のある日、ベッドに座ったまま古いノートをパラパラとめくるだろう。そして自分の筆跡で、〝あからさま〟と〝暴露的〟と書かれているのを見るだろう。

彼はどうしてそんな言葉をメモしたのかまったく思い出せないだろう。しかし、アイデア・ストアでそう書いたことだけは覚えている。

彼はその数週間後、ラックスが働いていると言っていたところを訪れるだろう。ああ、ラックスね、と彼らは言って、互いに呼びかける。**こちらさんがラックスのことを訊きたいってよ。**彼女は二月に一時解雇《レイオフ》になった、と彼らは言う。クビになった十人のうちの一人だ、と。

彼はそこを離れるとき、会社の敷地内で去年の落ち葉と混じって、彼女が言っていた発泡スチロールの梱包材が風に舞っているのを見つけるだろう。

そしてしゃがんで一つを拾う。

！

確かにとても軽い。

その後、彼はアイデア・ストアに入るだろう。受付にいるのは同じ女性だ。彼はラックスがいそうな場所を知っているかと彼女に訊く。

女はラックスという名前に聞き覚えがない。

彼はピアス、やせぎす、美人、機知などの単語を口にした後、**今までに僕が会った中で感情面でも知能面でも最も知的な人の一人**というフレーズを言う。

ああ、と司書は言うだろう。

あなたが言っている女性にはこの図書館から出て行ってもらわなければなりませんでした、と司書は言う。でもそれは去年のことで、かなり前の話です、と。

その子は夜の間、ここで寝ようとしたんです、と司書は言うだろう。ひょっとすると何回か、実際に寝ていたのかもしれません。図書館の者が気づかないうちに。というか、私たちが気づかないうちに。そうした行為は厳禁なんです。彼女がここで寝ようとしたときには私は衛生面とか安全面の問題で手いっぱいだったし、この建物の他の部分はもう公共のものではなく私有物になっていますから、市が訴えられる可能性もある。私は彼女をここから追い出すように言われました。クビにならないためには、他にはどうしようもなかった。あの子が今どうしてるか、ご存じですか？　ここは眠る場所じゃありませんけど、でも昼間なら当然疲れて眠る人もいますし、席に余裕があるときとかなら、ね。ただ夜間は、火事の心配とか警備の問題がある。だから目をつぶることはできなかった。それは駄目なんです。

司書は体を前に乗り出し、さらに声を抑えて言った。

彼女に会ったらよろしく伝えてもらえますか？　アイデア・ストアのモーリーンが〝愛してる〟って言ってたって。

ボクシングデーの夜。アートとラックスは納屋の暖かな床で寝具にくるまっている。

ラックスは彼に寄り添い、肩に頭をもたせかけている。

これまでにも今も、何も起きていない。セックスも愛も何も。彼の勃起はただこの状況の一部となっているだけだ。ラックスは彼の腕の中にいて、彼は彼女の腕の中にいる。だからことはシンプルだ。アートは天国にいる。

いや、天国よりもさらにいい。アートは今、自分が死ぬ気がしない。アートは永遠に生き続けるだろう——彼女の頭が肩にもたれているから。

彼は視線を下げて彼女の顔を見ようとする。この角度から見えるのは、彼女の頭のてっぺん——髪の分け目が小道のようだ——そしてまつげの先、鼻、黄色いTシャツを着た肩の一部だ。よその土地の出身で、また別の場所で育てられて、それでもこの土地の出身みたいに話すことができるコツを、彼女は今説明している。

それには大変な努力が必要、と彼女は言う。努力と知恵。今の時代によそ者としてイギリスにいるというのはそれだけでも最高の教育だけど。

ついでに訊いてもいいかな、と彼は言う。意地悪で訊くわけじゃないんだけど、あちこち転々としながら、時にはどこで寝るかも定まらない暮らしを送っている割に、君はとても——

とても何?と彼女は言う。

清潔だ、と彼は言う。

ああ、と彼女は言う。それにもまた努力と知恵が必要。

この屋敷の裏口の脇には回転式乾燥機がある、と彼女は言う。毎日私が夜中に何をしていると思ってたの?

そして彼女は、最初のときバス停で話を聞くことにしたのは彼の清潔な魂が気に入ったからだと説明する。

僕に魂があるって？と彼は言う。清潔な魂が？

生きているものには何でも魂がある、と彼女は言う。魂がなければ、私たちなんてただの肉の塊。

じゃあ例えば、家蠅とか金蠅とか、と彼は言う。ああいうものにも魂がある？ だって仮に僕に魂があるとしても、はっきり言っておくけど、それはきれいじゃない。小さくて、腐ってて、サイズも金蠅くらいしかない。

金蠅の魂のサイズ、と彼女は言う。ピカピカ光る鎧をまとった金蠅。窓ガラスを突き抜けようとする金蠅の根性を見たことある？

君は何の話でもできるんだね、と彼は言う。君が話すとどんなものでも興味深い話に変わる。君が僕のことを話すときにはこの僕でも興味深い人間になる。

私があの日バス停小屋で話を聞く気になったもう一つの理由は、あなたが自分の触れる――そして自分に触れる――すべてのものに対してかたくなに見えたことよ、と彼女は言う。だから私は思ったの、と彼女は言う。この人が私に対して身構えたら何が起こるんだろうって。あるいは私の方が身構えたら。

僕の方が折れるさ。僕なんてちょろい。あの人と同じこと、とアートは扉の横に置かれたゴドフリー・ゲーブルの切り抜き《カットアウト》パネルを顎で指しながら言う。

直接はよく知らないんでしょ。芸人さんだったお父さんのことは、と彼女は言う。

会ったことは二度しかない、と彼は言う。僕がとても幼かった頃だ。前にも話したけど、両親は疎遠な関係だった。仲はよかったけど、うん。あの人は僕の人生の一部とは言えない。

彼は肩をすくめる。

一度、あの人の舞台の後、みんなで食事に行ったことがある。はっきりと覚えてるよ。僕は八歳だった。コーラスの踊り子たちも来てた。ウィンブルドンの劇場で『シンデレラ』をやってたんだ。あの人は醜い姉の一人の役。すごく楽しかった。踊り子たちが次々に僕を膝の上に座らせてくれて、僕の相手をしてくれたのを覚えてる。あの人のことよりも、その場のことが記憶に残ってる。もう一回は、新聞が彼の記事を書くというので、三人で写真を撮ってもらった。プレゼントを手に持って、クリスマスツリーを囲んでポーズを取らなくちゃならなかった。僕にはその記憶がないんだけど、新聞の切り抜きがどこかにある。それを思い出すときには、実際にあったことじゃなくて、その切り抜きの方が頭に浮かぶんだ。

だから僕があの人のことを考えるとき、そして〝父〟という単語を思い浮かべるときには、頭の中に切り抜いた《カットアウト》空っぽのスペースがあるみたいな感じがする。それはそれでいいんだけどね。自分が好きなように中を埋められるから。空っぽのままにもしておけるし。

でも時々、車のエンジンが切れた《カットアウト》みたいな気がするときもある。点火装置《イグニション》が利かなくなったみたいに。

でも、僕はゴドフリー・ゲーブルの生き方は好きなんだ。それを受け継いでいると思うとうれしい。君は僕をつまらない人間だと思っているだろうけど、あの人には威厳があった。あの人がやった仕事で僕が好きなのは、ブランストンの広告。この納屋のどこか、ここにある箱のどれかに宣伝用写真が入ってるはずなんだけど。彼は片手に瓶を持って、味な表情でカメラの方を見てる。そして頭の横にはこう書いてあるんだ。

私は挑戦《チャレンジ》を好む《レリッシュ》というより、好み《レリッシュ》に挑戦《チャレンジ》する人間だ。

よく分からない、とラックスは言う。

ああ、と彼は言う。説明しにくいなあ（「レリッシュ」には「（ピクルスなどを混ぜた）付け合わせ」の意味もある）。

ブランストンって何?と彼女は言う。

ピクルスを作っている会社、と彼は言う。ロンドンに戻ったら実際にその商品を探して、君のところに持っていくから、チーズトーストの上に載せて食べてみよう。

オーケー、と彼女は言う。味次第だけど。その話が出たついでに、そしてあの切り抜きのお父さんもここにいるついでに、言っておきたいことがある。家族の問題であなたのリュックの荷物を増やすつもりは私にはない。私たちの人生における真実は、どんなに拳を硬く握っていても漏れることがある。けどいつかあなたはお母さんと、お父さんのことについて話してみたらいいと思う。

そうだね、とアートは言う。

そうだ、お母さんの話で思い出した——、と彼女は言う。

そしてまっすぐに座り直す。

今何時?と彼女は言う。デートの約束がある。夜は一緒に食事をするの、お母さんと私。それと、洗濯して乾かしたいものが少しある。

彼女は寝床から出て、ブーツを片方履く。

私があなたなら、と彼女は言う。もう少しこの家に泊まっていく。例えば年明けまで。そして私がしてきたことをする。夜中に起きて、何かの料理を作る。そうして食事をしていると、お母さんが寝室から下りてきて一緒に食べる。

母さんはそんなことはしないよ、と彼は言う。僕は追い出される。

ラックスはもう片方のブーツを履く。

とにかく話をして、と彼女は言う。話をするの。

共通の話題がない、と彼は言う。

共通の話題はいくらでもある、とラックスは言う。あの人はあなたの歴史。それもまた肉と人間との違いよ。誤解しないでね、動物と人間との違いってわけじゃない。動物は進化を知ってる。私たちには動物にはない能力がある。自分がどこから来たかを知っている。それを忘れるのは、自分がどうやってできたか――自分がどこへ向かうのか――を忘れるのは、まるで、何だろう、自分の頭をどこかに置き忘れるようなもの。

彼女は立ち上がる。

何だか私、自分に言い聞かせているみたい、と彼女は言う。

彼は首を横に振る。

僕は母さんのために何もできない、と彼は言う。できっこない。ただ血がつながっているだけさ。

やってみて、と彼女は言う。

無理だ、と彼は言う。

やるだけやってみて、と彼女は言う。

無理だ、と彼は言う。

やって、と彼女は言う。ていうか、私たちが抱えている歴史のことを考えれば、私たちはやらないと。

彼の中でペニスよりも少し高いところにあるもの――胸の中の何か――がすっと軽くなる。

ハハハ。これか。これが僕の魂か?

そうなのかな?と彼は言う。


いったん目を閉じて、また開く。

今は夏の盛りだ。

アートは薄暗いロンドンの街を歩いている。街の中心部に全焼した建物がある。

それは恐ろしい蜃気楼――幻覚――のように見える。

しかし現実だ。

金持ちが住んだり使ったりしていなかったせいでいい加減な改修が行われ、それが原因であっという間に建物全体に火が回った(ここで言及されているのは、二〇一七年六月十四日にロンドン西部の高層住宅棟グレンフェル・タワーで発生した火災のこと)。

たくさんの人が亡くなった。

死者の数について、政治家やマスコミの間でいろいろな議論が起こるだろう。建物には頭を低くして《アンダー・ザ・レーダー》生きている人がたくさんいたせいで、その夜、実際に何人がいたのか、誰にも分からないからだ。

レーダー、とアートは考える。目に見えない敵をあぶり出すために第二次世界大戦時に考案された技術。

暑さの中、地下鉄内に立って人の新聞を肩越しに読んでいるとき、人々がクラウドファンディングで数千ポンドのお金を集めているという記事が目に留まる。海上で困っている移民を助けるためにイタリア本土から出された救助艇を待ち伏せし、妨害するための船を出す資金だ。

彼は自分が記事を読み間違えていないことを確かめるために、読んだばかりの文章をもう一度読む。

当然のこと?

その反対?

吐き気がこみ上げてくる。

さらにもう一度記事——他人の安全を脅かすためにお金を出している人に関する記事——を読み返していると、ほんの一瞬のことだが、例の海岸線が地下鉄の車両の中にまた飛び込んでくる。それは車両にいる乗客たちの頭上をかすめる。

彼は地下鉄を降りる。

そして大英図書館の前を通り過ぎるとき、ポスターにシェイクスピアの姿が描かれているのを見る。

ラックスが地球上の他のどこでもなく、このイギリスに暮らすことを選んだ理由。図書館内の売店ならきっとシェイクスピアの作品が置いてあるだろう。

彼は敷地に入り、中庭を横切る。そして保安検査の列に並び、身体検査を受ける。彼は建物内の明るさに本当に驚く。心地よさ、開放的な雰囲気、品の良さにも。前方には受付のデスク。カフェでくつろぐ人、巨大な本を開いた形の金属製のベンチに座って本を読む人が見える。本のベンチにはまるでそれと一体であるかのように、巨大な金属製の玉と鎖が取り付けてある。彼は自分でも驚いたことに、売店に向かう代わりにまっすぐカウンターへと進み、本の形のベンチに玉と鎖が取り付けてあるのはなぜですかと、受付の女性に尋ねる。ベンチが盗まれないようにですか？

図書館の本を盗んではいけないという意味です、と女は言う。昔の図書館では、本が棚に鎖でつながれていました、と彼女は言う。誰か一人が持って行ってしまわないように、常にみんなで使えるように。

彼は礼を言う。そして、少しだけこの図書館にいるシェイクスピアの専門家と話をさせてもらえませんかと訊く。

女は身元も理由も尋ねない。面会予約が必要だとも言わない。図書館利用証のような、何らかの身分証明の提示を求めることもしない。そして受話器を取り、内線番号を押しながら、お名前は何とお伝えしましょうか？と尋ねる。アートに会うためそこに現れるのは老人でも、かび臭い人でも、ツイードを着た眼鏡姿の男でもない。彼と同い年か、もっと若い、聡明そうな女性だ。

ああ、それはここにはありません。彼の説明を聞いた後、女はそう言う。ここの収蔵品ではありません。でも、おっしゃるようなフォリオは知っています。真正な一冊ということでほぼ間違いありません。とても美しい本で、なかなかの見物《みもの》です。『シンベリン』後半の二ページに、花の痕跡が残っているんです。

『シンベリン』、と彼は言う。毒、混乱、恨み、最後にバランスが取り戻される。嘘が暴かれる。失われたものがあがなわれる。

女は微笑む。

うまい表現ですね、と女は言う。あなたがおっしゃる薔薇の跡が残っているフォリオは、トロントのフィッシャー図書館にあります。

自分の顔に落胆の表情が浮かぶのを悟られたことに彼は気づく。

私どものシェイクスピア・コレクションもとても興味深いものですよ、残念ながら薔薇の押し花はできませんが、と彼女は言う。

彼は礼を言う。そして売店に行って、『シンベリン』があるかどうかを確かめる。シェイクスピアの棚にペンギン版がある。表紙には、トランクか箱から出てくる男の姿が描かれている。

彼は適当なページを開く。**優しき空気に抱かれる**（第五幕第四場の台詞）。ああ、いい。

携帯が鳴る。ギリシアにいるアイリスからのショートメッセージだ。

親愛なる甥《ネフ》、そっちを離れる前に言おうと思って忘れてた。あなたの母さんは居場所を屋敷のキッチンに移した。他の部屋は全部、『大いなる遺産』のお屋敷みたいに蛾とクモの住処。メアイア。

するとほとんど間を置かずに、コーンウォールにいる母からのメッセージが届く。

親愛なるアーサー。あなたが私に宛てて書いたメールを盗み見したり、それについてコメントしたりするのはやめるように伯母さんに言ってちょうだい。それは私のプライバシーだけじゃなく、あなたのプライバシーの侵害でもある。ついでに伯母さんに、いつコーンウォールに戻ってくる予定なのかも尋ねておいて。そろそろ夏の後半の予定を立てなくちゃならないのに、伯母さんが（またぞろ）世界を救うために海外に行っていて、戻ってくる日付をはっきり言わない間は動きが取れないから。

彼は最近毎週のように、あまり中身のない、あるいは哲学的な質問を二人に送るようになっていた。そして二人に送るメールにすべてのやりとりをコピペする。二人はそれに腹を立てている。いいことだ。二人は怒りを楽しむ世代の人間で、怒ることで互いとつながり、彼ともつながっている。とはいえ、二人に何を尋ねたらいいか、なかなか思い浮かばないこともある。だから時々、他の誰かが考えそうな質問を二人にぶつける。先週はシャーロット風のいい質問を思い付いた。

こんにちは。僕です。お二人の息子であり、甥です。質問があります。政治と芸術の違いって何なのでしょう？

母は彼だけに返信を送ってきた。親愛なるアーサー。政治と芸術は正反対の存在よ。とても繊細な詩人がかつて言ったように、〝あからさまな意図を含んだ詩は嫌われる〟。きっとジョン・キーツの言葉だ。母はジョン・キーツの書いた言葉をことごとく読み、わざわざ詩人の墓参りをするのが目的でイタリアまで行った。あれだけ力強い魂をあんなに狭い草地に閉じ込めるなんて、と母は帰国したときに言ったのだった。

彼は母からのメッセージをコピーして、そのままアイリスに送った。

キーツは例外的な人物だ、という返事をアイリスはよこした。名門パブリックスクールの出身でもなく、オックスフォードやケンブリッジみたいな名門大学にも通っていない。だからキーツが書いて出版した言葉自体が充分に政治性を帯びている。それで親愛なる甥《ネフ》、問題の違いはどちらかというと、芸術家と政治家との間にある。両者は永遠の敵同士。なぜなら両者はともに、どんな政治が行われていようと芸術の世界では常に〝人間〟が表に現れると知っているから。逆にどんな芸術活動が行われていようと政治の世界においてはほとんどの場合、〝人間〟は不在であるか、あるいは抑圧されなければならない。×アイア。

彼はこれをコピーして母に送った。母は彼だけに返信を送ってきた。親愛なるアーサー。私の個人的なメッセージを伯母さんに送るのはやめなさい。そして親愛なるアイリス——どうせアーサーはこのメッセージをまたあなたに転送するのだろうからついでに訊くけど——そろそろ帰国の日取りを決めてくれない?

人間は常に表に現れる。

この日、彼はアパートに戻ると、自分の部屋がある階まで上がって、そのまま階段に腰を下ろす。そして防火扉の陰で、自分がラックスに尋ねたい質問を考える。

彼女は内容にかかわらずきっと啓発的な答えを返してくれるだろうと彼は知っている。

こんにちは。僕です。お二人の息子であり、甥です。他人の足を引っ張るだけじゃなく、文字通り人を死から救おうとしているのを邪魔するために喜んでお金を払う人がいます。これはなぜなんでしょう？　僕らの中、人間性の中の何がそうさせるんでしょう？

彼は地下鉄で人の肩越しに読んだ新聞記事へのリンクを添えて、このメッセージを送る。それから自分の部屋に入り、ベッドに座って、〝優しき空気〟に関する引用をシャーロットにショートメッセージで送る。〝自然の中のアート《アート・イン・ネイチャー》〟ブログで使えるかもしれないから。〝自然の中のアート《アート・イン・ネイチャー》〟は今、数人の書き手が共同で執筆するブログになっている。

（アートは七月の記事を担当するように頼まれた。）

彼は少しネット内をうろつく。

地中海で人助けを邪魔する募金をしている人の記事が載っているのと同じサイトに、百貨店チェーンがある茶器のセットを販売するサービスをまもなく始めるという話が書かれている。その茶器のセットはアプリを通じて購入者、所有者の家での状態――いつどれが壊れたか、いちばん使われているのはどれか、どれが箱や食器棚にしまったままになっているか――を販売者に報告するらしい。

その記事を見て、アートは再び彼女のことを思い出す。

ラックス。

あらゆるものが追跡され、把握されている今の時代に、どうすればこれほど完璧に人が姿を消すことができるのか？

そこで彼は、大英図書館の女性が教えてくれた、カナダにある図書館をネットで調べてみる。

分裂《フィッシャー》だっけ？

フィッシャーだ。

彼はある画像を求めて、ネットにある画像をしらみつぶしに見ていく。それらしいものを見つけるのはとても難しいが、ようやく見つかる。

少なくとも、見つけたと思う。彼は画面上で古い本のページの写真を見る。

これか？　これって花？

そういう形の染み？

どちらかというと花の幽霊という感じ。

誰が本に薔薇を挟んだのかは知りようがない。それがいつなのかも。でもその痕跡はここにある。

つぼみによって残された形が原因で、炎の幽霊のようにも見える。じっと安定した小さな炎の影のようだ。

彼はもっと鮮明に見ようと、ノートパソコンの画面でそれを拡大する。

そして可能な限り間近で見る。

それは茎の先でまだ開いていない花の幽霊だ。現物はとうの昔になくなっている。しかし見よ、そこにある。生命の痕跡が印刷された言葉の上で必死に体を伸ばしている。ろうそくの先にともる明かりへと続く小道のように。

七月。

月初めの爽やかな日。アメリカの大統領がワシントンで開かれた退役軍人をたたえる集会で演説をしている。この集まりは〝自由を祝う集会〟と呼ばれる。

大統領の後ろと前に集まった人々は旗を振り、自分たちが住んでいる国の名前の略号を唱える。**ベンジャミン・フランクリンは憲法制定会議で、まず頭《こうべ》を垂れて祈ることから始めようと仲間に言った、**と彼は言う。**私からは皆さんにこう言わせてもらおう。これからはまた〝メリー・クリスマス〟と言おう、と。**（しばらく前からアメリカでは、キリスト教徒ではない人々に対する配慮として公共の場で「メリー・クリスマス」と言うことが避けられていたが、トランプ大統領はその潮流に逆らった）

それから彼はアメリカの紙幣に書かれている言葉を口にする（「われわれは神を信じる」という言葉のこと）。その様子はまるで、お金そのものが祈りの言葉であるかのようだ。

そして月の終わりが近づく爽やかな日。同じアメリカ大統領がウェストヴァージニアの二〇一七年全米スカウト・ジャンボリーに集まったボーイ・スカウトの隊員たちに向かって、前大統領に対してブーイングをするように、そして前年の大統領選挙で競った候補に対してブーイングをするようにと呼びかける。

ちなみにトランプ政権下では、と彼は言う。**買い物に行ったとき、遠慮なく〝メリー・クリス**

マス〟と言える。これは嘘じゃない。メリー・クリスマス。このささやかで美しいフレーズを彼らはごみ扱いしてきた。君たちは今後また、〝メリー・クリスマス〟と言えるんだ。

季節は夏だが、そこは冬だ。白《ホワイト》いクリスマス。私たち一人一人に神のご加護を。

自然の中のアート《アート・イン・ネイチャー》。

謝辞

本書執筆にあたってはグリーナム公共用地《コモン》と二十世紀イギリス連合王国における抗議活動に関するいくつかの書籍と資料――特にキャロライン・ブラックウッドとアン・ペティットによる文書――が役に立った。中核的なアイデアはエリザベス・シグムンドの『絶えゆくものに怒れ』（一九八〇）から得た。

ソフィー・ボウネスとバーバラ・ヘップワース財団、そしてエレノア・クレイトンに大いなる感謝を。

ありがとう、アンドリュー、トレーシー、ワイリー・エージェンシー社の皆さん。

ありがとう、サイモン。

ありがとう、レスリー。
ありがとう、キャロライン、セーラ、ハーマイオニー、エリー、アンナ、ハミッシュ・ハミルトン社の皆さん。

ありがとう、ケイト・トムソン。
ありがとう、ルーシー・H。
ありがとう、メアリー。
ありがとう、ザンドラ。

ありがとう、セーラ。

訳者あとがき

本書はスコットランドの作家アリ・スミスが二〇一六年刊行の『秋』に続く季節四部作の第二巻として二〇一七年に発表した『冬』の全訳である。作者についての詳しい紹介は前作のあとがきにも記したので、ここで繰り返すことはしないが、現代のイギリス連合王国（スコットランド、ウェールズ、北アイルランドを含む）で最も注目され、評価も非常に高い作家であることは再び強調しておきたい。

さて、先ほど私は「四部作の第二巻」という言い方をした。季節四部作はその後、『春』が二〇一九年、『夏』も二〇二〇年に刊行された。四作すべてに登場するのは『秋』で主人公の一人として登場するダニエル老人だが、本書ではダニーと呼ばれているのでうっかりすると見過ごしてしまうかもしれない。他にも、『秋』に登場するエリサベスの父親が『春』で明かされたりするなど、四部作としての仕掛けも充実している。

このような言い方をすると、「では、『冬』を読む前に『秋』を読まなければならないのか？」

とか、「『秋』『冬』だけを読んでも駄目で、続く『春』『夏』まで読まなければならないのか?」という疑問を抱く読者もいらっしゃるかもしれないが、決してそのようなことはない。どの作品も充分に独立した長編小説として楽しむことができるし、実際、私も第三巻の『春』を読むまでは、四部作としての連続性をあまり意識せず、一部の登場人物が少しだけ重複する連作で、それぞれが一つの季節に伴うムードのようなものをテーマにしているという程度の感覚でいたし、英米の多くの書評もそのように読んだ上で、それでも評価は非常に高かったので、どうか安心して、それぞれの作品を気軽に手に取っていただきたいと思う。

小説『冬』の主な舞台となっているのは、二〇一六年末のイギリスだ。同じイギリスでも、『秋』の舞台がイギリス東端にあるサフォークが舞台だったのに対して、『冬』の舞台は南西端にあるコーンウォールの小さな村である(そして勘のいい方はお察しの通り、続く『春』の舞台は北のスコットランドだ)。イギリスが欧州連合(EU)から離脱するかどうかを決める国民投票が行われたのが二〇一六年六月のことなので、その余韻もまだ作品のあちこちに感じられる。

冒頭に登場するのは一人の老いた女性で元実業家のソフィアだが、物語の中心となるのはその息子で、アート(正式な名前はアーサー)という名前の三十歳くらいの男だ。彼はこのクリスマスに、恋人のシャーロットを実家に連れて帰る予定だったが、直前に大喧嘩をしてしまう。そこで、バス停で暇そうにしている二十歳そこそこの若い女性(ラックス)に声をかけ、謝礼と引き換えにシャーロット役を演じてもらうことにする。ところが二人で実家に帰ってみると、母ソフィアの様子がおかしい。どうにも手に負えないので、母の姉(アートにとっては伯母)にあたるアイリスを急遽呼ぶことになるのだが、この老姉妹はかなり前から口も利かないほど仲が悪くて……というお話だ。途中ではいかにもイギリスのクリスマスにふさわしくディケンズの『クリスマス・キャロル』ばりに何度か時間が巻き戻されるみたいな場面もあるし、作品冒頭でソフィアの前に現れる頭の存在もどことなく幻想的な雰囲気を帯びている。

私は前作のあとがきで、「アリ・スミスの近年の作品はどれも、たくさんの印象的場面のスケッチから成り立っているので、物語の劇的な展開を求める読者にとっては、何か大事な筋を自分だけが見落としているように感じられるかもしれない」と書いた。それ自体は間違いではないのだが、それに関連して一つ注目していただきたいのは、よく目をこらしてみると、意外にもそれらのスケッチがバラバラではなく、要所要所でちゃんとつながっている点だ。たとえば『秋』では、ずっと老人ホームで眠っているダニエルが松の幹の内側に閉じ込められた夢を見る場面があるが、なぜそんな夢を見るかと言えば、施設が「松の匂いのするクリーナー」を使っているからだ。この『冬』でも、アートが幼い頃に覚えたという物語を誰が彼に聞かせたかで言い争いになる場面があるが、作中のかなり離れたところでその物語が当時の状況を交えて語られているので、読者は誰の話が本当なのかを確かめてみることができる。

ソフィアの前に現れる頭の正体も結局よくは分からないが、作品の途中で彼女が床下に隠し持っていることが明らかになるバーバラ・ヘップワースの彫刻と似て見えるのは偶然ではないはずだし、作品の終わり近くでラックスが自分の歴史を忘れた人間のことを「自分の頭をどこかに置き忘れる」ことにたとえているのも意味深長だ。四部作という大きな枠の中で言うなら、『秋』

で眠っているダニエル老人の姿が「ベッドに横たわる彼はとても小柄だ。まるで頭だけの存在になったみたい」と描写されていたのも注目に値するだろう。

アリ・スミスはかなり以前から季節をテーマにした四部作を考えていたらしいが、実際に着手したのは『両方になる』（原著二〇一四年刊）を出した後だった。『両方になる』は原稿の完成が出版社と約束してあった締め切りよりも大幅に遅れたため、「次は原稿提出を故意に限界（刊行の約六週間前）まで遅らせよう」と考えたのだという。スミスは実験的な作風でよく知られている作家だが、要するにこの四部作でも、「締め切りと出版時期を設定し、その直前の半年ほどで、同時期に周囲で起きていることを盛り込んだ小説を書く」という実験に挑戦していたということだ。その筆の速さと質の高さはまさに驚嘆すべきだと思う。

そのような創作背景もあって、二〇一七年十一月に刊行された本書には、直前にあった大きな出来事が取り込まれている。たとえば、同年六月にロンドンで起きたグレンフェル・タワー火災への言及がそうだ。イギリス国内では第二次世界大戦以後で最も多くの死者を出したと言われるこの火災について本書の中には、「建物には頭を低くして《アンダー・ザ・レーダー》生きている人がたくさんいた」と書かれているが、実はここにもスミスらしい仕掛けがある。注意深い読者ならこれとよく似た言い方で「頭を低くして」生きてきたと発言していた登場人物のことを思い出し、「まさかこの火事で被害に遭ってはいないだろうか？」と心配になることだろう（無事かどうか、何も確たる証拠はないけれども）。

また本書を締めくくる〝自然の中のアート《アート・イン・ネイチャー》〟ブログの記事（書いているのはおそらくアート）

では、同年七月に行われたトランプ大統領の演説が取り上げられている。その中で「メリー・クリスマス」という言葉をめぐる政治的な争いが言及されるのはクリスマスを主な舞台とするこの作品としては面白い偶然(?)だ。それと同時に、ブログの文章に「白い《ホワイト》＝白人のクリスマス」という皮肉なフレーズを紛れ込ませるアートは、私たちがその半年前のクリスマスに見た姿からはずいぶん人間的にも知的にも成長しているような気がする。

なお、前作『秋』では、比較的知られていないポップアーティスト、ポーリーン・ボティが大きく取り上げられていたが、本作で似たような形で焦点が当たるのはバーバラ・ヘップワース(Barbara Hepworth, 1903―75)だ。二十世紀を代表する彫刻家である彼女は石やブロンズを用いた曲線的で洗練された作品がよく知られていて、ネットにもたくさんの情報がある。ダニエルが持っている、大小二つの石から成る作品に似たものをネットで探すのも楽しいかもしれない(ちなみにこの彫刻は四部作完結編の『夏』に重要なアイテムとして再登場する)。

さて、『秋』『冬』の邦訳が刊行された今、読者の皆様にとっては、残る『春』『夏』の内容が気になるところではないだろうか。そこで一種の予告編として、簡単な頭出しだけしておきたい。『春』の主人公はテレビドラマの演出家でリチャード・リースという男。かつてはパディ・ヒールという有能な脚本家とコンビで担当した作品が高い評価を受けたが最近は鳴かず飛ばずで、しかもパディは病気で亡くなり、失意のどん底で北に向かう。同じ頃、移民収容施設に勤務するブリット・ホールは、施設に簡単に出入りして収容者を救い出したり、収容者に対する処遇を改善させたりしている謎の少女フローレンスと偶然に出会い、一緒にスコットランドまで旅をすることになる。そして旅先でリチャードとフローレンスたちが出会い……というお話（ダニエルはパディの思い出の中に登場する）。『夏』は完結編にふさわしく、四部作に残された謎を解き明かす。物語の中心にいるのは、昔地方を回る小劇団で女優をしていたグレース・グリーンローと十六歳の娘サシャと十三歳の息子ロバート。サシャはグレタ・トゥンベリのように環境保護に入れ込んでいて、ロバートは学校でのいじめをきっかけに、家の中でも厄介な存在となっている。この一家がひょんなことから（『冬』の）アートとシャーロット（ラックスではなく本物）に出会い、皆でダニエル老人に会いに行くことになる。こうして四部作に登場する重要人物たちがついに顔を合わせたとき……というお話。『秋』ではダニエルの妹ハンナの消息は謎のまま残されたが、それがいよいよここで明らかになると同時に、読者はさらに驚くべき事実を知る。乞うご期待。

企画と編集にあたっては田畑茂樹さんに、事実確認などについては新潮社校閲部の方々にお世話になりました。どうもありがとうございました。そしていつものように、訳者の日常を支えてくれるFさん、Iさん、S君にも感謝します。ありがとう。

二〇二一年九月

木原善彦

Winter

Ali Smith

冬《ふゆ》

著 者

アリ・スミス

訳 者

木原善彦

発 行

2021年10月30日

発行者　佐藤隆信

発行所　株式会社新潮社

〒162-8711 東京都新宿区矢来町71

電話 編集部 03-3266-5411

読者係 03-3266-5111

https://www.shinchosha.co.jp

印刷所

株式会社精興社

製本所

大口製本印刷株式会社

乱丁・落丁本は、ご面倒ですが小社読者係宛お送り下さい。

送料小社負担にてお取替えいたします。

価格はカバーに表示してあります。

ISBN978-4-10-590175-2 C0397

秋

Autumn
Ali Smith

アリ・スミス
木原善彦訳

EU離脱に揺れるイギリスの療養施設で眠る謎の老人と、
彼を見舞う若い美術史家の女。
かつて隣人同士だった二人の人生が、
分断が進む現代に生きることの意味を問いかける。

CREST BOOKS

両方になる

How to Be Both
Ali Smith

アリ・スミス
木原善彦訳

十五世紀イタリアに生きたルネサンスの画家と、
母を失ったばかりの二十一世紀のイギリスの少女。
二人の物語は時空を超えて響き合い、再読すると――。
かつてない楽しさと驚きに満ちた長篇小説。

CREST BOOKS